源氏物語は読めているのか

末世における皇統の血の堅持と女人往生

望月郁子

笠間書院

「源氏物語絵巻」 東屋(一)・部分 〈徳川美術館所蔵〉

目次

源氏物語は読めているのか
末世における皇統の血の堅持と女人往生

CONTENTS

・引用本文は『源氏物語　完訳日本の古典』小学館による。
・一般読者を考慮して、本文の引用はなるべく少なくし、その要点の説明に留めたが、なお捨象しにくい本文は説明の後に小字で【　】に入れて示す。
又、引用本文のふりがなは『源氏物語　完訳日本の古典』に、その他は広辞苑による。

はじめに　文献学(philologie)の立場から見た源氏物語の底流

［一］（源氏物語は読めているのか）　この小著の書名は筆者自身への問いである。

源氏物語は、現在一般には、平安宮中社会の恋愛を語った文学作品であり、頽廃に終始していると受け取られている。堅気な若い人たちには頭から嫌われる傾向が強い。

文学研究の世界では、源氏物語には古注以来の厖大な研究史がある。本居宣長が「もののあはれ」を源氏物語の真髄として以来、現在でもそれが尊重されているようである。

筆者は文学の研究者ではない。国語学を専攻し、古典語の語彙に親しみ、若い頃から源氏物語になじんできた。文献学（philologie　書誌学ではない）の立場で、先入観を極力排除し、テキスト全体を常に視野に収めて、テキストに語らせ、テキストの声を聞きながら、一語一語を丁寧に読んで、文学以前のテキストの読みを確実にし、源氏物語を筆者なりに理解したいと願ってきたつもりであるが、老年に入りかけたこの三、四年、これまで気のつかなかった〈読み落とし〉―句や文の字面をたどるだけでその真意に至らない読みで済まされてきた部分―が、テキストのあちらこちらで見つかるようになった。

巻序を追って読んできて、〈読み落とし〉に気が付く。その時点で、そこに至るまでの自分の読みに納得がいかなければ、前に戻っての読み直しをせざるを得ない。繰り返し繰り返しての熟読を続けているうちに、源氏物語が今までと違ったもの―幸せな栄華とはおよそ遠い、重く苦しく、救いのない、孤独な人々の世界としか見えないようになった。

物語は絵巻を見ながら、女房の語りを聞いて楽しむものであったというが、源氏物語のばあい、表面的にならともかく、真っ当に理解しようとすれば、絵と聴覚によるのではなく、文字のみを媒体としての繰り返し繰り返しての熟読が、要求されている。

【二】（源氏物語の内容の時代限定）〈読めているのか〉ということで、問題となるのは物語の内容の時代限定であろう。

源氏物語は「いづれの御時にか」で始まる。この「御時」に対応するのは、筆者が気付いた早いものでは、

僧都も、「あはれ、何の契りにて、かかる御さまながら、いとむつかしき日本の末の世に生まれたまへらむと見るに、いとなむ悲しき」とて目おし拭ひたまふ。（若紫［一〇］）

の、「日本《ひのもと》の末の世」がある。

歴史上、一〇五二年が末法第一年である。物語が「いづれの御時」のことなのか、桐壺巻では延喜の代が規範性を帯して語られはするが、それがただちに醍醐《だいご》の世とはなりえない。大体、女房の描く世界であるので、桐壺巻では、桐壺更衣がクローズアップされがちであるが、主軸をなすのは帝であ

ろう。桐壺の巻冒頭の帝は、宮廷社会が許さない女性（桐壺更衣）に総てを賭けたかのように彼女を激しく愛して、後宮を嫉妬の坩堝《るつぼ》と化し、アヤシキワザ・マサナキコトまで後宮に引き起こした。崖っ淵を破局に向かって突き進むかのようながむしゃら振りである。皇子は得たが、更衣は死に、四面《しめん》楚《そ》歌《か》の孤立状態に独り残された。源氏物語の冒頭にムカシがない。ムカシは、記憶に鮮明に残っている懐かしい過去、忘れられないあの時あの人を云い、体験した過去を指す。物語冒頭の桐壺帝に先例を求めることができるであろうか。悲壮に過ぎてムカシを冠しようもない。そういう「御時」を史上の事実と考える必要もあるまい。平安時代、天皇の意志は臣下に尊重されるのが普通であり、桐壺帝のように孤立無援に追い込まれることはありそうもない。北山の僧都《そうず》のいう「日本《ひのもと》の末の世」である。

冒頭だけではない。帝桐壺は、国王となるべき資質に恵まれて生まれた第二皇子を皇位継承権のない源氏にしなければならなかった。それに先立って帝は三つの占いをした。宿曜《すくよう》（星占いで仏教上の天の声とでもいうべきもの）は、第二皇子に帝と后が誕生すると予言した【御子三人、帝、后かならず並びて生まれたまふべし。中の劣りは太政大臣にて位を極むべし】（澪標［四］）。帝はこの予言を顕現化―「ただ人（臣下）」の子を帝に―しなければならないという窮地に立たされる。まさに「末の世」ではないか。

この小著では、源氏物語に語られている時代を「末世《まっせ》」と見、帝桐壺を末世の聖帝ととらえたい。

［三］（源氏物語の執筆目的）〈書く〉という作業には必ず目的がある。どんな文献でも無目的に執

筆されることはない。その目的をより効果的に読者にアピールしようと、構想・構成・表現にさまざまな工夫がなされる。従って、文献の内部分析を重ねることにより、執筆目的に接近できて自然である。

源氏物語五十四帖は、帝王四代に渉る宮廷中心の物語であるが、〈光の一代記〉と見たのでは、光没後の語りとそれ以前とに緊密な関連を見いだしにくく、五十四帖に一貫するテーマはないとされ、匂宮三帖・宇治十帖は作者別人の疑いもかけられてきた。現存しない巻々の存在も論じられてきた。文献学の立場からすれば、これは放置できない問題である。源氏物語の執筆目的を明らかにする努力はなされなければならない。

（方法上の基本事項）

・文献（テキスト）の熟読のみといってよい。テキストに語らせ、テキストの声を聞くべきである。一切の先入観をテキストに優先させてはならない。
・古典語で書かれた文献であるからには、古典読解の語学力、源氏物語のばあいは、特に語彙力を要する。
・文献全体を常に視野に入れ、全体との関わりに留意する。
・論の根拠を明確にする（誰の説かではなく、論の根拠が大切である）。
・源氏物語が五十四帖で一つの文献として現存する以上、作業仮設として、五十四帖書く必要があって書かれたとする。

・源氏物語では、登場人物相互の意識にズレがあり、意識のズレに立脚してストーリーが展開されることが多い。それを無視してはならない。

・〈物語〉に一言すれば、物語とは、情報が口から口へ伝えられた平安時代の、ゴシップである。虚々実々をゴシップに語らせて、作者が自分の正体をあらわに出さないための〈隠れ蓑〉でもある。贈られた和歌がゴシップの格好の素材とされる。ゴシップの何が虚で、何が実かの読み分けが要求される。

〈源氏物語の執筆目的への接近のために〉作者が五十四帖書かなければならなかった理由・目的を探す最も常識的な手がかりは、五十四帖の終わりの部分に至って、書き始めの部分と何がどう変わったかであろう。

源氏物語のそれを探るのに必要な視点は、「政治に目をつむるな」ではなかろうか。従来、作者をはじめ、女房の立場は「政治に口入れせず」が基本であるから、読者も政治へは一切介入すべきでないとされてきた。その結果、男性登場人物たちも政治家としてではなく、花鳥風月を愛《め》でる遊興人であり、宮中も遊興の場と化されている。物語の現実はそんなに甘くはあるまい。帝も皇子達も藤原貴族達も男性は政治家であり、要職を歴任する。政治に生きる人々である。女性も宮中で政治に積極的に参加していた。宮中は政治の場である。政治抜きの平安貴族とは、骨抜きされた脱け殻に等しい。

〈「物語の終わりの部分に至って、書き始めの部分と何がどう変わったか」の見通し〉二点に注目したい。二つ共に、源氏物語全体を一貫する底流となりそうである。

＜その一＞立太子問題がある。平安時代政争の起点は東宮職にあったとされている。源氏物語でも帝桐壺は光源氏ほどの皇子でも東宮に立てることができず、朱雀在位中には帝桐壺の立てた東宮冷泉を廃太子にする動きがあった。立太子を帝が帝の意志で自由にできない情況である。それが、宇治十帖に至ると、今上帝は、匂宮を「筋異に（将来東宮・天皇に）」と願い、「世人」もそれを容認し、匂の対女性問題が取り沙汰されるのを母明石中宮が案じるが、匂の立場は安定している。八宮の遺児中君は匂宮に将来の伴侶（未来の中宮）として選ばれ、匂の長男（八宮孫）を出産し、明石中宮主催の盛大な産養《うぶやしな》いが催された。物語は、特にこれをそうと語りはしないが、物語の終わりが、始めと変わっているのは、立太子問題である。宇治十帖の情況は、帝王四代を経て、天皇の政治支配が安定したことを意味する。と同時に、物語り上のこの事実は、そういう安定への道の模索こそが源氏物語執筆の目的の一つであったであろうことを示唆する。

として、問題は、物語において、いかにしてこの変化が実現できたかである。立太子問題における最大の犠牲者は、担がれながら東宮もしくは天皇になれずに終わった皇子達である。その＜いけにえ＞としての孤独な一生は宇治八宮に託して語られるが、前坊にしても同様であったであろう。皇子達からそういう犠牲者を出さないことこそが帝王桐壺の宿願であり、皇統の血筋の人々をどのようにして守るか、《皇統の血の堅持》が、桐壺帝の最大の課題であった。帝桐壺は＜父亡き姫君＞藤壺を入内させ、中宮に立て、藤原氏の外戚としての政治介入を排除した。帝桐壺は、この中宮選定のパターンを帝による政治理念実現の中枢として必要不可欠とした。帝桐壺が採択したパターンは、光が藤壺と計って前坊の遺児（秋好）を冷泉の中宮に立てることによって受け継がれ、明石中宮・匂宮に継承された。

天皇による政治支配が安定したにもかかわらず、宇治十帖の世界は暗く暗くなる。末世の暗さと見るべきか。

「末世」を隠れ蓑にしたからこそ、一介の女房が、《皇統の血の堅持》という問題を語れたのではなかったか。末世の話であれば、当時の為政者との間に一線を画せた。当時この物語が為政者たちに反感を持たれなかったのは、彼らには末世の話と理解されたからであろう。

この小著では、「第一部　末世の聖帝桐壺の政治路線とその苦悩」として、関係六章を収める。

［《皇統の血の堅持》と表裏の関係にあるのが、藤原氏の氏の長者の家の子孫の先細りである。見通しだけを述べる。内大臣（かつての頭中将）の嫡男柏木は薫に全てを賭けて死んだ。次男紅梅大納言には、後妻の真木柱の姫君との間に生まれた小君一人以外に男子がいない。薫は、出生への嫌悪と往生の絆しへの恐れから、子孫を作ろうとしない【跡とめむとも思はずなりにたりや】（椎本）。対するに明石中宮も夕霧も子宝に恵まれている。ここに、柏木の対女三宮事件を、皇統の血に対する冒瀆として許さない作者を見ることができよう。］

＜**その二**＞源氏物語五十四帖の終わりは、《女人往生》への夢を、物語り世界で、実現に近付けることであった。浮舟物語は《女人往生》に至る浮舟の受難の物語である。

大体、末世到来を目前に控えて、人々は仏教に救いを求めた。宗教は男性社会の為のものである。女性は三界《さんがい》に家無しで、男性同様には往生できなかった。『法華経《ほけきょう》 提婆達多品《だいばたったほん》第十二』の説く「年始八歳」の竜女の「変成　男子《へんじょうなんし》」即ち〈竜　女変成《りゅうにょへんじょう》〉が、女人往生への道であった。《女人往生》実現のためには、〈竜女変成〉を信じる導師《どうし》横川僧都と、明石中宮の存在が必要不可欠である。明石中宮は、「海竜王の后となるべきいつき娘（若紫）」と噂された明石上と、須磨で海竜王の試練を受けた光との間に生まれた、即ち〈竜女〉としての生を受けている。明石中宮が、帝桐壺・光の意思を継承して《皇統の血の堅持》に貢献し「変成　男子《へんじょうなんし》」を遂げることにより、女人往生への道が拓かれる。若紫・須磨・明石・若菜上の巻々を踏まえての宇治十帖最終部であるが、これは、末世の聖帝桐壺が宿曜の予言する〈后〉に竜女を求め、《女人往生》の夢を託したことに端を発する。五十四帖を一貫する帝桐壺のリードである。

宮廷女房社会でも女人往生への願望は切実なものがあったであろう。中宮に導かれての女房たちの往生というかたちが望まれて自然である。源氏物語執筆当時、末世への不安に誰もがおののいていたであろう。物語であろうと、contemporary な願望が投影されて不思議はない。書くという作業が、書き手の意識・理解に先行されること、今も昔も変わりはない。

この小著では、「第二部　女人往生への道」として、関係五章を収める。

第一部　末世の聖帝桐壺の政治路線とその苦悩

第一章　桐壺帝の抵抗・挫折・再起——桐壺巻を帝サイドから読む——

内容

一　はじめに——問題と見通し

この小論は、文献学（philologie）の立場での、桐壺巻の読みの試論である。源氏物語を、現存のかたち即ち五十四帖で、一つの文献と見、五十四帖全体を視野に入れて、冒頭の巻の意味付けがなされなければばならない。

見通しを述べる。冒頭の帝桐壺による〈父亡き〉更衣《こうい》一人の優遇は、周囲には異常としか思われないが、東宮空位という政情不安（第四章）を処理するための帝桐壺の抵抗であると見る。帝桐壺の抵抗は更衣の死によって挫折を余儀なくされたが、立太子問題が政争の起点とされるのを回避するため

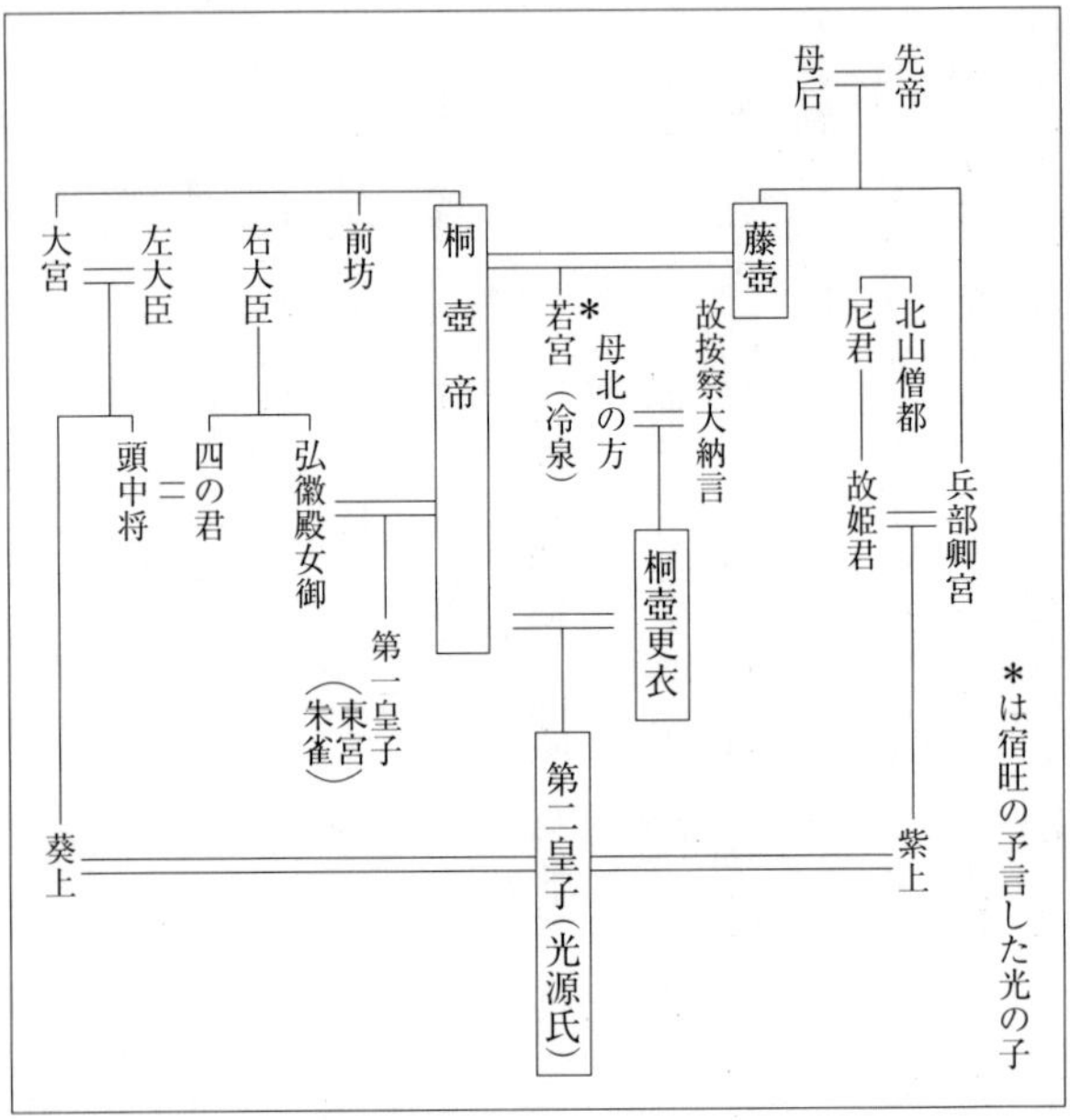

に、帝は私情の総てを捨てて、第一皇子を東宮とし、第一皇子に立太子《りったいし》の最優先権を認めるのを原則とし、挫折のスランプを短期間で切り抜けた。再起した帝桐壺は第二皇子の処遇を決めるに当たって、倭相《やまとそう》・高麗人の観相《かんそう》・宿曜《すくよう》の占いを行なった。桐壺巻で直接語られるのは高麗人の観相である。帝は意を決して、第二皇子を皇位継承権のない「ただ人」源氏とした。先帝の四の君（藤壺）の入《じゅ》内《だい》により、帝は更衣死後の空白を満たされる。世間は源氏を〈光君〉、藤壺を〈かかやく日の宮〉と並び称した。

帝桐壺にとって、残る大きな問題は、東宮朱雀に譲位する時の次期東宮の人選であったであろう。帝は宿曜の予言を知っている。宿曜の予言は仏教上の天の声というべきものであり、帝はそれを顕現化しなければならなかったと見る。帝が、〈ただ人〉光を藤壺に接近させる。桐壺巻における帝の光の処遇を、元服《げんぷく》も含めて理解するには、〈宿曜の予言〉（澪標巻）・光の将来についての夢の告げ（若紫巻）・光の夢に現われる故院桐壺の告げ（明石巻）を知る必要がある。桐壺巻の終わり三分の一は、それらを含めた包括的な読みが要求される。〈光の藤壺密通〉と言われてきた問題は、単なる密通で片付くことではない。帝桐壺・藤壺・光が三人三様の受難を余儀なくされた、まさに末世の問題である。

政情不安の乱世からスタートし、新秩序を立て、後世の範となる政治路線を実践する帝の語りを長編物語の冒頭に据えるところに、時を末世と限定した上での《史》に対する作者の志向を見るべきであろう。

二　帝桐壺の抵抗

［二1］（冒頭の異常さ）桐壺巻の文章は弛《ゆる》みがない。切羽詰まった状況で、削ぎ落とせるものは全て捨象した語り口である。

いづれの御時《おほむとき》にか、女御《にようご》、更衣《かうい》あまた（アマルホド）さぶらひたまひける中に、いとやむごとなき際《きは》（誰モガ認メザルヲ得ナイ、ズバヌケテ高イ身分）(1)にはあらぬが、すぐれて時めきたまふありけり。（桐壺［一］）

意外な女性が帝桐壺の愛を独占している。

周知のように、当時、上流貴族は娘を入内《じゆだい》させ、外戚をめざす。入内した女御・更衣方は帝の愛を得て男皇子を出産しなければならない。親兄弟一族の栄誉が彼女たち一人一人の肩にかかっている。帝はアマタの女御・更衣に平等に対応し、後宮の平和を保たなければならない。特定の女性一人だけを熱愛する帝桐壺は、人々の目に、尋常とは映らない。

語り出しの「いづれの御時にか」には、こんな帝がいらしたであろうか、前代未聞という口吻《こうふん》がある。物語の冒頭にムカシがない。ムカシを冠しようもない帝桐壺の特異性の語りから源氏物語は始められている。物語として破格な語り出しである。

当の女性は更衣であった。女御（更衣より上位）方からはそねまれ（上位ノ人ガ下位ノ者ヲ許セズ、敵視スル意[2]）、更衣達にも疎外された。周囲の恨《うら》みを一身に背負えばそれだけ一層、帝の寵愛は深まる。人の忠告も「え憚らせたまはず」と、帝は当の更衣に対する態度を変えることができない。エ…ズに留意したい。帝はある信念にかきたてられ、使命感に支えられているかのようである。更衣一人に愛を集中する帝に対し、官僚たちも、手の下し様もなく、将来の政局はどうなるのか当惑しきっており、楊貴妃の例（馬嵬《ばがい》に果てた）を持ち出すに違いない情況に至る。更衣は「いとはしたなきこと（トリックシマノナイ嫌がらせ）」が多いが、帝の愛だけを頼りに宮中の生活を続けている。

【はじめより我はと思ひあがりたまへる御方々、めざましきものにおとしめそねみたまふ。おなじほど、それより下臈の更衣たちはましてやすからず。朝夕の宮仕につけても、人の心をのみ動かし、恨みを負ふつもりにやありけん、いとあつしくなりゆき、もの心細げに、里がちなるを、いよいよあかずあはれなるものに思ほして、人の譏りをもえ憚らせたまはず、世の例にもなりぬべき御もてなしなり。上達部、上人などもあいなく目を側めつつ、いとまばゆき人の御おぼえなり。唐土にも、かかる事の起こりにこそ、世も乱れあしかりけれと、やうやう、天の下にも、あぢきなう人のもてなやみぐさになりて、楊貴妃の例もひき出でつべくなりゆくに、いとはしたなきこと多かれど、かたじけなき御心ばへのたぐひなきを頼みにてまじらひたまふ。】（〔一〕）

「父の大納言は亡くなりて」と、帝桐壺が選んだのは父亡き更衣であった。親兄弟を外戚にと願う女御・更衣たちにも、その親兄弟たちにも、桐壺帝は気の知れない帝としか映らなかったであろう。母北の方は「いにしへの人（今デハ世間ニ忘レラレテイル、言い換えれば、かつてはその人と注目された、人）のよしあるにて…何ごとの儀式をももてなしたまひけれど」と宮廷儀式に強い女性である（ヨシアルはここではそれを指す）。その母北の方にしても臨時の催し事となると、情報が入らずカバーができなかった。

【一2】（更衣腹の皇子誕生・第一皇子既存・東宮空位）更衣が「世になくきよらなる玉の」皇子を出産。更衣の立場が優位になるが、実は既に「右大臣の女御腹」の第一皇子が在り、世間で東宮候補とされていることが読者に明らかにされる。これは、第一皇子が在りながら東宮空位であることを疑わせる。帝桐壺が右大臣の女御（弘徽殿《こきでん》）腹の第一皇子の立太子を渋っているらしい。更衣腹の第二皇子の世にも稀な美貌が第一皇子を圧倒する。帝はひそかにこの皇子こそと大切にし、第二皇子の将来に期待を抱く。

【前の世にも御契りや深かりけん、世になくきよらなる玉の男御子さへ生まれたまひぬ。いつしかと心もとながらせたまひて、急ぎ参らせて御覧ずるに、めづらかなるちごの御容貌なり。一の皇子は、右大臣の女御の御腹にて、寄せ重く、疑ひなきまうけの君と、世にもてかしづききこゆれど、この御にほひには並びたまふべくもあらざりければ、おほかたのやむごとなき御思ひにて、この君をば、私物に思ほしかしづきたまふこと限り

なし。】（［一一］）

帝・更衣と右大臣の女御との対立が立太子がらみの熾烈《しれつ》なものとなる情況が整う。

【…この皇子生まれたまひて後は、いと心ことに思ほしおきて（帝が更衣を秘蔵の皇子の母として特待する）たれば、坊にもようせずは、この皇子のゐたまふべきなめりと、一の皇子の女御は思し疑へり。人よりさきに参りたまひて、やむごとなき御思ひなべてならず、皇女たちなどもおはしませば、この御方の御諫め（第一皇子優先の筋論か）をのみぞなほわづらはしう（相手ニナルノガ面倒デ）心苦しう思ひきこえさせたまひける。】

（［一一］）

更衣の局は桐壺である。清涼殿から最も遠い位置に設定されている。帝に素通りされる方々が耐えかねるにせよ、後宮でまさかと思う「あやしきわざ」「まさなきこと」が出現する。ミヤビどころではない。気違い沙汰である。いじめがそこまでエスカレートすると、帝は上局にいた別の更衣に部屋を空けさせ、他の局に移して、この種の嫌がらせから更衣を救った。後宮は嫉妬の坩堝《るつぼ》と化した。正常な後宮ではない。作者の描く末世である。

【御局は桐壺なり。あまたの御方々を過ぎさせたまひて隙なき御前渡りに、人の御心を尽くしたまふもげにことわりと見えたり。参上りたまふにも、あまりうちしきるをりをりは、打ち橋、渡殿のここかしこの道にあやしきわざをしつつ、御送りの人の衣の裾たへがたくまさなきこともあり、また、ある時には、え避らぬ馬道の戸を鎖しこめ、こなたかなた心を合はせてはしたなめわづらはせたまふ時も多かり。…】（［一一］）

［一3］（更衣腹の皇子の袴着《はかまぎ》の儀） 帝桐壺はあくまで強気である。更衣腹の皇子の袴着の儀式を第一皇子のそれにひけを取らないように盛大に行なった。それに対し囂々《ごうごう》たる批判があった。人々には、〈第二皇子を東宮に〉が帝の意志と読み取れたか。外戚としての政権掌握を狙う人々に、外戚と

なるべき父が故人で、大納言に過ぎない更衣腹の皇子を、第一皇子をさしおいて、東宮に推すなど、非常識としか受けとめられなかった。但《ただ》し彼等も、この皇子の「御容貌心ばえ（生レ乍ラノ感性ヤ知性）(3)」が抜群なのは認めた。

以上、物語の主人公の数え年三歳の〈袴着の儀〉まで、三、四年ぐらいの語りである。帝は後宮の平和など眼中にないかのように、周囲を寄せ付けず、孤立無援のただ中で、自己の意志を貫こうとしている。臣下が帝の意志を立てようとしないことも異常である。

三　更衣の死、帝の挫折

［三1］（更衣の死）「その年の夏」御息所の体調が急変し、「日々に重りたまひて」五六日で衰弱。帝は、宮中の「限り（死の穢れに対する禁忌）」の厳守と、更衣の急変の実相を最期まで見届けなければならない、死なせてなるかという正義感とのジレンマに陥る。死因を物語は正面切っては語らない。更衣の遺詠《いえい》の後半「いかまほしきは命なりけり」は、自分の死は寿命を尽くしての死ではないという、帝への直接の訴えである。「いとかく思ひたまへましかば」は、弘徽殿方の策を見抜けなかったことへの悔しさである。当時の宮廷社会での邪魔者毒殺の史実、原子の事件を引くまでもない。物語冒頭の「楊貴妃の例もひき出でつべうなりゆく」が伏線である。「いとあはれとものを思ひしみながら、言に出でても聞こえやらず」の「もの」が何を指すか。事件の真相を見抜きながら、問題の物を更衣に勧めるように謀《はか》られた人が「あはれ」で、帝に一言も打ち明けず、ことを収めて終わる更衣で

あった。

【限りあれば、さのみもえとどめさせたまはず、御覧じだに送らぬおぼつかなさを言ふ方なく思ほさる。いとにほひやかにうつくしげなる人の、いたう面痩せて、いとあはれとものを思ひしみながら、言に出でても聞こえやらず、…「限りあらむ道にも後れ先立たじと契らせたまひけるを。さりともうち棄ててはえ行きやらじ」とのたまはするを、女もいといみじと見たてまつりて、

かぎりとて別るる道の悲しきにいかまほしきは命なりけり

いとかく思ひたまへましかば」と、息も絶えつつ、聞こえまほしげなることはありげなれど、…（「夜半うち過ぐるほどに」更衣絶命）】（〔四〕）

物語は、第二皇子の宮中退出（服喪《ふくも》）に、「よろしきこと（尋常の死）にだにかかる別れの悲しからぬはなきわざなるを、ましてあはれに…」という。後の語りに及べば、母北の方は、帝の使者命婦《みょうぶ》相手に「…よこさまなるやうにて、つひにかくなりはべりぬれば、…」とあからさまに横死《おうし》と言う。それを承けて命婦は、「上もしかなん。…」と、北の方の「よこさまなるやう」を否定しない。更に、帝からの四の宮入内の話を、母后は「あな恐ろしや、春宮の女御のいとさがなくて、桐壺更衣のあらはにはかなくもてなされにし例もゆゆしう」と敬遠した。弘徽殿は、帝桐壺の突っ走りに決着を付けた恐るべき存在となった。帝桐壺の完全敗北である。

〔三2〕（更衣の葬送・帝の悲嘆）身分が更衣である人の葬送のきまりに従わなければならない。帝桐壺は「三位」を追贈し、葬送においても周囲の反感を煽《あお》った。一方、故人に対する敵視は「なくてぞ（人は恋しかりける）」にかわった。

【限りあれば、例の作法にをさめたてまつるを、…おたぎといふ所に、いといかめしうその作法したるに、…

内裏より御使あり。三位の位贈りたまふよし、勅使来て、その宣命読むなん、悲しきことなりける。女御とだに言はせずなりぬるがあかず口惜しう思さるれば、いま一階の位をだにと贈らせたまふなりけり。これにつけても憎みたまふ人々多かり。…】〔一六〕

帝の意識「女御とだに言はせずなりぬるがあかず口惜《くちを》し」は、帝桐壺が更衣を女御以上の地位、即ち中宮にと心に決めていたことを示唆する。これは第二皇子の立太子とセットである。更衣の人柄もさることながら、父亡き更衣を抜擢したところに、〈帝による政治〉に対する外戚の介入の排除に撤しようとする帝桐壺の政治姿勢がうかがえる。これは同時に、第一皇子の母女御と女御の父右大臣が、帝桐壺にとって、許せない、したたかな存在であることも示す。更衣の死は帝桐壺にとって最愛の女性を失っただけではない。周囲の理解を求め得ないのを承知で、押し進めてきた将来構想の中枢が更衣の死によって破壊されたのである。帝の喪失感・挫折感・敗北感は想像にあまりある。

…ほど経《ふ》るままに、せむ方なう悲しう思さるるに、御方々の御宿直《とのゐ》なども絶えてしたまはず、ただ涙にひちて明かし暮らさせたまへば、見たてまつる人さへ露けき秋なり。…一の宮を見たてまつらせたまふにも、若宮の御恋しさのみ思ほし出でつつ、親しき女房、御乳母《めのと》などを遣《つか》はしつつありさまを聞こしめす。〔一七〕

帝の悲嘆と孤独である。以下、「野分きだちて」で始まる靫負命《ゆげいのみようぶ》婦の母北の方邸訪問部分と、宮中で一人第二皇子を案じる帝の孤独が語られる。

孤独な帝は若君の帰参を求める。母北の方が若宮を手放す時が迫ってきた。命婦を引き止め、亡夫大納言の遺言、入内を回顧する。この部分、〈父親が故人〉を承知の入内であることに注意。続けて、「よこさまなるやうにて」の死を嘆く。命婦は、

上もしかなん。…世にいささかも人の心をまげたることはあらじと思ふを、ただこの人のゆゑにて、あまたさるまじき人の恨みを負ひしはてはては、かううち棄てられて、心をさめむ方なきに、いとど人わろうかたくなになりはつるも、前の世ゆかしうなむとうちかへしつつ、御しほたれがちにおはします」と語りて尽きせず。〔一八〕

「かたくなになりはつる」は誰も何も受け付けることのできない帝の孤独の自覚である。命婦帰参。待っていた帝は北の方の返事を読んで、

かくても、おのづから、若宮など生ひ出でたまはば、さるべきついでもありなむ。寿《いのちなが》くとこそ思ひ念ぜめなどのたまはす。〔一九〕

この時点では、帝は第二皇子の立太子を諦めきれてはいないらしい。[4]

物語は帝の心境を『長恨歌《ちょうごんか》』の詩句に託して語る（詳細略）。

「まどろませたまふことかたし。」「朝政《あさまつりごと》は怠らせたまひぬべかめり」「ものなどもきこしめさず」と、不眠・仕事への意欲喪失・食欲不振の帝を側近たちは、

さるべき契りこそはおはしましけめ。そこらの人の譏《そし》り、恨みをも憚らせたまはず、この御事にふれたることをば、道理をも失はせたまひ、今、はた、かく世の中のことをも思し棄てたるやうになりゆくは、いとたいだいしきわざなり」と他の朝廷《ひとみかど》の例《ためし》までひき出で、ささめき嘆きけり。

〔九〕

となる。「道理をも失はせたまひ」は、一の宮をさしおいて二の宮を立てようとする帝に対する批判。「他の朝廷の例」とは『長恨歌伝』のいう仙界の楊貴妃による玄宗皇帝の死の予言か。(5)

桐壺巻の三分の一の紙幅が「野分だちて、にはかに肌寒き夕暮」の一夜とその後の帝の挫折・喪心の語りに費やされている。亡き更衣の鎮魂歌と言われるが、より大切なのは帝の受けた衝撃の深さではなかったか。

[三3]（第一皇子立太子） 翌年春、東宮決定。帝桐壺がふっきれた。桐壺の示した立太子の原則は、第一皇子に最優先権を認めるということである。第一皇子の母とその父が帝にとっていかに許せない人であろうと、第二皇子がいかに抜群の才能があろうと、その母への帝の愛がいかに深かろうと、立太子そのものを政争の起点としないために、帝桐壺が決断した現実対応である。そうすることによってこそ、第二皇子の命を守ることができる。第一皇子の母女御と父右大臣とに対しては、帝が政治の実権を握って牛耳ろう。強靱不屈な帝桐壺である。

【明くる年の春、坊定まりたまふにも、いとひき越さまほしう思せど、御後見すべき人もなく、また、世のうけひくまじきことなりければ、なかなかあやふく思し憚りて、色にも出ださせたまはずなりぬるを、「さばかり思したれど限りこそありけれ」と世人も聞こえ、女御も御心落ちゐたまひぬ。】（〔一〇〕）

なお、「坊定まりたまふ」を、それまで東宮が空位であったと見てよいであろう。

[三4]（帝桐壺の政治姿勢とその背景） 桐壺巻の上述の範囲で、留意したいのは、

① 東宮空位であったこと

② 帝が優遇する女性の父が故人であること

の二つである。この二つを物語全体を視野に入れて捉えなければならない。

(①東宮空位であることについて) 源氏物語冒頭で東宮が空位であるといえば、廃太子「前坊」の存在が浮かび上がってくる。桐壺巻の第一皇子立太子は光四歳である。時に前坊は生きていた(第一部第四章)。

生存中の前坊を物語は一言も語らない。読者は賢木巻まで読み進んで、桐壺巻の理解に欠かせない物語り上の事実(前坊廃太子)を突き付けられて、自分の読みの吟味反省を迫られる。このことは、源氏物語が、絵を見ながら語りを耳で聞いて楽しむだけでは理解できない、読み返しを読者に求める、その意味で新しい文学作品であることを明確に示している。これは、〈物語〉と称しながら、その冒頭にムカシを冠しない事実とも通じ合う。繰り返し繰り返しての熟読を要求する、新しい散文文学作品の誕生である。

帝桐壺にとって前坊は「…同じき御はらからといふ中にも、いみじく思ひかはしきこえさせたまひて…(葵)」と同母の気の合った弟であった。帝桐壺は、自分が天皇、弟が東宮という当時の基本的なパターンで出発したらしい。それが物語の冒頭では東宮空位となっている。

帝桐壺の頭越しに断行された前坊の廃太子により、兄(天皇)・弟(東宮)のコンビによる政治構想の夢が打破された。帝でありながら桐壺は、弟を救うことはできない。日本の歴史を見る時に、平安時代政争の起点は東宮職にあったという。その政争で最も犠牲を強いられるのは天皇や東宮に立てずに終わる皇子達である（物語は冷泉廃太子の動きの中で担がれただけで終わった宇治八宮のきびしい生を宇治十帖に至って語る）。帝桐壺は弟前坊の廃太子を体験し、弟の犠牲を繰り返してはならない、外戚としての政権掌握を狙う有力貴族に立太子を操られてはならない、帝として皇統の血筋を守らなければならないと肝に銘じたにちがいない。怒りのおさめようがなかったであろう。

桐壺巻冒頭から見てきた、帝桐壺の周辺有力貴族を眼中におかない独走・抵抗は、前坊廃太子事件の事後処理に立ち向かう帝桐壺の信念・使命感に裏付けされたものと見るのが妥当であろう。ことの筋を尊重する帝桐壺が第一皇子が在りながら東宮空位を続けたのは、まずは廃太子を断行した側を優位に立たすことが許せなかったからであろう。第一皇子自身に責任はないにせよ、先帝の皇子兵部《ひょうぶ》卿《きょう》宮とのバランスもある。帝桐壺は、事後処理の道は、廃太子事件に一切関わりを持ち得ない新しい東宮候補を得、その母を中宮にするほかないと判断し、物語り冒頭が語る通りそれを実践した。第二皇子を得たが、母更衣を奪われ、それも挫折に追い込まれた。

物語冒頭の帝桐壺の、一見異状な、周囲の上流貴族に通じない行為は、右のように捉えれば理解しやすい。

（②父亡き姫君の帝による優遇について） あまたの女御更衣の中で、帝桐壺が特別優遇したのは、大納言の姫君であり、その入内は父の死後であった。父亡き姫君をなぜ帝桐壺が求めたかが問題である。

外戚としての政権掌握を狙う有力貴族に立太子を操られてはならない。帝として皇統の血筋を守るにはどうすべきか。その為の確実な方法として帝桐壺が特定したのは、中宮となるべき女性は＜父・兄弟が生存していない＞を第一条件とすることであった。これは同時に、外戚となる可能性のある親兄弟を身内に持つ女御・更衣を、中宮候補としては、帝は徹底回避しなければならないとなる。これは《極秘の条件》でなければならない。その実践が、故大納言の姫君（桐壺更衣）の入内とその破格の優遇であった。

さらに、そのつもりで、源氏物語全体を見ると、中宮となる女性に帝桐壺の決めたこの《極秘の条件》が当てはまる。

まず、桐壺の中宮藤壺は、先帝の四の君であり、先帝・母后没後、故更衣に似ていると典侍が帝に勧めて入内。藤壺腹の皇子冷泉を後継者として、帝桐壺は自分の政治路線を、＜桐壺第一皇子朱雀帝（兄）・冷泉東宮（弟）＞のかたちで将来に繋ぐ。

次に冷泉の中宮秋好は他ならぬ前坊の姫君。前坊も母六条御息所も没後、光が藤壺と計って冷泉中宮とした。これは、光と藤壺とによる、帝桐壺の《極秘の条件》の継承である。（冷泉帝・朱雀第一皇子東宮のコンビ）

今上（朱雀第一皇子、前東宮）の中宮明石には父光がいるが、紫の死を契機に光は出家する。病というのでもない。これを、帝桐壺の《極秘の条件》を全うするための、光自身による政界からの徹底した引退と解釈したい。物語が光の死を語らないのは、この引退即ち政治家光の死としているからであろう。先例的なものに明石入道の生き方がある。

宇治十帖に至ると、立太子が決まっている匂宮は、一生の伴侶として故宇治八宮の中君を自分で選び、将来を契った（第六章）。

中宮秋好は前坊の、匂宮の中君は宇治八宮のと、二人とも立太子問題の犠牲者の姫君である。犠牲とされた二人の皇子の血が、各々姫君を介して皇統の直系に継承される道が拓かれている。光の血も明石中宮を介して継承される。更に、先帝の血も藤壺を介して冷泉に継承された。帝桐壺の定めた《極秘の条件》は、このように、立太子問題の犠牲者の血を救う道でもあった。

今上が譲位後、匂宮を東宮にということは、帝（一の宮）・東宮（三の宮）という兄弟の連携のかたちを今上が理想としていることを意味し、帝（桐壺）・東宮（前坊）のかたちに対応することになる。物語は、天皇兄弟のコンビによる政治構想が破壊されたところから始まり、破壊以前のかたち再現の計画成立で終わっている。

帝桐壺は、〈立太子の最優先権を第一皇子に〉を原則とし、それを実践して挫折から立直った。以後、物語の中でこの原則は厳守されている。

帝桐壺が構想し実践の第一歩を踏み出し、光・藤壺中宮・明石中宮・匂宮に継承された《皇統の血の堅持》の中でこそ、天皇と東宮兄弟による政治実現への道が開かれる。源氏物語五十四帖の底に《皇統の血の堅持》が一貫している流れている。

四　再起した帝桐壺

【四1】（第二皇子の処遇）第一皇子の立太子（前述【三3】）に落胆した祖母北の方は、第二皇子六歳の年に死亡。以後、第二皇子は専ら帝桐壺のもとで暮らす。

七歳で読書《ふみ》始め。漢詩・漢文の学問にも、琴笛といった楽にも抜群の才能を発揮する。

帝はこの皇子の将来を決めるのに観相に頼った。高麗の相人は、

国の親となりて、帝王の上《かみ》なき位にのぼるべき相おはします人の、そなたにて見れば、乱れ憂ふることやあらむ。朝廷《おほやけ》のかためとなりて、天の下を輔《たす》くる方にて見れば、またその相違ふべし（一二）

と言う。これは、それ以前に帝が行なった倭相とも、〈宿曜〉の占いの筋とも合致した。帝は、第二皇子を、皇位継承権のある〈親王〉にせず、「ただ人にて朝廷の御後見をするなむ行く先も頼もしげなめること」と判断し、源氏にすることにした。

【四2】（藤壺の入内）帝桐壺がめざした前坊廃太子事件の事後処理の道は、桐壺更衣の死によって挫折に追い込まれたが、〈第一皇子に立太子の最優先権を認める〉を原則として、それを実践し、スランプを短期間で乗り越えた（前述【三4】）。中宮候補者をどうするか、がある。先帝の四の君が桐壺の求める中宮の条件にかなっていた。「これは、人の御際まさりて、思ひなしめでたく、人もえおとしめきこえたまはねば」と、後宮の平和は保たれる。物語は、「思しまぎるとはなけれど、おのづか

ら御心うつろひて、こよなう思し慰むやうなるも、あはれなるわざなりけり。」（［一三］）と、帝桐壺の心境を語る。

［四3］（帝の第二皇子の育て方―元服以前―）賜姓源氏《しせいげんじ》・藤壺入内以前に、

今は、誰も誰もえ憎みたまはじ。母君なくてだにらうたうしたまへ」とて、弘徽殿などにも渡らせたまふ御供《とも》には、やがて御簾《みす》の内に入れたてまつりたまふ。…御方々も隠れたまはず、今よりなまめかしう恥づかしげにおはすれば、いとをかしううちとけぬ遊びぐさに誰も誰も思ひきこえたまへり。（［一二］）

である。父の御供とはいえ、子供時代に女御更衣方をじかに見ることが、男の子に何を与えるのか。父の女御・更衣の一人一人を聡明な子供が、子供なりに理解し、後宮事情に強くなる。かなり特殊な対女性教育である。秘蔵っ子を自分の傍に置かないと安心できない帝でもある。藤壺入内後、父の御供で彼は藤壺を「おのづから漏り見たてまつる。」

彼が藤壺に亡き母の面影を求めるやうにしむけたのは、藤壺を帝に紹介した典侍であった。

母御息所も、影だにおぼえたまはぬを、「いとよう似たまへり」と典侍の聞こえけるを、若き御心地にいとあはれと思ひきこえたまひて、常に参らまほしく、なづさひ見たてまつらばやとおぼえたまふ。（［一四］）

典侍の「いとよう似たまへり」を、顔かたちととのるのが普通であるが、桐壺更衣と藤壺との間に血縁を求めるのはむずかしい。他人の空似が存在しないとは言えないが、別の解釈の可能性を求めると、

更衣と藤壺とが共通するのは、桐壺が要求する入内の《極秘の条件》（前述〔三4〕）に適《かな》っていること
と二人とも若いことである。典侍は帝桐壺の《極秘の条件》を知らされていたに違いない。典侍は第
二皇子に藤壺への接近を期待している。帝の意を承けてのことであろう。

上も、限りなき御思ひどちにて、「（藤壺に）な疎みたまひそ。あやしくよそへきこえつべき心地
なんする。なめしと思さで、らうたくしたまへ。つらつき、まみなどはいとよう似たりしゆゑ、
かよひて見えたまふも似げなからずなむ」など聞こえつけたまへれば（話シテ信ジコマセナサルノ
デ）（共に聞いている）幼心地にも、はかなき花紅葉《もみぢ》につけても心ざしを見えたてまつる。〔一四〕

第二皇子と藤壺は帝の勧めに従って、母と子に準じた二人となる。これに続けて物語は、

世にたぐひなしと見たてまつりたまひ、名高うおはする宮（東宮）の御容貌《かたち》にも、なほにほはし
さはたとへむ方なく、うつくしげなるを、世の人光る君と聞こゆ。藤壺ならびたまひて、御おぼ
えもとりどりなれば、かかやく日の宮ときこゆ。〔一四〕

と、世の人が彼と藤壺とを並べて「光る君・かかやく日の宮」と称し、二人に敬意を寄せた。

〔四4〕（光の元服）光十二歳で元服。帝は、

居立《ゐた》ち思しいとなみて、限りあることに事を添へさせたまふ。一年の春宮の御元服、南殿《なでん》にてあ
りし儀式のよそほしかりし御ひびきにおとさせたまはず。所どころの饗《きやう》など、内蔵寮《くらづかさ》、穀倉院《こくさうゐん》な
ど、公事《おほやけごと》に仕うまつれる、おろそかなることもぞと、とりわき仰せ言ありてきよらを尽くして
仕うまつれり。〔一五〕

場所を清涼殿とする他は、東宮の元服と対等である。個人感情で「限り」以上のことを光のためにする帝桐壺ではあるまい。帝だけが知る光の将来の予言を踏まえての帝の対応ではなかったか。高麗人《こまうど》の観相《かんそう》（前述〔四1〕）の他に倭相《やまとそう》と宿曜の占いがあった。宿曜の予言については、澪標巻に至って、

宿曜に「御子三人、帝、后かならず並びて生まれたまふべし。中の劣りは太政大臣にて位を極むべし」と勘へ申したりしこと、さしてかなふなめり。〔四〕

とあかされる。第二皇子の将来は宿曜の予言の顕現化でなければならない。賜姓源氏の決断の際も宿曜の予言が帝桐壺の念頭から離れなかったであろう。光の元服は、「帝、后かならず並びて生まれたまふべし」と宿曜の予言する皇子の元服でなければならない。帝桐壺は、可能な限り将来の〈帝、后の父〉に相応《ふさわ》しく盛大に行った。帝の真意は世人に通じるべくもないが、帝の意向が尊重されるところまで政情は安定している。

…いときよらなる御髪をそぐほど心苦しげなるを、上は、御息所の見ましかばと思し出づるに、たへがたきを心づよく念じかへさせたまふ。かうぶりしたまひて、御休所《やすみどころ》にまかでたまひて、御衣《ぞ》奉りかへて、下りて拝したてまつりたまふさまに、皆人涙落としたまふ。帝、はた、ましてえ忍びあへたまはず、思しまぎるるをりもありつる昔のこと、とりかへし悲しく思さる。…〔一五〕

帝の心中に去来する「昔のこと」とは、廃太子事件の事後処理の最善の策実現を目指しての苦しかった抵抗を指す。事件後生まれたこの皇子の立太子が実現できていれば宿曜の予言に矛盾なく従えるの

に…、母更衣が生存していさえすれば…であったであろう。帝は涙を「心づよく念じかへ」し、「皆人涙落としたまふ」を見て、「ましてえ忍びあへたまはず」である。「皆人」の涙は、元服した光に「国の親となりて、帝王の上なき位にのぼるべき相」の顕現を認めて、光を惜しむ涙であろう。東宮との対比もあったか（第二章［三4］）。帝の苦悩にはほど遠い。

［四5］（元服後の光に対する帝のリード） 元服と同時に光は左大臣の婿となった。結婚した息子に夫婦生活を大切にさせるのが普通の親であろうが、帝は光を常に傍《かたわら》におく。子供の時から父の女御更衣を見てきた光には、藤壺のすばらしさが判る。結婚した相手の葵は気に入らない。藤壺は元服後、光を御簾《みす》の内に入れないが、帝は藤壺に琴を弾かせ、光に笛を吹かせる。二人は「琴笛の音に聞こえ通ひ」、光は「ほのかなる御声を慰め」とする。留意すべきは、帝が二人の仲を結んでいることである。

【源氏の君は、上の常に召しまつはせば、心やすくも里住みもえしたまはず。心の中には、ただ、藤壺の御ありさまをたぐひなしと思ひきこえて、さやうならむ人をこそ見め、似る人なくもおはしけるかな、大殿の君、いとをかしげにかしづかれたる人とは見ゆれど、心にもつかずおぼえたまひて、幼きほどの心ひとつにかかりて、いと苦しきまでぞおはしける。

大人になりたまひて後は、ありしやうに、御簾の内にも入れたまはず、御遊びのをりをり、琴笛の音に聞こえ通ひ、ほのかなる御声を慰めにて、内裏住みのみ好ましうおぼえたまふ。五六日さぶらひたまひて、大殿に二日三日など、絶え絶えにまかでたまへど、ただ今は、幼き御ほどに、罪なく思しなして、いとなみかしづききこえたまふ。…】（［一七］）

思うに、帝桐壺にとって残る最大の問題は、現東宮（第一皇子）に譲位する際に、誰を次期東宮に立てるかであったであろう。中宮候補の藤壺に皇子がなければならない。朝廷の「御後見」ができるように光を育てている帝であるが、帝の頭には、宿曜の占いの「…帝、后かならず並びて生まれたまふべし。…」がある。〈ただ人〉光の子を帝にするにはどうすべきか。光を父とする藤壺の子を帝桐壺の子として帝桐壺が次期東宮に立てる以外に道はあるまい。帝が藤壺と光との仲を結ぶ底に、帝の、宿曜の予言に導かれての決意と覚悟があったと見なければなるまい。ただ人の子を帝の子とする《絶対矛盾》を背負うのが、光の父としての帝の責任と自負しなければ、できることではあるまい。従来、光と藤壺との〈密通〉と言われてきた事は、〈密通〉で片付く問題ではない。

後の語りに、藤壺懐妊《かいにん》三月の頃

中将の君（源氏）も、おどろおどろしうさまことなる夢を見たまひて、合はする者を召して問はせたまへば、及びなう思しもかけぬ筋のことを合はせけり。「その中に違い目ありて、つつしませたまふべきことなむはべる」と言ふに、わづらはしくおぼえて…（若紫［一四］）

ということがあった。懐妊を自覚した藤壺・奏上《そうじよう》を承けた帝・夢の告げを得た光三者の内面が三つ巴《どもえ》に描かれる部分である。「及びなう思しもかけぬ筋のこと」とは、光が帝の実父となることを言うか。「及びなう思しもかけぬ」は、この夢の時点で、〈宿曜〉の占いの結果を源氏は知らなかったことを示す。夢でその告げを承けたのは、藤壺の源氏の子懐妊は天の声に従った行為で是認されるべきものであることを示唆する。「違い目」云々はことの《絶対矛盾》がそのままでは済まないことの予言である。

また、明石巻で天変の中、光の夢に現われた故院桐壺は、

…これはただいささかなる物の報いなり。我は位に在りし時、過つことなかりしかど、おのづから犯しありければ、その罪を終ふるほど暇なくて、この世をかへりみざりつれど、いみじき愁へに沈むを見るにたへがたくて、海に入り、渚に上り、いたく困じにたれど、かかるついでに内裏に奏すべきことあるによりなむ急ぎ上りぬる（［三］）

と言って立ち去った。光に「犯しありければ」と言うことは、「犯し」が光に通じる事柄であることを示唆する。宿曜の予言を守るための《絶対矛盾》の「罪」の償《つぐな》いをしたと光に知らせたい故院である。冷泉即位に必要不可欠な帝桐壺の償いであった。

桐壺巻にもどる。やがて、帝は、母更衣の住んだ淑景舎《しげいしゃ》を光の曹司とし、更衣の里の殿を立派に改築して光に与えた。光は

かかる所に、思ふやうなる人を据ゑて住まばやとのみ、嘆かしう思しわたる。（［一七］）

藤壺は内住みである。実現不可能な夢を追う光の苦しみが始まる。

若紫巻・明石巻と後の語りにまで及んだが、そこに至るレールが桐壺巻の終わり部分で帝桐壺によって敷かれているのを読み落としてはならない。

［四6］（「光る君」の命名者） 桐壺巻の巻末は

光る君といふ名は、高麗人のめできこえてつけたてまつりけるとぞ言ひ伝へたるとなむ（［一七］）

で結ばれている。漢語「光」とヒカル（ヤマトコトバ）とのずれに一言しておきたい。

テル・カカヤクは〈日（太陽）〉をいうのに対し、ヒカルは〈月〉をいうのが支配的である（万葉集の「高ヒカル日の御子」のヒカルは漢語「光」の意識が強い）。世人が「ひかる君・かかやく日の宮」と言い出したのは賜姓源氏以降である。〈日〉即ち帝の中宮候補として女御更衣に君臨する藤壺を「かかやく日の宮」といい、〈日嗣《ひつぎ》〉即ち東宮になれない優れた皇子、立太子の犠牲者を〈月〉にたとえて「ひかる君」と、二人を区別して讃えた。源氏物語は〈月〉を主人公とする〈日嗣〉の物語ともいえる。しかし、月と直結する「ひかる君」の命名者はとなると、帝桐壺の光に対する真意—東宮にできないのが惜しい—を共有する上流貴族達には抵抗が大きすぎる。漢語「光」だけで（ヒカルは意識せず）命名できるのは高麗人である。命名者を高麗人とすることにより、漢語「光」を表に出し、ヒカル即ち〈月〉の隠れ蓑とする作者の工夫でもある。

注

(1) キハが表す身分は、上下両極端の身分に限られる。

(2) 阿久津美砂「源氏物語における「ねたむ」と「そねむ」」平成十二年度二松学舎大学卒業論文。

(3) 野原ともえ「源氏物語における「心ばせ」と「心ばえ」」平成十三年度二松学舎大学卒業論文。

(4) 『完訳日本の古典』脚注「立坊をかんがえているか。」

(5) 『長恨歌傳』（陳鴻撰。『長恨歌傳』『長遺歌序』『長恨歌』がセットである。今、『和刻本漢詩集成第十輯』所収による。）によれば、楊貴妃は方士に別れる際に「太上皇モ亦タ不ジ久カラ人間《ウキヨ》ニ」と言い、玄宗は「其ノ年ノ夏《ナツ》四月《ウヅキ》南宮ニ晏駕《アンカシ》玉フ」という。

第二章　帝桐壺にとっての宿曜の予言と冷泉の誕生

内容

一　はじめに

源氏物語に於いて、宿曜《すくよう》の予言が物語全体の主要 plot の中枢であること、その実現は人力を越えたもの—仏天の諭《さと》し—に依らねばならず、〈夢の告げ〉が重要な役割を担わされていることは改めて言うまでもあるまい。一般に、予言は、それが実現してはじめて証される。読者は、占いがあったこと・夢の告げがあったことを、物語進行途上で知っても、占いや夢の中身は知らされないまま読み進め、予言実現の段階に至って予言・夢の告げの中身を知る。予言・夢の告げに読者はどう対処すべきか。

予言・夢の告げの中身が証されても、従来一般には、それ以前に戻って、実現のために何時何があったかを確かめたり考えたりはなされないらしい。源氏物語はあくまで巻序をおって読むべきだというのも一つの立場にはちがいない。しかし、予言・夢の告げの中身が証される時点で、それまでの自

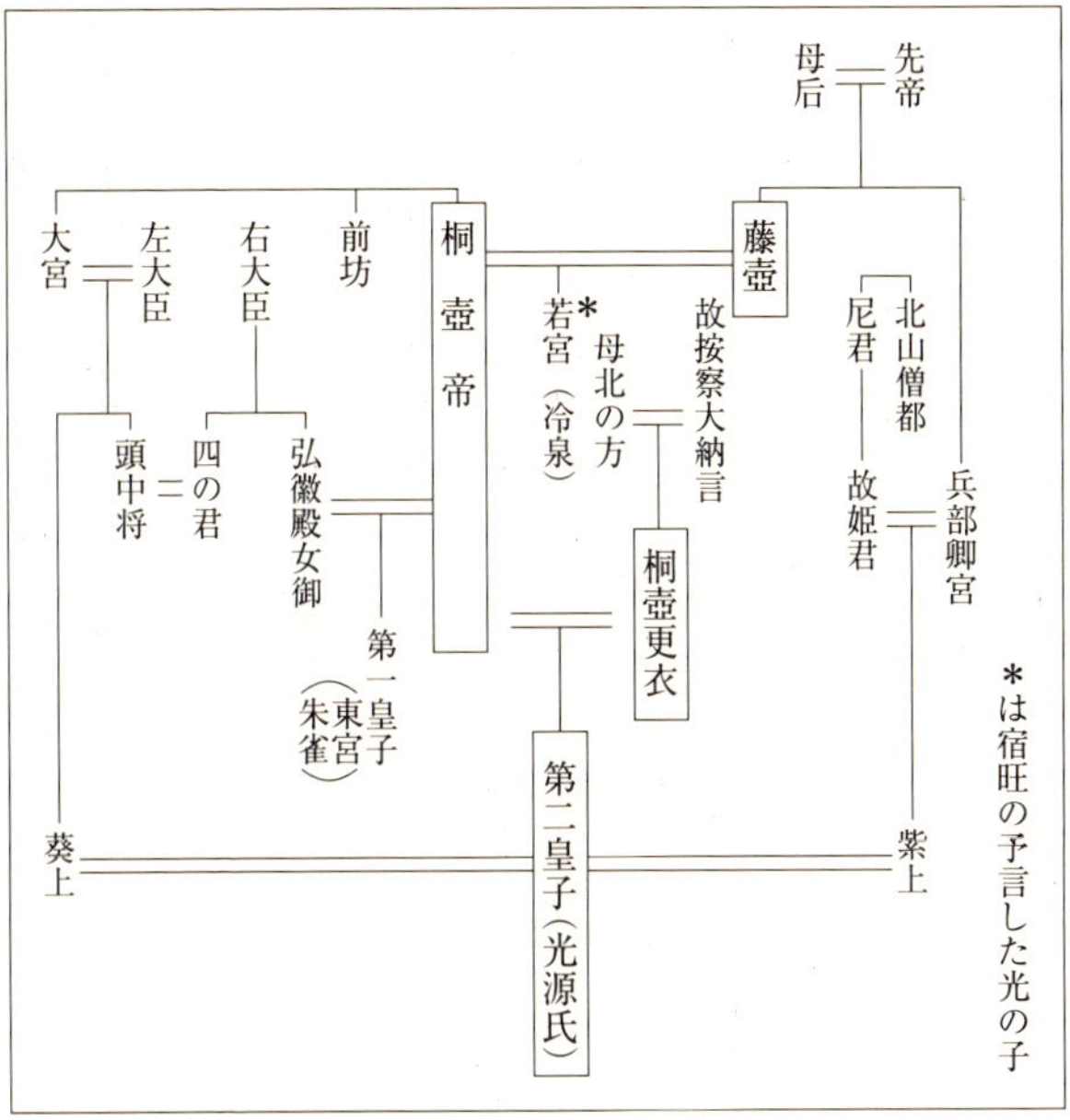

分の読みに納得がいかなければ、前に戻っての読み直しをせざるを得ない。

帝桐壺・光・藤壺を暗黙裏に操っているのは宿曜の予言である。従来専ら〈密通〉とされてきた光と藤壺との一件は、〈密通〉で片付くことではない。宿曜（仏天）が、帝桐壺・光・藤壺に課した《絶対矛盾》、償いを不可欠とする厳しい試練である。宿曜の予言を射程に入れた、桐壺帝・光・藤壺の物語の読み直しが必要となる。

本章では、まず、帝桐壺の生前中の守備範囲内というべき冷泉《れいぜい》の立太子までを中心に、宿曜の予言と夢の告げを念頭において、予言の既知未知を軸に、冷泉誕

生に関する帝桐壺・光・藤壺三者の意識―喜びと苦悩―を読み直してみたい。次いで、桐壺院の遺言・院崩御後の政変に対する藤壺・光の対応を読みたい（光の須磨退去・天変については次章で考察したい）。

二　冷泉の誕生

【二―1】（光の藤壺思慕）

①帝桐壺は、亡き母桐壺更衣に藤壺が似ていると光と藤壺に信じ込ませ、新婚早々の光を左大臣邸へ通わせず手許に置き、藤壺と光に琴笛を合奏させた。若い二人は「琴笛の音に聞こえ通ひ」、十二才にして光は「ほのかなる御声を慰めにて、内裏《うち》住みのみ好ましうおぼえたまふ。」となっていた（桐壺）。幼少年時代から光にとって父帝は絶対的存在であった。父帝の気持ちがよく見抜け、素直に従う結果、帝のこうあって欲しいと思うレールにすんなり乗ってしまっている。

②雨夜の品定めの長話しを聞いて最後に、「君は人ひとりの御ありさまを心の中に思ひつづけたまふ。これに、足らず、また、さし過ぎたることなくものしたまひけるものかなとありがたきにも、いとど胸ふたがる。」と思いは藤壺一人へ集中している（帚木［一―二］）。光十七歳。

【二―2】（光の苦悩―北山の一夜）

①北山で紫の姫君を垣間見た光は、藤壺に対する思いが高ぶっている。

【さるは、限りなう心尽くしきこゆる人にいとよう似たてまつれるがまもらるるなりけり、と思ふにも涙ぞ落

つる。】（若紫［四］）

藤壺は、事は一生つき纏《まと》う自分の不覚で、二度と繰り返してはならないと決めている。

【あさましかりしを思し出づるだに、世とともの御もの思ひなるを、さてだにやみなむと深う思したるに、…】（［一三］）

紫を垣間見ての光の高ぶりからして、藤壺との事はこの北山訪問以前である。

②光、僧都《そうず》の坊訪問。僧都の法話を聞き、光は藤壺に対して自分のしたことを明確に「罪」と意識し、死後まで浮かぶことはできない、自分を救う道は出家以外にないのではと深刻に受けとめている。「昼の面影」にひかれるのは、藤壺への思いをうまく転化できればという、苦し紛れの期待とでもいうべきか。

【僧都、世の常なき御物語、後の世のことなど聞こえ知らせたまふ。わが罪のほど恐ろしう、あぢきなきことに心をしめて、生けるかぎりこれを思ひなやむべきなめり、まして後の世のいみじかるべき思しつづけて、かうやうなる住まひもせまほしうおぼえたまふものから、昼の面影心にかかりて恋しければ…】（［六］）

僧都に「昼の面影」の素性を聞き出す。僧都が初夜の勤行《ごんぎょう》で阿弥陀堂《あみだどう》へ上る。光一人残されるが、「まどろまれたまはず。」である。

暁方になりにければ、法華三昧《ほけざんまい》おこなふ堂の懺法《せんぼう》の声、山おろしにつきて聞こえくるいと尊く、滝の音に響きあいたり。

吹き迷ふ深山《みやま》おろしに夢さめて涙もよほす滝の音かな…（［八］）

光の「夢さめて」は精神が浄化されたと感じ取れての感慨である。北山でのこの一夜には、僧都を相手に、光が初めて体験したであろう山深い寺の夜の、精神の浄化もあった。「わらはやみ」の直接の原因は、収拾のつけようのない自分の行為に対する自覚・苦悩・落ち込みであったか。

③（僧都の光への対応）光の帰京に際し、

聖徳太子の百済《くだら》より得たまへりける金剛子《こむがうし》の数珠《ずず》の玉の装束《さうぞく》したる、やがてその国より入れたる箱の唐めいたるを、透きたる袋に入れて、五葉《ごえふ》の枝につけて、紺瑠璃《こんるり》の壺どもに御薬ども入れて、藤桜などにつけて、…捧げたてまつりたまふ。（［九］）

僧都、琴（きむ）をみづから持てまゐりて、…切に聞こえたまへば、…けにくからず掻き鳴らして…（［一〇］）

僧都は聖徳太子伝来の数珠を所持し、琴（きむ）も坊に置いている。妹の尼君は垣間見る光の目に「ただ人と見えず」であった。僧都は皇子であったか。僧都は光に皇統の血筋同志としての最高の贈物を〈守り〉として与えた。また、光に琴（きむ）を弾かす。寺の一夜で浄化された源氏の精神が宿曜に届くか。

僧都は、光に「帝王」の資質を読み取ったのであろう。これだけの人を東宮に立てることのできない現実を「いとむつかしき日本の末の世」と嘆く。

【「あはれ、何の契りにて、かかる御さまながら、いとむつかしき日本の末の世に生まれたまへらむと見るに、いとなむ悲しき」とて目おし拭ひたまふ。】（同上）

僧都の口を借りての作者のこの時代限定は重要である。「いづれの御時にか」とは「末の世」である。

［二3］（藤壺懐妊）

①光が里下がり中の藤壺と逢う。

見てもまたあふよまれなる夢の中にやがてまぎるるわが身ともがな

世がたりに人や伝へんたぐひなきうき身を醒めぬ夢になしても（［一三］）

藤壺は光との仲がゴシップとなって流れるのを恐れる。二人の仲を決して他人に感づかれてはならないと厳しい。以後、藤壺は光の文を見ようともしない。

光は藤壺の突放しをいつものことながら耐えられなくなり、二三日宮中に出仕しない。「（帝が）いかなるにかと御心動かせたまふべかめるも、恐ろしうのみ（光は）おぼえたまふ。」（［一四］）光の欠勤に対する帝の反応に注意したい。帝が宿曜の予言（光の子が帝になる）を顕現化するには、藤壺が光の男子を出産し、それを桐壺が皇子とし、桐壺譲位に際し東宮に立てる以外に道はないと帝桐壺は決意していた。光の欠勤を「（帝が）いかなるにかと御心動かせたまふべかめる」は、帝の期待通りに、藤壺の里下がり中に、光と藤壺との間にことが実現するかどうかをさす。

一方、光の「恐ろしうのみおぼえたまふ」は、光の藤壺への接近の程度を語るものであり、真相を見破る父の目への恐れである。自分で自分を収拾できない「犯し」の自覚である。この時点で光は予言を知らない。

光の藤壺思慕も、藤壺の懐妊も、従来の見方〈密通〉では片付かない。帝桐壺一人が承知のレール上のことであり、更に言えば宿曜（仏教上の天の声）の然らしめるところである。当事者は苦しみ悩まなければならない。まずは帝桐壺にそれなりの覚悟が要求されている。帝を含む当事者三人に、宿曜によって課せられた受難であり、試練である。

ことに対する反応は三人三様である。

②（懐妊確認）妊娠三月になって、藤壺自身が懐妊を確認し、帝に奏上する。「いとどあはれに限りなう思されて、御使などのひまなきもそら恐ろしう、ものを思すこと隙なし」（［一四］）帝は満足している。藤壺に対する愛情は一入つのり、見舞いの使者を頻繁におくる。

藤壺は「そら恐ろしう、ものを思すこと隙なし」である。藤壺は帝の真意（宿曜の予言）を知らない。光の子を懐妊するのは、帝の信頼への裏切り行為である。露見すれば、光・藤壺・新生児三者の身の破滅である。ソラオソロシはソラ（実態がないもの）に襲われそうな意識をいう。露見を警戒し、光が近付く隙を与えない。帝に対しても、事実を帝に知らせることができない以上、藤壺に向けられた天の制裁を避けられないと思うのが自然であろう。宿曜の予言を知らないだけに、救い様がない。

光は〈夢の告げ〉を得、専門家に占わせた。その結果は「帝の実父になる」という類のことであった。光は夢の告げを天が光にだけ授ける情報と理解し、天は父帝を守っていると信じようとしたであろう。夢占いは「つつしめ」ともいう。夢の告げは語れないが、初めて父になる喜びと興奮を相手の女性と分かち合いたいのが本能である。藤壺の仲介者王命婦《おうみようぶ》は、藤壺懐妊を知って、「いとむくつけう（気味ワルク）わづらはしさまさりて（相手ニナルノガ一段ト面倒ニナリ）」光を寄せ付けない。帝の実質確認が既にあったか。光は、喜びを分かち合うべき人と会うこともできない。

【中将の君も、おどろおどろしうさま異なる夢を見たまひて、合はする者を召して問はせたまへば、及びなう思しもかけぬ筋のことを合はせけり。「その中に違い目ありて、つつしませたまふべきことなむはべる」と言ふに、わづらはしくおぼえて、「みづからの夢にはあらず、人の御事を語るなり。この夢合ふまで、また人にまねぶな」とのたまひて、心の中には、いかなることならむと思しわたるに、この女宮の御事聞きたまひて、もしさるやうもやと思しあはせたまふに、いとどしくいみじき言の葉尽くし聞こえたまへど命婦も思ふに、いとむくつけうわづらはしさまさりて、さらにたばかるべき方なし。はかなき一行の御返りのたまさかなりしも絶えはてにたり。】（同上）

③（**七月藤壺参内**）懐妊後はじめての参内である。帝は信じて疑わない。幼少年時代と同様、藤壺と光に琴笛の合奏をさせる。二人が「琴笛の音に聞こえ通」（桐壺［一七］）のを聞いてきた帝である。光の笛に「忍びがたき気色の漏り出づる」折々があり、藤壺の「さすがなる事どもを多く思しつづけり」に、胸一つに秘めている〈宿曜の予言の顕現化〉への自信を、一段と強め、万事理想的だとする帝の満足が伺える。

【めづらしうあはれにて、いとどしき御思ひのほど限りなし。…例の明け暮れこなたにのみおはしまして、御遊びもやうやうをかしき空なれば、源氏の君もいとまなく召しまつはしつつ、御琴笛などさまざまに仕うまつらせたまふ。いみじうつつみたまへど、忍びがたき気色の漏り出づるをりをり、宮もさすがなる事どもを多く思しつづけけり。】（若紫［一三］）

④（**試楽青海波**《しがくせいがいは》）朱雀院への行幸のリハーサルが宮中で催され、光は青海波を舞った。クライマックスで光の顔がキラキラと光るのは、光の内面の生の充実感の反映である。それを弘徽殿は「うたて

ゆゆし」と呪う。藤壺は「おほけなき（帝に遠慮もせず藤壺に接近する）心のなからましかば」と思いながら実は恍惚となった。その夜、帝に光の舞の感想を聞かれて藤壺は「ことにはべりつ（格別でございました）」の一言であった。短かすぎる返事に帝は事実を読み取り、満足し、長々と喋って、今日の試楽は光の青海波を藤壺に見せるのが目的だったという。宿曜を信じて泰然自若の帝である。

【…詠はてて袖うちなほしたまへるに、待ちとりたる楽のにぎははしきに、顔の色あひまさりて、常よりも光ると見えたまふ。春宮の女御、かくめでたきにつけても、ただならず思して、「神など空にめでつべき容貌かな。うたてゆゆし」とのたまふを、若き女房などは、心憂しと耳とどめけり。藤壺は、おほけなき心のなからましかば、ましてめでたく見えましと思すに、夢の心地なむしたまひける。
宮は、やがて御宿直なりけり。「今日の試楽は、青海波に事みな尽きぬな。いかが見たまひつる」と聞こえたまへば、あいなう御いらへにくくて「ことにはべりつ」とばかり聞こえたまふ。「…試みの日かく尽くしければ、紅葉の蔭やさうざうしくと思へど、見せたてまつらんの心にて、用意させつる」など聞こえたまふ。】
（紅葉賀［一］）

［二4］（冷泉誕生）

①（三条宮での出産）「二月十余日のほどに、男皇子」誕生。光が見たがっても藤壺は対面させない。新生児は動かぬ証拠と言えそうなほど光に似すぎている。藤壺は、藤壺・光を目の敵にする弘徽殿の詮索を案じる。帝も光も皇子もこれでよいが、自分は帝に対してこれでは済まないと心を痛める。

【さるは、いとあさましうめづらかなるまで写し取りたまへるさまを、違ふべくもあらず…あやしかりつるほどのあやまりをまさに人の思ひ咎めじや、さらぬはかなきことをだに疵を求むる世に、いかなる名のつひに漏

り出づべきにかと思しつづくるに、身のみぞいと心憂き。】（〔八〕）

②（皇子参内）

四月に内裏へ参りたまふ。ほどよりは大きにおよすげたまひて、やうやう起きかへりなどしたまふ。あさましきまで紛れどころなき御顔つきを、思しよらぬことにしあれば、また並びなきどちはげに通ひたまへるにこそはと思ほしけり。（〔九〕）

新皇子の顔を見た帝桐壺の心中をいう地の語り。「思しよらぬことにしあれば」を、宿曜の予言に従ったことは、すべて、人智の及ばないこと、天のみの知ることとの意ととる。

帝桐壺は、光を東宮にできなかったのが「口惜しう（コト志ニ反シテ残念デタマラズ）」、ただ人には過ぎている立派な人相に成長するのを、帝の責任として、見るに忍びない思いであったが、光に生き写しの藤壺腹の皇子を得て、これこそと大事にする。対するに藤壺は、帝が喜ぼうと何であろうと、ゴシップ化を警戒し、隙を見せない。

【いみじう思ほしかしづくこと限りなし。源氏の君を限りなきものに思しめしながら、世の人のゆるしきこゆまじかりしによりて、坊にも据ゑたてまつらずなりにしを、あかず口惜しう、ただ人にてかたじけなき御ありさま容貌にねびもておはするを御覧ずるままに、心苦しく思しめすを、かうやむごとなき御腹に、同じ光にてさし出でたまへれば、瑕なき玉と思ほしかしづくに、宮は、いかなるにつけても、胸の隙なくやすからずものを思す。】（同上）

帝が皇子を抱いて、光・藤壺二人に見せる。「いとよくこそおぼえたれ」―藤壺が動かぬ証拠と恐れる皇子と光との瓜二つぶりを、帝はよく似ていると喜ぶだけである。

【例の、中将の君、こなたにて御遊びなどしたまふに、抱き出でたてまつらせたまひて、「皇子たちあまたあれど、そこをのみなむかかるほどより明け暮れ見し。されば思ひわたさるるにやあらむ、いとよくこそおぼえたれ。いと小さきほどは、みなかくのみあるわざにやあらむ」とて、いみじううつくしと思ひきこえさせたまへり。】(同上)

中将の君、面の色かはる心地して、恐ろしくも、かたじけなくも、うれしくも、あはれにも、かたがたうつろふ心地して、涙落ちぬべし。(同上)

光がはじめて見る我が子である。「面の色かはる心地」の光を父帝は見ている。光の心中、オソロシは似すぎに実父露見の危険を感じての意識。カタジケナクモは我が子と信じて疑おうともしない父帝の態度に対する敬意。ウレシは実子を得たこと、父帝が彼に満足して讃めていること。アハレは子に対し父と名告れない感慨であろう。

宮は、わりなくかたはらいたきに、汗も流れてぞおはしける。中将は、なかなかなる心地のかき乱るやうなれば、まかでたまひぬ。(同上)

光と二人一緒に、帝の腕の中の我が子を見なければならない藤壺は「わりなく(筋ガ立タズ)」その場にいたたまれず、冷汗が流れた。帝の前で正直な二人である。場所は、幼い頃から帝の前で二人が琴笛の合奏をしてきたなじみの場所である。

宿曜の予言の顕現化を全うしようとする帝桐壺によって、藤壺も光も正当化されている。しかし、予言を知らない藤壺には帝桐壺の態度は、すんなりとは通じない。藤壺は自己に対して厳しく厳しくなる。

三　桐壺帝の譲位、遺言

［三1］（桐壺帝譲位の準備）

①（藤壺立后）帝桐壺は譲位に先立ち、藤壺腹の若宮を東宮にする基盤固めとして藤壺を中宮に立て、光を宰相《さいしょう》にする。立后後最初の参内の儀式に光も宰相として参列し、立后した藤壺に距離の隔たりを痛感する。

【七月にぞ后ゐたまふめりし。源氏の君宰相になりたまひぬ。帝おりゐたまはむの御心づかひ近うなりて、この若宮を坊にと思ひきこえさせたまふに、…母宮をだに動きなきさまにしおきたてまつりて、強りにと思すになむありける。】（紅葉賀［一六］）

②（冷泉・光の相似と藤壺の恐れ）冷泉は成長するにつれてますます光に似てくる。言い掛かりを付けて陥《おち》れるには格好な存在である。藤壺は冷泉出生時に抱いた危惧（前述［二4］①）が消えない。右大臣・弘徽殿勢力への警戒が強い。対立勢力をリアルに見ている。一方、現実には、光に似た冷泉はすんなりと受け入れられている。帝王となるべき資質のある光を東宮にできず、無念の賜姓《しせい》源氏《げんじ》を断行した帝桐壺が、光の再来としか思えない新東宮候補に恵まれたのを、人々は素直に受け入れている。こういう類似に当時の人々は〈天の意志〉を感じたか。

【皇子は、およすげたまふ月日に従ひて、いと見たてまつり分きがたげなるを、宮いと苦しと思せど、思ひよる人なきなめりかし。】（［一七］）

［三2］（桐壺帝譲位後）桐壺帝が東宮朱雀《すざく》に譲位し、冷泉が東宮となる。光は依然として光を寄せ

付けない藤壺の態度を嘆く。藤壺は、桐壺退位後は、制約もなく、臣下《しんか》の夫婦のように、いつも桐壺に付き添っている。院も藤壺も

をりふしに従ひては、御遊びなどを好ましう世の響くばかりせさせたまひつつ、今の御ありさましもめでたし。ただ春宮をぞいと恋しう思ひきこえたまふ。御後見のなきをうしろめたう思ひきこえて、大将の君によろづ聞こえつけたまふも、かたはらいたきものからうれしと思す。

東宮は内住みである。その宮中は、新帝母弘徽殿（今后）が「内裏にのみさぶらひたまへば（新帝朱雀に付き添って）、立ち並ぶ人なう心やすげなり。」（葵［一］）である。

［三3］（桐壺院の遺言）宿曜の予言の顕現化を進めてきた桐壺院に残された問題は、東宮の即位である。帝朱雀への院の遺言は「春宮の御事（冷泉の即位実現）をかへすがへす聞こえさせたまひて」から始まる。次に、光の事であった。桐壺院が帝朱雀に対してそうであったと同じ様に、光を「御後見」とし、大小何事によらず、光の指示に従って政治をせよ。若くても、能力は十分ある。光は国を上手に治めることのできる相の有る人だ。光を〈ただ人〉にしたのは、桐壺院亡き後、院に代わって光に朱雀の後見をさせるためだったと言う。帝桐壺の賜姓源氏の具体的目的がこの遺言で語られている。

【はべりつる世に変はらず、大小のことを隔てず何ごとも御後見と思せ。齢のほどよりは、世をまつりごたむにも、をさをさ憚りあるまじうなむ見たまふる。かならず世の中たもつべき相ある人なり。さるによりて、親王にもなさず、ただ人にて、朝廷の御後見をせさせむと思ひたまへしなり。その心違へさせたまふな】（賢木［八］）

翌日、東宮（数え年5歳）・中宮・源氏が見舞う。

（春宮は）何心もなくうれしと思して見たてまつりたまふ御気色いとあはれなり。中宮は涙に沈みたまへるを、見たてまつらせたまふも、（院は）さまざま御心乱れて思しめさる。よろづのことを聞こえ知らせたまへど、いとものはかなき御ほどなれば、うしろめたく悲しと見たてまつらせたまふ。大将にも、朝廷に仕うまつりたまふべき御心づかひ、この宮の御後見したまふべきことをかへすがへすのたまはす。……（［九］）

問題とすべきは、泣き沈む中宮を見ての院の心中「さまざま御心乱れて思しめさる」であろう。藤壺は宿曜の予言を知らない。院没後の語りであるが、院に対する藤壺の意識は、「いささかも気色を御覧じ知らずなりにしを思ふだにいと恐ろしきに」（［一六］）である。藤壺の意識がそうであるのが院には解っている。弘徽殿・右大臣が健在である。朱雀が遺言を守れるかどうか、桐壺死後の政治勢力の変化の中で藤壺が受けるであろう冷遇・迫害、東宮をどう守るか、「さまざま」であったであろう。光への遺言は「朝廷（朱雀）に仕えまつりたまふべき御心づかひ、この宮（東宮）の御後見したまふべきこと」である。

［三4］（院崩御、遺言と朱雀の意識）弘徽殿が見舞わないうちに院は亡くなった。弘徽殿は従うべき遺言を聞いていない。不幸にしてではなく、遺言による束縛を回避したのではなかったか。弘徽殿の即断即決でことが動く。桐壺に牛耳られてきた復讐である。光も立ち遅れた。

【后の御心いちはやくて、かたがた思しつめたることどもの報いせむと思すべかめり。事にふれてはしたなき

ことのみ出で来れば、かかるべきこととは（光は）思ししかど、見知りたまはぬ世のうさに立ちまふべくも思されず。】〔一二〕

肝心の帝であるが、遺言を守ると父院に繰り返し誓ったにもかかわらず、現実には「母后、祖父大臣」の意のままで、二人をおさえることはできなかった。

光は帝朱雀に会う。朱雀は、朧月夜《おぼろづきよ》と光との仲について、「今に始まったことではない。以前からの二人の間だ」と、咎《とが》めもしない。朱雀の話題は、書《ふみ》の不審箇所の質問から、斎宮《さいぐう》の〈別れの櫛の儀〉のこと、斎宮の美貌と、とりとめもない。光が、退出する中宮に挨拶に行くと前置きして、「院ののたまはせおくこと（院の遺言）」「後見」を言葉に出して言うと、朱雀は「東宮（冷泉）を今上（朱雀）の皇子にしてなどと、父院が遺言なさったから…別に何も問題はない」と言う。宿曜の予言に従う桐壺帝が言うはずのないことである。父院の遺言の意味が朱雀に理解出来ているのかどうか。桐壺院が光を朱雀の後見に決めたのは、朱雀に対するそれなりの認識があってのことと見なければなるまい。朱雀は東宮を「何ごとにもはかばかしからぬみづからの面おこしになむ」と続ける。「何一つ出来ない」が朱雀の自覚である。故院の遺言を胸に、朱雀との政治の話を求めていたであろう源氏は、朱雀相手に手の施し様もない。

【（光）「中宮の今宵まかでたまふなる、とぶらひにものしはべらむ。院ののたまはせおくことはべりしかば、また後見仕うまつる人もはべらざめるに、東宮の御ゆかり、いとほしう思ひたまへられはべりて」と奏したまふ。（帝）「東宮をば今の皇子になしてなどのたまはせおきしかば、とりわきて心ざしものすれど、ことにさし分きたるさまにも何ごとをかはとてこそ。年のほどよりも、御手などのわざと賢うこそものしたまふべけれ。

何ごとにもはかばかしからぬみづからの面おこしになむ」とのたまはすれば…】（二一三）

ちなみに、後の語りであるが、明石から帰京した光を朱雀が迎える場面をとりあげる。

　　わたつ海にしなえうらぶれ蛭《ひる》の子の脚《あし》立たざりし年はへにけり

と（光が）聞こえたまへば、（朱雀は）いとあはれに心恥づかしう思されて、

　　宮柱《みやばしら》めぐりあひける時しあれば別れし春のうらみのこすな

いとなまめかしき御ありさまなり。（明石〔二〇〕）

光自身を蛭子（最初の子であるが、足が立たなかったので葦舟に入れて流された）に喩《たと》えて、三年経った今朱雀は？と言いたげな光の辛辣さであるが、朱雀の返事は、男女和合（朧月夜問題）の域を出ず、光に求めるのは「恨み残すな」である。ウラムは、本心ヲ解ッテホシイを原義とし、本心が通じるはずなのに通じていないという意識を基盤とする。あくまで個人レベルの感情である。そういう朱雀を地の文は「いとなまめかしき（常トハ違ッタ、シットリトシタ美シサガアル）御ありさまなり」という。以上、朱雀の意識構造の基底として留意したい。

仮に、弘徽殿女御と父右大臣とが桐壺帝生存中に他界していれば、朱雀がどうであろうと、光は父帝の遺言を実現でき、東宮冷泉への政治のバトンタッチは、桐壺院の筋書き通りに行なえ、朱雀も救われたであろう。最悪の事態に至らしめるのが、作者の構想する〈末世〉である。

藤壺と光に戻る。藤壺も光も東宮を守らなければならない。藤壺が東宮のために頼れるのは光だけであるが、光との仲を取り沙汰されれば、事は東宮に及びかねない。

（東宮）おとなびたまふままに、ただかの（光の）御顔を脱ぎすべたまへり。…いとかうしもおぼえたまへるこそ心憂けれと、玉の瑕に（藤壺が）思さるるも、世のわづらはしさのそら恐ろしうおぼえたまふなりけり。（賢木［一八］）

藤壺は桐壺院の一周忌の法要に続いて法華八講をし、果ての日に出家した。東宮のために頼れるのは光一人、光を避けては東宮を守れない、光と藤壺との仲を中傷に利用されないためには、出家以外にない、が藤壺の判断であったであろう。（［二七］）

藤壺に出家されて、光は故院の藤壺立后《りっこう》の意図がどうなるのか熟慮し、自分の役割を再認識する。藤壺の出家は、光の現世見限りの歯止めとなった。

【世の中厭はしう思さるるにも、東宮の御事のみぞ心苦しき。母宮をだにおほやけ方ざまにと思しおきてしを、世のうさにたへずかくなりたまひにければ、もとの御位にてもえおはせじ。我さへ見たてまつり棄てはなど、思し明かすこと限りなし。】（［二九］）

出家して藤壺は、光の相談役におさまる。

【参りたまふも、今はつつましさ薄らぎて、御みづから聞こえたまふをりもありけり。思ひしめてしことは、さらに御心に離れねど、ましてあるまじきことなりかし。】（同上）

藤壺は故院の遺言の実現のみを願い、仏を祈る。

【わが身をなきになしても春宮の御世をたひらかにおはしまさばとのみ思しつつ、御行ひたゆみなく勤めさせたまふ。人知れずあやふくゆゆしく思ひ聞こえさせたまふことしあれば、我にその罪を軽めてゆるしたまへと仏を念じきこえたまふに、よろづを慰めたまふ。大将も、しか見たてまつりたまひて、ことわりに思す。】（［三一］）

第三章　末世の聖帝桐壺の意志と須磨・明石巻の天変

内容

一　はじめに

須磨・明石二巻は、〈天変〉と〈夢の告げ〉が、須磨退去の源氏を救い出して明石に導き、同時に内裏の政治の誤りを糾す。超能力が政治に大きく関わりを持つ巻である。桐壺帝は、宿曜の予言に導かれて政治をしてきたが、死後なお、海竜王《かいりゅうおう》、住吉の神を通して、自らの政治路線を貫き通す。

官爵《かんしゃく》を剝脱されて光は須磨に退去する。藤壺懐妊当初、光の授かった夢の告げ（第二章［二3］②）は光に覚悟と示唆を与えてきたであろうが、夢の告げを授からない藤壺は不安苦悩が大きい。

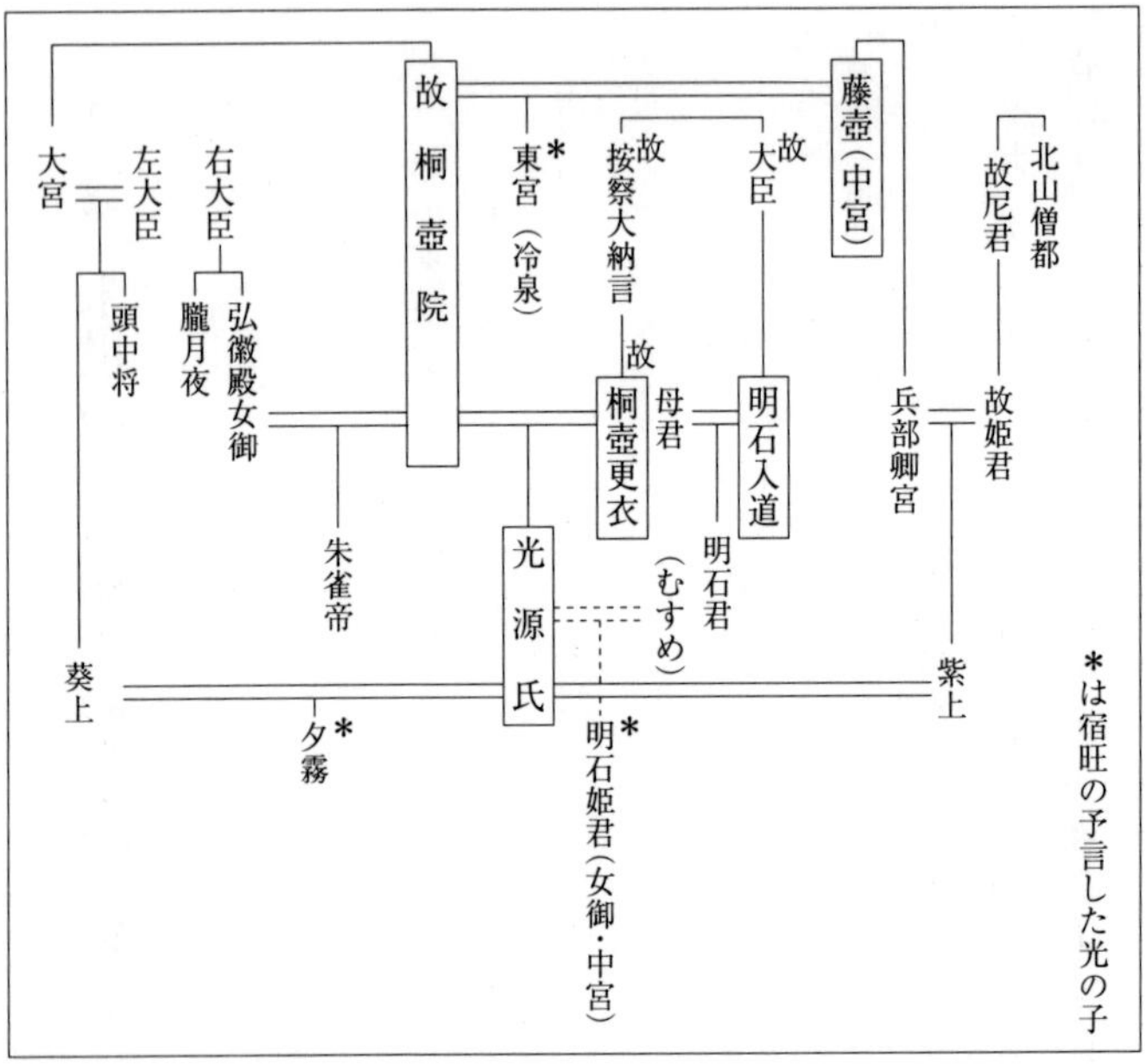

東宮《とうぐう》冷泉をどう守れるか。弘徽殿・右大臣が牛耳る内裏で、東宮冷泉を誰が守ったのか物語は語らない。母藤壺は出家して三條宮に籠り、参内はできなかったであろう。傍に仕えていたのは、御乳母、王命婦《おうのみょうぶ》（藤壺の代わり）と夜居《よい》の僧都《そうず》の他明らかでない。

須磨にいて光が冷泉を守る方法は仏を祈る以外にない。時に琴（きむ）の力も頼ったか。そうして迎えた三月上巳の祓《はら》えで、光が「八百よろず神もあはれと思ふらむ犯せる罪のそれとなければ」と言う途端に天変がおきる。この天変の中、光の夢に現われたのは、まず海竜王からの迎え、ついで父故院である。故院の亡霊は、冷泉を即位に導く決定的な動きをするのであるが、須磨の光には「住吉の神の導きたまふままに、はや舟出してこの浦を去りね。」という。それに呼応するように、明石入道は別に夢の告げを受け、光救済の舟の準備をする。「あやしき風が細う吹き」光を乗せた舟を明石に導く。

故桐壺院の亡霊・海竜王・住吉の神の超能力によって、光と明石入道とが結び付けられる。これは明石姫君誕生を導く。光の姫君誕生は、宿曜の予言のいう「后」誕生である。明石入道による光保護の底に入道の一生を決定した夢の告げ（若菜上巻）があるが、それを入道に授け得たのは、宿曜の予言の顕現化をめざした桐壺帝以外に在り得まい。

二　光の須磨退去

［二1］（退去の直接の理由・人々との別れ） 光の「官爵」剝脱の理由は朧月夜との仲であった。これがゴシップとなり、藤壺・東宮冷泉は当面の安泰を保持できた。

弘徽殿の監視の厳しい中、人々との別れの挨拶もままならない。二条院門周辺の寂寞さに光は「世はうきものなりけりと思し知らる」（須磨［三二］）

①（左大臣家へ）須磨への出発に先立って、光は左大臣を訪れた。「とあることもかかることも、前の世の報いにこそはべるなれば、言ひもてゆけば、ただみづからのおこたりになむはべる。」と述懐するが、「みづからのおこたり（自分ノ責任）」とは、従来言われている藤壺との関係だけではあるまい。藤壺との苦しい仲は、宿曜の然らしむるところと光は理解できている。桐壺院は光を天皇として

の政治のできる人材に育てあげた。故院の遺言通りに、朱雀の「御後見」をしようにも、封じられて一切できないことに対する自責と見なければなるまい。そう見れば、後に、夕霧が朱雀院に光の往時回顧の心中を語って「かく（周知ノヨウニ）朝廷の御後見を仕うまつりさして（官爵剥脱をさす）、静かなる思ひをかなへむと（道心ヲ研キタイト）、ひとへに籠りゐし（須磨退去）後は、何ごとも知らぬやうにて、故院の御遺言のごともえ仕うまつらず、御位におはしまし世（朱雀在位中）には、齢のほども、身の器物も及ばず、賢き上の人々（弘徽殿・右大臣等）多くて、その心ざしを遂げて御覧ぜらるることもなかりき。」（若菜上［三］）と言うのと整合する。

【とあることもかかることも、前の世の報いにこそはべるなれば、言ひもてゆけば、ただみづからのおこたりになむはべる。さしてかく官爵をとられず、あさはかなることにかかづらひてだに、公のかしこまりなる人の、うつしざまにて世の中にあり経るは、咎重きわざに、外国にもしはべるを、遠くはなちつかはすべき定めなどもはべなるは、さまことなる罪に当たるべきにこそはべるなれ。濁りなき心にまかせてつれなく過ぐしはべらむも、いと憚り多く、これより大きなる恥にのぞまぬさきに世をのがれなむと思うたまへ立ちぬる。】（須磨［二］）

②出発の前日、藤壺に挨拶。光と藤壺が一体となって守るのは、故院の遺言通り、冷泉を即位させることである。宿曜の予言も夢の告げも知らない藤壺の立場に身をおき、藤壺の意識に自分を一体化させて「思うたまへあはすることの一ふしになむ、空もおそろしうはべる」と言う。また、かつての藤壺の言葉「わが身をなきになしても春宮の御世をたひらかにおはしまさばとのみ思しつつ、御行ひたゆみなく勤めさせたまふ。（賢木［三一］）」と一致する挨拶をし、二人を一体化させる。

【かく思ひかけぬ罪に当たりはべるも、思うたまへあはすることの一ふしになむ、空も恐ろしうはべる。惜しげなき身は亡きになしても、宮の御世（冷泉即位）だに事なくおはしまさば」とのみ聞こえたまふぞことわりなるや。】（［七］）

③ついで、桐壺院の墓に参詣。桐壺の亡霊が現れ、光の現実を確認する。故院は光を見捨ててはいない。

【ありし御面影さやかに見えたまへる、そぞろさむきほどなり。
なきかげやいかが見るらむよそへつつながむる月も雲がくれぬる】（［七］）

④当日（三月二十日余り）は終日紫と別れを惜しみ、月の出を待って出発（［九］）。人にいまとしもしらせたまはず、ただいと近う仕うまつり馴れたるかぎり七八人ばかり御供にて、いとかすかにて出で立ちたまふ（［一］）

ことさらよそひもなくことそぎて、またさるべき書《ふみ》ども、文集など入れたる箱、さては琴（きむ）一つぞ持たせたまふ（［五］）

琴（きむ）一つを持って行くことに留意したい。

【二2】（須磨での日々）

（須磨到着）須磨には光の御荘がある。その司に命じて住む家を作らせる。

（京との連絡）文を送る。京の二条院、藤壺、朧月夜、大殿、花散里と伊勢の六条御息所と女性宛のみ。二条院でもできることは祈りだけで、留守を預かる乳母少納言が北山の僧都に祈禱《きとう》を依頼し、僧都は光と紫二人のために修法《ずほう》などをした。

方々の返書を得て、光は紫を須磨にとまで思ったが、思い返して、政治から締め出され、こうして一人に沈潜する今こそと、仏を祈り、夢で告げられた《絶対矛盾》の罪の償い（第二章［二3］②）に専心する。そうしながら、故院の遺言である冷泉の即位実現を祈る。これが須磨での光の殆ど全てである。

〈京の政局の動き〉 七月。赦免《しやめん》されて参内した朧月夜を迎えての朱雀の言葉によれば、東宮冷泉を廃太子《はいたいし》にという動きがある。朱雀は、朧月夜腹の皇子《みこ》があればと思っている。故院の遺言の二つ、光に対しても冷泉に対しても、ともに背き、「罪得らむかし」「心くるしう」と口に出して言いながら、弘徽殿を抑えようともしない朱雀である。この冷泉廃太子の動きが実在したことは、橋姫巻に至って証される。故院・光・藤壺にとって事態は容易ならぬところにさしかかっている。

【院の思しのたまはせし御心を違へつるかな。（光を政界からしめだしたことで）罪得らむかし」とて涙ぐませたまふに…今まで（朧月夜に）御子たちのなきこそさうざうしけれ（モノタリナイ）。春宮を院ののたまはせしさまに思へど、よからぬことども出で来めれば心苦しう」など…】（［二一四］）

〈光の動静〉 物語はこれに続けて、「須磨にはいとど心づくしの秋風に…」と須磨の浦の秋の憂愁を語りだす。

御前にいと人少なにて、うち休みわたれるに、独り目をさまして、枕をそばだてて四方《よも》の嵐《あらし》を聞きたまふに、波ただここもとに立ちくる心地して、涙落つともおぼえぬに枕浮くばかりになりにけり。琴（きむ）をすこし掻き鳴らしたまへるが、我ながらいとすごう聞こゆれば、弾きさしした

まひて、

恋ひわびてなく音にまがふ浦波は思ふかたより風や吹くらん

とうたひたまへるに人々おどろきて、めでたうおぼゆるに忍ばれで…（[一一五]）

須磨の夜の「四方の嵐」に光が聞き取ったものは、京の政局の緊迫化ではなかったか。危機感から琴（きむ）を手にした。琴（きむ）は天に通じる楽器だという。その響きは、光が「我ながら」弾くのを止めるほど「いとすごう」（荒寥として迫力があり霊的存在—海神（竜神）鬼神—を誘い出しそうな感じに）聞こえた。「恋わびて」の歌は、光を求める人を紫と見るのが普通のようであるが、光の意識にあるのは、紫以上に、東宮ついで藤壺ではないか。朱雀による京の政局の変化の語りに直接続いて語られるこの部分に、光の直感が感じられてならない。須磨に来て初めての琴（きむ）の登場である。

これに続けて物語は須磨での光の日々を語って、

昼は何くれと戯《たはぶ》れ言《ごと》うちのたまひ紛らはし、つれづれなるままに、いろいろの紙を継ぎつつ手習をしたまひ、めづらしきさまなる唐《から》の綾《あや》などにさまざまの絵どもを書きすさびたまへる、…磯のたたずまひ、二なく書き集めたまへり。（同上）

この類の絵が後に絵合での切札となる。

海見やらるる廊《らう》に出でたまひてたたずみたまふ御さまのゆゆしうきよらなること、所がらはましてこの世のものとも見えたまはず。白き綾のなよよかなる、紫苑色《しをんいろ》などたてまつりて、こまやかなる御直衣《なほし》、帯しどけなくうち乱れたまへる御さまにて、「釈迦牟尼仏弟子《さかむにぶつのでし》」と名のりて（願文を）ゆるるかに誦みたまへる、また世に知らず聞こゆ。…涙のこぼるるをかき払ひたまへる御手つき黒き御数珠に映えたまへるは、古里の女恋しき人々の、心みな慰みにけり。（同上）

海に向って仏への願文を読誦《どくじゅ》する光の姿、声の、この世ならぬ素晴らしさを説く。願文《がんもん》は、東宮冷泉守護と宿曜によって課された罪の償いの願いにほかなるまい。

八月十五夜の月に、桐壺在世中の殿上《てんじょう》の御遊び、今同じ月を眺めているであろう京の方々、院亡きあと東宮に付き添う藤壺から「ここのへに霧やへだつる」と危機感を訴えられた時のこと、同じ夜語り合った朱雀のことと、光の思いは、東宮・中宮・帝に集中していく。

（光を見舞う人）「御兄弟の皇子たち、睦ましう聞こえたまひし上達部《かんだちめ》など」（一七）は当初は文通したが、弘徽殿の容赦ない批判に、誰も文通できなくなっていた。太宰大弐《だざいのたいに》が上京の途中光を見舞う。（一六）

（危機感に琴を弾く）須磨のわび住まいも半年余りになると、光を誰とも知らない土地の人々の暮らしも身近に見聞きし、生活の変わりぶりが痛感される。冬になる。風雪が荒れ、凄味のある空をじっと見つめて、光は琴（きむ）を夢中で弾く。「冬の管弦の遊びは異例」という。(1)風雪の荒れと空の凄味に光が見ているものは、初秋の「四方の嵐」に聞いたもの—春宮身辺の危険—と通じる。「この世にわが思ひきこゆる人などをさやうに放ちやりたらむことなど思ふも、あらむことのようにゆゆしうて」と政局の情報が皆目伝わってこないだけに、危機感がつのる源氏である。琴（きむ）の熱演は、仏天や霊界に危機を訴えようとしてか。漢詩と和歌に孤独を託し、眠れない夜が続く。

【雪降り荒れたるころ、空のけしきもことにすごくながめたまひて、琴（きむ）を弾きすさびたまひて、良清に歌うたはせ、大輔横笛吹きて遊びたまふ。心とどめてあはれなる手など弾きたまへるに、こと物の声どもはやめて、涙を拭ひあへり。昔胡の国に遣はしけむ女を思しやりて、ましていかなりけん、この世にわが思ひきこゆる人などをさやうに放ちやりたらむことなど思ふも、あらむことのやうにゆゆしうて、…】（二一八）

夜は人間と霊界とが通じ合える時間帯である。深夜の念誦《ねんじゅ》こそが大切と道心を研く。

【夜深く御手水まゐり、念誦などしたまふも、めづらしきことのやうにめでたうのみおぼえたまへば】（同上）

【二―3】（明石入道の登場） 光の供をして須磨に下った良清は明石入道の娘に文を送ったが返事もなかった（良清は若紫巻に登場し、明石入道のことを光に語った）。光が須磨にいることを知った入道は、年来の宿願達成の時期が来た、娘を源氏にと母を説得する。「吾子の御宿世」と娘が光と結婚するのが前世からの縁《えん》ときめている。入道は、光の母方の血縁者として、光を後見できるのは自分以外にいないと自認してもいる。入道と母の意識に弘徽殿勢力への恐れや遠慮が全くない。政界から身を引き、経済力は持ち、自由に振る舞える立場に身をおいている。京の官僚貴族たちよりも人間が一回り大きい。

【桐壺更衣の御腹の源氏の光る君こそ、朝廷の御かしこまりにて、須磨の浦にものしたまふなれ。吾子の御宿世にて、おぼえぬことのあるなり。いかでかかるついでに、この君にたてまつらむ」と（母に）言う。…（母、相手にされないと反対）…「罪にあたることは、唐土にもわが朝廷にも、かく世にすぐれ、何ごとにも人にことになりぬる人のかならずあることなり。いかにものしたまふ君ぞ。故母御息所は、おのがをぢにものしたまひし按察大納言の御むすめなり。いと警策なる名をとりて、宮仕に出だしたまへりしに、国王すぐれて時めかしたまふこと並びなかりけるほどに、人のそねみ重くて亡せたまひにしかど、この君のとまりたまへる

いとめでたしかし。女は心高くつかふべきものなり。おのれかかる田舎人なりとて、思し棄てじ」などいひゐたり。】（〔一九〕）

娘は、父の理想通りに「心ばせあるさま（気位高ク教養豊カニ）」に育ち、父の理想実現の可能性を危惧し、両親が亡くなったら「海の底にも入りなむ」と思っている。

父君、ところせく思ひかしづきて、年に二たび住吉に詣でさせけり。神の御しるしをぞ、人知れず頼み思ひける。（同上）

入道の意識の底に、桐壺更衣の父故大納言と同様、自家の血を皇統の血筋に繋ぐ願望の強さがうかがえる。

【二―4】（迎春、大殿の宰相須磨来訪） 春になる。「植ゑし若木の桜ほのかに咲きそめて」（〔二〇〕）南殿《なでん》の桜、花の宴が偲ばれる。

かつての頭中将（現宰相）が突然須磨に来る。「住まひたまへるさま」が客宰相の目を通して語られる。「言はむ方なく唐めい」て、「竹編める垣しわたして、石の階、松の柱」がいい。主人の服装、調度、御座所、念誦の具と見て、「行ひ勤めたまひけり」と客の目に見える。再会した二人は一夜寝ずに「文作り明かし」、客は急いで帰京。光は都の苞《つと》に加えて黒駒を贈る。客は形見にと名高い笛を贈る。

「いつまた対面たまはらんとすらん。さりともかくてやは」と申したまふに、主、

「雲ちかく飛びかふ鶴もそらに見よわれは春日のくもりなき身ぞ

かつは頼まれながら、…何か、都のさかひをまた見んとなむ思ひはべらぬ」などのたまふ。宰相

「たづがなき雲居にひとりねをぞ泣くつばさ並べし友を恋ひつつ

かたじけなく馴れきこえはべりて、いとしもと悔しう思ひたまへらるるをり多くなん」

としめやかにもあらで帰りたまひぬるなごり、いとど悲しうながめ暮らしたまふ。（同上）

光は、再度京を見るとは思っていないと、宰相に気を許さない。宰相は「さりともかくてやは」と言いながら、最後の挨拶では、光を「つばさならべし友」と対等扱いし、「しめやかにもあらで（涙一ツコボサズ）」帰った。残った光は「いとど悲しう（自分ノ力ノ無サガ痛感サレテ）ながめ暮らしたまふ。」光が我が身にかえてと夜も寝られず案じているのは、東宮冷泉が安泰でいれるかどうかである。物語は肝心のそれについて宰相に一言も語らせない。冷泉廃太子の動き（前述［二―2］）を宰相が知らないとは考えにくい。桐壺の八宮《はちのみや》が担がれていた。八宮の北の方は「昔の大臣の御むすめなりける、」（橋姫［二］）である。この「昔の大臣」とは、ムカシの語義からして、桐壺帝の左大臣が第一候補にあがるが、桐壺帝と光をバックアップしてきた左大臣が桐壺帝が決めた東宮を積極的に廃太子にするとは考えにくい。宰相の正妻四の君は弘徽殿の妹である。弘徽殿側が、左大臣の娘（即ち宰相の妹）を北の方とする八宮を推し出させようとすれば、宰相はその気になったのではないか。後に宰相の嫡男柏木の遺書を預かった弁の尼が八宮家に籠ったのも、八宮家と宰相との関わりの深さを示唆する。宰相の光に対する監視役的一面が感じられてならない。

三　須磨の天変

〔三1〕（上巳の祓《はらえ》）須磨に退去して一年になろうとしている。「弥生《やよひ》の朔日《ついたち》に出で来たる巳《み》の日、「今日なむ、かく思すことある人は、禊《みそぎ》したまふべき」（須磨〔二二〕）と勧められて、光は浜辺で、陰《おん》陽師《ようじ》を招いて祓えをする。光が

八百《やほ》よろづ神もあはれと思ふらむ犯せる罪のそれとなければ

と身の潔白を神々に訴えるや、突如、雨風が激しく降り吹き、「うらうらとなぎわた」っていた海面に大波が立ち「雷鳴《かみ》りひらめく」となった。人々は「かくて世はつきぬるにや」と恐れる中、源氏は「のどやかに経うち誦《ず》じておはす。」日暮とともに雷は静まったが風は止まない。

暁《あかつきがた》方みなうち休みたり。君もいささか寝入りたまへれば、そのさまとも見えぬ人来て、「など、宮より召しあるには参りたまはぬ」とてたどり歩くと見るに、おどろきて、さは海の中の竜王の、いといたうものめでするものにて、見入れたるなりけりと思すに、いとものむつかしう、この住まひたへがたく思しなりぬ。（同上）

儀式の中での光の歌に海竜王が応え、光の夢に異形のものが現れ、海竜王の招きになぜ応じないのかと言う。竜王は仏法の守護神である。

須磨に来て以来、光は、仏を祈り、宿曜《すくよう》によって背負わされている《絶対矛盾》の罪の償いに専心し、故桐壺院の遺言である冷泉の即位実現を祈ってきた。風雨、波の音、空の凄味などに危機を読取

り、夜、琴（きむ）に心の騒ぎを託して仏天に訴えた。海に向かっての願文《がんもん》読誦《どくじゅ》、深夜の念誦など道心を研き続けてきた。現にこの風雨雷の中、光は「のどやかに経うち誦しておはします」である。海竜王が光に一目おいて当然であろう。

問題は、今日の祓えの儀式の中で、光は「八百よろづ神もあはれと思ふらむ…」と神々に訴えているのに、なぜ間髪入れず海竜王が反応したのかである。

思うに、光は、「犯せる罪」がないとはいえ、官爵を剝脱されている身である。直接神に訴えること自体が不敬不遜となる。今光を救えるのは、仏法の守護神海竜王以外にあるまい。海竜王はまずそれを光に判らせなければならなかった。

物語は須磨に続く明石巻の冒頭で海竜王による光のさらなる試練を語る。

［三2］（海竜王による試練）

（異状な風雨雷の範囲と連続）「なほ雨風やまず、雷鳴り静まらで日ごろになりぬ。」（明石［一］）光も気がめいってくる。「御夢にも、ただ同じさまなる物のみ来つつ、まつはしきこゆと見たまふ。」と光は海竜王にとりつかれている。

二条院から悪天候をついて使者が来る。「京にも、この雨風、いとあやしき物のさとしなりとて、仁王会《にんわうゑ》など行なはるべしとなむ聞こえはべりし。内裏《うち》に参りたまふ上達部なども、すべて道閉ぢて、政も絶えてなむはべる。…いとかく地の底徹るばかりの氷降り、雷の静まらぬことははべらざりき。」と言う。京では、風雨雷の異常さは「物のさとし」即ち仏神などによるこの世の人々への啓示と受けとめられていること、政治がストップ状態であることが須磨の光に伝わった。
光がそう知ったその翌日の暁より、更に風が強まり、高潮が押し寄せ、波音がすさまじくなり、落雷がはじまる。供人もうろたえる。〈さとし〉を知れとばかりに、海（海竜王）が招きに応じない光にその全威力を示すかのごとくである。

（住吉の神に願立て）

君は御心を静めて、何ばかりのあやまちにてかこの渚に命をばきはめん（過チナゾシテイナイ、ココデ死ヌハズガナイ）と強う思しなせど、いともの騒がしければ、いろいろの幣帛《みてぐら》捧《ささ》げさせたまひて、「住吉の神、近き境《さかひ》を鎮《しづ》め護《まも》りたまふ。まことに跡を垂れたまふ神ならば助けたまへ」と多くの大願をたてたまふ。（一二）

即位式に続く〈八十《やそ》嶋祭《しままつり》〉は住吉で行なわれたという。住吉の神は皇統を護る神である。光が身の潔白に自信があっても、立場上、住吉の神に接近することは許されない。「物のさとし」を熟慮の末、住吉の神に大願を立てなければならないとなった。本地《ほんじ》垂跡《すいじゃく》の立場に立てば、この一年須磨で専心してきた仏への祈りを、神への祈りに通じさせることができる。「まことに跡を垂れたまふ神ならば…」とする以外に、この土壇場で、光自身が住吉の神に願を立てる方法はなかった。としても、住吉の神を「近き境を鎮め護りたまふ」と、距離をおいての立願《りゅうがん》しかできない。

（供人も）身に代へてこの御身ひとつを救ひたてまつらむととよみて、もろ声に念じたてまつる。
『帝王の深き宮に養はれたまひて、いろいろの楽しみに驕《おご》りたまひしかど、深き御うつくしみ大《おほ》八州《やしま》にあまねく、沈める輩《ともがら》をこそ多く浮かべたまひしか。今何の報いにか、ここら横さまなる浪風にはおぼほれたまはむ。天地《あめつち》ことわりたまへ。罪なくて罪にあたり、官位《つかさくらゐ》をとられ、家を離れ、境《さかひ》を去りて、明け暮れやすき空なく嘆きたまふに、かく悲しき目をさへ見、命尽きなんとするは、前《さき》の世の報いか、この世の犯しかと、神仏明らかにましまさば、この愁へやすめたまへ』と御社の方に向きてさまざまの願を立てたまふ。（同上）

供人が『　』内の願文をつくり、それを「もろ声に（声ヲ揃エテ）念じ（一心ニ読ミ）奉る」のも光のこの実情を踏まえてのことである。文末の「たまふ」は、光も同座し心に念じ、ともに願立てをするととれば説明がつく。

（海竜王に願立て。光の家の廊に落雷、廊炎上）

また海の中の竜王、よろづの神たちに願を立てさせたまふに、いよいよ鳴りとどろきて、おはします廊に落ちかかりぬ。炎燃え上がりて廊は焼けぬ。心魂なくてあるかぎりまどふ。（同上）

願立てされた海竜王は、光が住吉の神への願立て、「よろづの神たち」への願立《がんだ》てを終えたと見、須磨の源氏の家の廊を落雷炎上させ、光が須磨に住めない状況を作り出す。これは、海竜王による光の須磨退去自体の破壊である。

やうやう風なほり、雨の脚しめり、星の光も見ゆるに、…君は御念誦したまひて、（何のさとしか）思しめぐらすに、いと心あわたたし。月さし出でて…（〔三二〕）

海竜王の光への試練は終わった。

［三3］（桐壺院の亡霊の夢の告げ）

終日《ひねもす》にいりもみつる雷の騒ぎに、さこそいへ、いたう困《こう》じにければ、心にもあらずうちまどろみたまふ。かたじけなき御座所なれば、ただ寄りゐたまへるに、故院ただおはしまししさまながら立ちたまひて、「などかくあやしき所にはものするぞ」とて、御手を取りて引き立てたまふ。「住吉の神の導きたまふままに、はや舟出してこの浦を去りね」とのたまはす。いとうれしくて、「かしこき御影に別れたてまつりにしこなた、さまざま悲しきことのみ多くはべれば、今はこの渚に身をや棄てはべりなまし」と聞こえたまへば、「いとあるまじきこと。これはただいささかなる物の報いなり。我は位に在りし時、過つことなかりしかど、おのづから犯しありければ、その罪を終ふるほど暇なくて、この世をかへりみざりつれど、いみじき愁へに沈むを見るにたへがたくて、海に入り、渚に上り、いたく困じにたれど、かかるついでに内裏に奏すべきことあるによりなむ急ぎ上りぬる」とて立ち去りたまひぬ。」（明石［三］）

故院の亡霊は、「住吉の神の導きたまふままに、はや舟出してこの浦を去りね」と命じる。夢に現われた海竜王の召しが気になっている光が「今はこの渚《なぎさ》に身をや棄てはべりなまし」と聞けば、故院は「いとあるまじきこと」と教える。故院の告げで問題とすべきは、「これはただいささかなる物の報いなり①」と「我は位にありし時過つことなかりしかど、おのづから犯しありければ、その罪を終ふるほど暇なくて②」である。

②の「犯し」は、在位中に「過つこと」はなかったにもかかわらず、「おのづから」あったことだ

という。これは、宿曜の予言が帝桐壺に課した《絶対矛盾》即ち〈ただ人〉源氏の子を帝にするための必要不可欠な「犯し」以外にはあり得まい。ここの「おのづから」は必要不可欠の意である。「おのづから犯しありければ」と故院が光に報せるのは、「おのづから」の「犯し」が光に通じる事柄であることを示唆する。

桐壺院は「犯し」の償いに「この世をかへりみ」る「いとま」がなかったというが、今、来れたのは、償いの主要部分は終わり、冷泉即位の条件を故院がクリアしたからであろう。「かかるついでに内裏に奏すべきことあるによりなむ急ぎ上りぬる。」といって亡霊は姿を消す。「かかるついでに」は故院の第一目的が光の救出であることを示す。

①の「これはただいささかなるものの報いなり」であるが、「これ」はこのところの天変をさし、「ものの報い」は弘徽殿・右大臣勢力の横暴に対する天の報《むく》いをいう。それを故院の亡霊は「ただいささかなる」簡単に処理できる問題だという。②の難題と対決してきた故院の大きさである。

夢から覚めた光は「我かく悲しびをきはめ、命つきなんとしつるを助けに翔《かけ》りたまへるとあはれに思すに、よくぞかかる騒ぎもありけると、なごり頼もしうおぼえたまふことかぎりなし。」

四　明石入道による光保護と入道の授かった夢の告げ

［四1］（住吉の神の導き）夢に現われた故院の亡霊に、「住吉の神の導きたまふままに、はや舟出してこの浦を去りね」と命じられた光はまんじりともせず暁方になった。

渚に小さやかなる舟寄せて、人二三人ばかり、この旅の御宿をさして来。…「明石の浦より、前の守新発意《しぼち》の、御舟よそひて参れるなり。…事の心とり申さん」と言ふ。（明石［四］）

あの風雨の中を舟を出すとは不審に思いながら良清が舟に行くと、入道がいて、

去《い》ぬる朔日《ついたちのひ》の夢に、さまことなる物の告げ知らすることのはべりしかば、信じがたきことと思うたまへしかど、「十三日にあらたなるしるし見せむ。舟をよそひ設けて、かならず雨風止まばこの浦に寄せよ」とかねて示すことのはべりしに、…用ゐさせたまはぬまでも、このいましめの日をすぐさず、このよしを告げ申しはべらんとて、舟出だしはべりつるに、あやしき風細う吹きて、この浦に着きはべりつること、まことに神のしるべ違はずなん。ここにも、知ろしめすことやはべりつらむ。…（同上）

と言う。入道が夢の告げを受けた「去ぬる朔日」、光は上巳の祓えをし、天変が起こり、暁方の夢に、海竜王の招きに応じろと告げられた。入道の夢に現われたのは「さまことなる物」、光の夢では「そのさまとも見えぬ人」という。

「十三日」を入道は「このいましめの日」といい、告げに従ったところ「あやしき風細う吹きて、この浦に着」いたという。今夜が十三日である。「まことに神のしるべ違はず」という入道は、一人女の将来を住吉の神に年来祈ってきた。

良清の報告を聞いて、

君思しまはすに、夢現さまざま静かならず、さとしのやうなることどもを、来し方行く末思しあ

はせて、「…夢の中にも父帝の御教へありつれば、また何ごとをかは疑はむと、思して…（入道の迎えを受け入れる）…「ともあれかくもあれ、夜の明けぬさきに御舟に奉れ」とて、例の親しきかぎり四五人ばかりしてたてまつりぬ。例の風出で来て、飛ぶやうに明石に着きたまひぬ。ただ這ひ渡るほどは片時の間と言へど、なほあやしきまで見ゆる風の心なり。（同上）

「夜の明けぬさきに」即ち神仏と人間が通じ合える時間帯の中で事が運ばれる。

「上巳の祓え」の場で、光が「犯せる罪のそれとなければ」と「八百よろづ神」に言挙《ことあ》げしたのに即刻反応して始まった天変は、須磨と京を範囲下におき、「十三日」須磨の光の家の一部を落雷炎上させて鎮まり、その暁に光の須磨脱出、明石入道による光保護を実現させた。光は「四方の海の深き心」（絵合［九］）を身をもって体験した。

明石入道は、夢で特定された「十三日」を「このいましめの日」という。「十三日」の夜は、死者を含めて神仏が特定の人間に対して行動を起こす日であるらしい。人間は勝手な行動を謹まなければならなかったのではないか。現在でも盆は十三日からはじまる。推測の域を出ないが、「十三日」は死者がこの世に戻れる日なのではないか。とすると、故桐壺帝が自分がこの世に戻れる十三日を光救出の日として、海竜王、住吉の神に働き掛けて天変が始まり、ことが成就したとなる。

［四2］（入道への夢の告げ）後の語りであるが、明石入道が若い時に授かった夢の告げをここで取り上げる。

若菜上巻に至って、明石女御（光の姫君）が東宮の男皇子を出産。それを知った明石入道が娘の明石上に辞世の手紙を送り、入道の一生を決定した夢の告げをうちあける。

…わがおもと（明石上）生まれたまはむとせしその年の二月のその夜の夢に見しやう、みづから須弥《すみ》の山を右の手に捧げたり、山の左右より、月日の光さやかにさし出でて世を照らす、みづから（入道）は、山の下《しも》の蔭《かげ》に隠れて、その光にあたらず、山をば広き海に浮かべおきて、小さき舟に乗りて、西の方をさして漕ぎゆくとなむ見はべりし。…（若菜上［二八］）

入道が夢の告げを授けられたのは、明石上が懐妊された「その年の二月のその夜」であったという。明石に移った光（当初数え年二十七歳）を相手に、入道が娘の年令を「住吉の神を頼みはじめたてまつりて、この十八年になりはべりぬ。」（明石［九］）というのを根拠にすれば、当該の夢の告げは光が十歳の二月となる。須磨から明石への光の救済に故桐壺院による海竜王、住吉の神への働き掛けが大きかったと見ることができるならば、明石入道による光保護の原点となる当該の夢の告げも、帝桐壺の意志が源泉ではあるまいか。光は七歳で読書始めをし、十二歳で元服した。七歳から十二歳までの間に、賜姓源氏と藤壺の入内があった。賜姓源氏に関連して帝桐壺は宿曜の予言の顕現化を熟慮した。

「帝、后かならず並びて生まれたまふべし」の「帝」については既に論じてきたが、「后」がある。桐壺帝は非業《ひごう》の死を遂げた桐壺更衣を何としても成仏させなければ気がすまなかったであろう。〈竜女変成〉が《女人往生》に至る道である。故更衣の血筋に竜女の母となるべき女子を誕生させ、光と結ばせて、宿曜が予言する「后」となるべき竜女を生ませる。その后に男性に引けを取らない能力を発揮させ、〈変成男子《へんじようなんし》〉・〈竜女変成《りゆうじよへんじよう》〉をさせれば《女人往生《によにんおうじよう》》に至れる。その「后」に導かれて、后の父方の祖母にあたる桐壺更衣も、宿曜に課された試練をそれと知らずに苦しむ藤壺も救われて欲しい。その実現にむけて帝桐壺が頼れるのは、故更衣の従兄弟（後の明石入道）一人しかいない。桐壺帝の仏神（海竜王、住吉の神）への祈りが故更衣の従兄弟への当該の夢の告げとなったのではないか。桐壺光十歳の時点で、若かった明石入道に当該の夢の告げを授けることのできるのは、宿曜の予言を知る帝桐壺以外に存り得たであろうか。

［四3］（入道の執念）入道の辞世の文はさらに続く。上述の夢の告げを受けた頃から母が懐妊し、娘は京で生まれた。夢の告げを深く信じ、夢の告げに背かないように娘を育てるために京を棄てた（「力及ばぬ身に思うたまへかねてなむ、かかる道におもむきはべりにし」は「近衛中将を棄てて申し賜れりける司（播磨国守）」（若紫［三］）と呼応する）。夢の告げに支えられたとはいえ、弘徽殿腹の第一皇子を東宮とする政界に見切りをつけ、播磨《はりま》国守として財力を貯え、そのまま播磨で出家し、弘徽殿、右大臣勢力に何憚《はばか》ることのない立場を保持して自由に生き、自家の血筋を皇統に繋ぐ明石入道の生きざまは、不運を嘆いて零落《れいらく》する多くの京の貴族達に対し傑出している。大きな人物である。その人柄を帝桐壺が見込んで自然であろう。「若君、国の母となりたまひて、願ひ満ちたまはむ世に、住吉の御社をはじめ、はたし申したまへ。」に入道の願望の所在が明白である。その日を思って、母方の身分の低さが后の傷にならせないように「わが身（明石上）は変化のものと思しなして」入道の喪になど服すな、「老法師のためには功徳をつくりたまへ。」と遺言する。入道が自分の死について語るこの部分は、幼い姫君を母・祖母ともども京へ送るに際しての入道の別れの言葉と整合する。その最後に「煙ともならむ

夕まで若君の御事をなむ、六時の勤めにも心きたなくうちまぜはべりぬべき」とてこれにぞうちひそみぬる。」（松風〔四〕）と言う。死に臨んでも自分自身の往生は二の次にして執心を護りぬく入道の決意である。

【夢さめて、朝より、数ならぬ身に頼むところ出で来ながら、何ごとにつけてか、さるいかめしきことをば待ち出でむと心の中に思ひはべりしを、そのころより孕まれたまひにしこなた、…賤しき懐の中にも、かたじけなく思ひいたづきたてまつりしかど、力及ばぬ身に思うたまへかねてなむ、かかる道におもむきはべりにし。また…この浦に年ごろはべりしほども、わが君を頼むことに思ひきこえはべしかばなむ、心ひとつに多くの願を立てはべし。その返申し、たひらかに、思ひのごと時に逢ひたまふ。若君、国の母となりたまひて、願ひ満ちたまはむ世に、住吉の御社をはじめ、はたし申したまへ。さらに何ごとをかは疑ひはべらむ。…

　命終はらむ月日もさらにな知ろしめしそ。いにしへより人の染めおきける藤衣にもなにかやつれたまふ。ただわが身は変化のものと思しなして、老法師のためには功徳をつくりたまへ。この世のたのしみに添へても、後の世を忘れたまふな。…」さて、かの社に立て集めたる願文どもを、大きなる沈の文箱に封じ籠めて奉りたまへり。】（若菜上〔二八〕）

［四4］（明石における光の基本姿勢）　入道は光を浜の館《やかた》（本邸）に迎えた。「月ごろの御住まひよりは、こよなく明らかになつかし。」（明石〔五〕）「人しげき厭ひはしたまひしかど、ここは、また、さまことにあはれなること多くて、よろづに思し慰まる。」（〔六〕）「かくおぼえなくてめぐりおはしたるも、さるべき契りあるにやと思しながら、なほかう身を沈めたるほどは、行ひよりほかのことは思はじ…」（〔七〕）で、時を過ごす。

須磨で光の夢に現われた桐壺院は「かかるついでに内裏に奏すべきことあるによりなむ急ぎ上りぬる」と言い残して立ち去った。物語は光が入道の娘からはじめて返歌を手にするところまで語り、内裏での桐壺院にもどる。

付　冷泉即位へ

三月十三日夜、帝朱雀は、故院が清涼殿の階の下に立って朱雀を叱り付ける夢を見る。睨みつける故院に目を合わせて以後、朱雀は眼を病む。太政大臣（旧右大臣）が死ぬ。弘徽殿は体調を崩しながらも強引に現状維持を続けて年を越す。眼病の帝に臣下から苦情が出、朱雀の冷泉への譲位が決まる。七月二十日余に光に帰京の宣旨《せんじ》が下る。（明石［一六］）

注　（1）『完訳日本の古典　源氏物語三』47頁脚注二五。

第四章　前坊廃太子

内容

一　「斎宮は十四にぞなりたまひける」

【1】源氏物語における「前坊《ぜんぼう》」の登場は、

まことや、かの六条御息所の御腹の前坊の姫君斎宮《さいぐう》にゐたまひにしかば（葵〔二〕）

である。

「前坊」という言葉は、字面からすれば〈前の坊（東宮）〉であるが、現実には前の東宮はミカドといわれるのが普通である。源氏物語の当該の「前坊」が前の東宮朱雀《とうぐうすざく》をさしていないのも明白である。「前坊」という言葉を単に〈前の東宮〉とだけとるのは、言語をその実態から遊離させた、その意味で宙に浮いた解釈である。

「前坊」とは〈東宮であったが帝にならなかった方〉の呼称である。これには、東宮在位中に亡くなった場合と、東宮からおろされた場合とがあり得る。源氏物語は東宮空位時代から始まる。源氏物語の前坊がどちらであるかは、彼が物語中に生存していたか否かが決め手となる。

前坊登場の時点で光二十二歳。前坊が東宮在位中他界とすれば、姫君は光より年上となり、当時点で斎宮《さいぐう》適性年令を越えていたことになる。右の一節は、前坊の死亡時期が物語開始以後である可能性を示唆している。

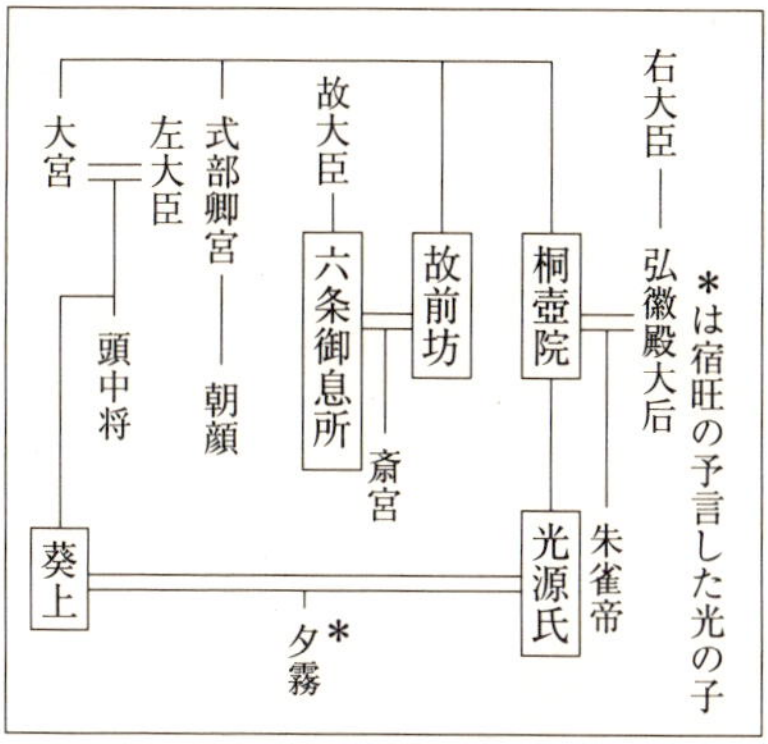

賢木巻の〈別れの櫛の儀〉で、物語は「斎宮は十四にぞなりたまひける」と新斎宮の年令を証している。これは斎宮の年令を語るだけではない。斎宮の父「前坊」が十四五年以前まで生存していたことも同時に語られている。

物語は前坊の廃太子事件自体は語らないが、斎宮の年令の明示は、廃太子事件が確実にあり、前坊は、斎宮が懐妊される当時（光八〜九歳）までは、廃太子の憂き目を背負ったまま生存していたという未知の情報を読者に突き付けるものである。〈前坊廃太子〉の実在は、読者の好みや解釈を越えて、物語上の事実として、作者によって語られている。

前坊の没年は十年前と見れそうである。儀式に参列する母六

条御息所の心中の語りに、

十六にて故宮に参りたまひて、二十にて後れたてまつりたまふ。三十にてぞ今日また九重を見たまひける

そのかみを今日はかけじとしのぶれど心のうちにものぞかなしき」

とある。「十六」から「三十」は十四年で斎宮の年令と一致する。斎宮の晴れの儀式に参列する御息所は、「そのかみを今日はかけじ」つまり、今日は斎宮誕生以後だけを意識し、それ以前の忌まわしい過去は意識から締め出さなければならない——そう、十六で故宮に参ってすぐに斎宮が生まれた、とすると、故宮に先立たれたのが二十、以後今日まで十年で三十——そう思うことにしようと心に決めている。しかし、儀式では、前坊が斥けられて後、東宮になった他ならぬ当人が、帝として娘の斎宮に別れの櫛を授けるのである。「そのかみ」を意識から締め出すのは難しい。「心のうちにものぞ（アノ屈辱ガ意識ニ上ッテクルノヲ）かなしき（自分ノ力デハ抑エルコトガデキナイ）」と苦しむ。斎宮への祝福は歌っていない。六条にとって残酷に過ぎる参内《さんだい》であった。

【申の刻に、内裏に参りたまふ。御息所、御輿に乗りたまへるにつけても、父大臣の限りなき筋に思しこころざしていつきたてまつりたまひしありさま変りて、末の世に内裏を見たまふにも、もののみ尽きせずあはれに思さる。十六にて故宮に参りたまひて、二十にて後れたてまつりたまふ。三十にてぞ、今日また九重を見たまひける。

そのかみを今日はかけじとしのぶれど心のうちにものぞかなしき

斎宮は十四にぞなりたまひける。いとうつくしうおはするさまを、うるはしうしたてたてまつりたまへるぞ、

いとゆゆしきまで見えたまふを、帝御心動きて、別れの櫛奉りたまふほど、いとあはれにてしほたれさせたまひぬ。】（賢木［六］）

当該の「十六・二十・三十」は、従来、六条の実年令と見られてきた。そう見るかぎり、年立《としだて》上種々の矛盾を回避できない。にもかかわらず、矛盾を是認して、前坊東宮在位中死亡説をはじめ、廃太子否定の方向を主に多くの論が展開されてきた。力作も多々ある。現在有力視されている一つに、前坊は物語の冒頭以前に亡くなったとする説があるが、仮にそれに従えば、斎宮は生まれてくることができないとなる。

「十六・二十・三十」を実年令と見れない以上、実年令として展開された論は、論の筋として否定される。源氏物語に矛盾が一切ないとは言わないが、読みの基本姿勢として、矛盾を生じない読みの構築が要求される。筆者の論はその見地に立っての試みである。

源氏物語は政治を表面に出しては語らないが、決して政治が無視されているのではない。政治上の重要な情報が、「斎宮は十四にぞなりたまひける」のような、そういう語り方で、読者に提供される。どこに〈読み落とし〉があるのか、底の知れない作品である。

筆者は、斎宮の年令を根拠に、前坊は物語開始後、源氏十二歳まで生存しており、物語開始時点では既に廃太子であったと見る。同一の根拠に立脚して、前坊が廃太子であると論じた先行研究は、求めたが管見に入らなかった。

【一2】前坊の廃太子が物語上の事実であるとなると、それが、〈別れの櫛の儀〉の叙述で明らかにされることの意味が問われなければなるまい。

桐壺が帝位にあったのは花宴《はなのえん》巻までで、葵巻から譲位後となる。賢木巻は斎宮の伊勢下向から始まり、続いて桐壺院の崩御《ほうぎょ》が語られる。朱雀に譲位はしても、政治の実権は桐壺院が握っていた。桐壺院の死に接し、「上達部、殿上人みな」が、桐壺院亡き後、外戚として政治の実権を握る「祖父大臣」を恐れ案じている。「上達部、殿上人みな」の「みな」に留意したい。「みな」がこうまで「思ひ嘆く」ということは、祖父大臣の過去にそれだけの暴挙、それも個人レベルではない公的問題で、誰もどうすることもできなかった重大事件があったことを示唆する。斎宮の〈別れの櫛の儀式〉が「みな」の意識に残っていたであろう時期でもある。「斎宮は十四にぞなりたまひける」によって読者に証された情報は、「上達部、殿上人みな」にとっては、桐壺院の崩御と同時に意識によみがえり、現実の不安・恐怖となっていると見てよいであろう。つまり、桐壺院死のすぐ前に、「斎宮は十四にぞなりたまひける」という表現で、物語に語られなかった皇統の過去の最重大事件の実在を証することにより、桐壺院亡き後の政情不安に明確な輪郭が与えられている。

【…おどろおどろしきさまにもおはしまさで隠れさせたまひぬ。足を空に思ひまどふ人多かり。御位を去らせたまふといふばかりこそあれ、世のまつりごとをしづめさせたまへることも、わが御世の同じことにておはしまいつるを、帝はいと若うおはします、祖父大臣、いと急にさがなくおはして、その御ままになりなん世を、いかならむと、上達部、殿上人みな思ひ嘆く。】（〔一〇〕）

以後、朱雀在位時代に、帝桐壺が立太子させた東宮（冷泉）失脚の動きが実在したことは、次の本文（賢木巻・須磨巻）によって明らかである。

（藤壺、出家を決意し東宮訪）内裏わたりを見たまふにつけても、世のありさまあはれにはかなく、移り変ることのみ多かり、大后の御心もいとわづらはしくて、かく出で入りたまふにもはしたなく、事にふれて苦しければ、宮の御ためにもあやふくゆゆしう（東宮ニトッテモ、外力ニヨッテ駄目ニサレソウデ不吉ナ感ジガシ）よろづにつけて思ほし乱れて…（賢木［一八］）

（朧月夜、許されて朱雀に参る。帝）「今まで御子たちのなきこそさうざうしけれ。春宮を院ののたまはせしさまに思へど、よからぬことども出で来めれば心苦しう」など、世を御心のほかにまつりごちなしたまふ人のあるに、若き御心の強きところなきほどにて、いとほしと思したることも多かり。（須磨［一四］）

朱雀は右大臣の娘である朧月夜腹の男皇子を望んでいる。冷泉への風当たりは強い。冷泉は結果的には乗り切るが、最大の犠牲者は橋姫巻に至って登場する帝桐壺の八宮である。

上達部殿上人みなの不安は、右大臣による恐惶《きょうこう》政治の波及の大きさに対してであった。ことを小さく取り、六条に焦点をしぼれば、斎宮に付き添って伊勢下向し、舞台を去る寸前に、六条の心の深層の傷―光の冷やかさどころではない―の所在を証したとなる。

より重要なのは、帝桐壺にとってのことの重さであろう。

桐壺譲位後、死の直前に〈前坊廃太子〉を証すのは、桐壺の政治の原点を読者に示し、帝王として桐壺が意図したこと、彼の生き方の再確認を、作者が読者に暗黙の内に求めているのではないか。源氏物語は帝桐壺による特異な抵抗から始まる（第一部第一章）。その動機・直接原因が、「斎宮は十四にぞなりたまひける」の一文で証されている。

　前坊廃太子の真相について推測する。桐壺が朱雀に譲位後も政治の実権を握っていたことから推せば、先帝も同様の可能性はあり得る。先帝の皇子（兵部卿宮）は立太子できなかった。先帝を右大臣勢力が利用して、帝桐壺の頭越しに、前坊の廃太子が断行されたのではないか。末法の世である。前坊と六条御息所との間に男子がない。弘徽殿に桐壺帝の第一皇子が誕生した。「いと急にさがない」右大臣が、外戚への道を手にすべく、すかさず暴挙に出て、前坊の失脚に成功したか。邪魔な存在を手段を選ばず亡き者にして恥じないのは弘徽殿だけではない。妹四の君は夕顔に亡き父三位《さんみ》中将の屋敷に住めない程の脅しをかけた末、夕顔は死んだ（某の院の物の怪の正体は四の君系か）。紫の母は兵部卿宮の北の方（右大臣の二の君か）の圧力に耐えきれずに死んだ（ちなみに髭黒のもとの北の方は兵部卿宮の北の方の娘）。右大臣にとっては、桐壺第一皇子が立太子しても、兵部卿宮が立太子しても、外戚への道であったのではないか。証明は困難であるが、右大臣が先帝をそそのかした可能性は考えられる。

　左大臣の関わり方であるが、葵上《あおいのうえ》にとりついた物《もの》の怪《け》を「この（六条御息所の）御生霊、故父大臣の御霊などいふものあり」（葵［一三］）と言う。これを「（六条の）父大臣が左大臣を恨んで死んだとも読める」（同　脚注二九）ととれば、普通〈一上《いちのかみ》〉である左大臣も右大臣を抑えられなかったとなり、右大臣の筋・手続き無視が浮かび上がる。

　譲位後も、「御位を去らせたまふといふばかりこそあれ、世の政をしづめさせたまへることも、わが御世の同じことにておはしまいつるを」と、祖父大臣を牛耳ってきた桐壺院の死は、右大臣勢力にとっては、待ちに待った時機到来である。

先帝の四の君（藤壺）の立后は、帝桐壺による、外戚としての藤原氏の政治介入を断ち切り、《皇統による政治支配》実現の出発となるのであるが、桐壺院の死と同時に、それが危機にさらされている。

《皇統による政治支配》の実現が、源氏物語五十四帖を一貫する底流とする見地（第一部第一章）からすれば、宿木巻に見られる〈桐壺帝の皇統の繁栄と安定〉に至るための、帝桐壺による基盤固めが如何に厳しく苦しいものであったか、賢木巻の「斎宮は十四になりたまひける」は、物語冒頭の桐壺更衣の死とあいまって、それを語る重要な一文である。

二　光の六条御息所との交渉

［二―1］光と六条との交渉は夕顔巻、源氏十七歳の夏から語られる。

御心ざしの所には、木立、前栽《せんざい》などなべての所に似ず、いとのどかに心にくく住みなしたまへり。うちとけぬ御ありさまなどの気色ことなるに、ありつる垣根思ほし出でらるべくもあらず。つとめて、すこし寝すぐしたまひて、日さし出づるほどに出でたまふ。（夕顔［四］）

木立・前栽に抜群のセンスを示す超一流の邸宅でありながら、政界とは没交渉で人の出入りも少ない。宮中行事などの準備に追われることもない。「いとのどか」である。光の正妻の住む左大臣邸の雰囲気とはまるで違う別世界である。有り余る時間を「心にくく住みなし」ている。この屋敷の悲運を表に出さない心配りが十分に行き届いている。若い源氏は六条の暮らしぶりに魅せられている。として、問題は「つとめて、すこし寝すぐしたまひて」である。光に解放感が感じ取れるが、六条邸宿泊が人目を忍ぶ恋としてみると、若いとはいえ軽率に過ぎる。光の意識は前坊の遺児のための〈宿《との》直《い》〉なのではないか。

秋になる。

六条わたりも、とけがたかりし御気色《けしき》をおもむけきこえたまひて後、ひき返しなのめならんはいとほしかし。されど、よそなりし御心まどひのやうに、あながちなることはなきも、いかなることにかと見えたり。女は、いとものをあまりなるまで思ししめたる御心ざまにて、齢《よはひ》のほども似げなく、人の漏り聞かむに、いとどかくつらき御夜離《よが》れの寝ざめ寝ざめ、思ししをるることいとさまざまなり。（夕顔［七］）

光の六条に対する気持ちが変化した。そのきっかけは、「とけがたかりし御気色をおもむけきこえたまひて」である。以後、光は以前のように「あながちなる（ヤムニヤマレヌ）」ことがなくなったのを、地の文は「いかなることにか」という。

問題は「いかなることにか」の解釈である。オモムケは、相手の顔を自分の方に向けさせるが原義。光は、年令が読み取れる程度に（手を取るなど）六条に接近し、相手にできないと明確に知った。六条の実年令を物語は明かさない（時に光十七歳。六条二十四歳とする従来の解釈は、「十六・二十・三十」（前述［一１］を根拠とするもので、それを実年令と見ない筆者の立場からは従えない）。

「霧のいと深き朝」の六条邸は美しい。帰る光を送る中将のおもとへの光の歌

咲く花にうつるてふ名はつつめども折らで過ぎうきけさの朝顔

は、六条がもはや「咲く花」ではないと光が知ったことを中将に解らせようとした歌である。単に中将の美しさに惹かれてのことではあるまい。この時点で六条は光の恋の相手ではなくなっている。

一方、六条の「ものをあまりなるまで思ししめたる御心ざま」は、よくもまあと思う程、六条の心に光が染み付き、消えなくなっていることをいう。以後、六条は、光の足が遠退《とおの》くのを悲しむ。「齢のほども似げなく」と自認するだけなおさら世間の噂を気にして悩む。相手は世の注目を集めている青年光である。物語は女房の目を通して光を讃え、六条の意識を非難はしない。

当該の本文二つは、光と六条との交渉上、二人の意識のズレとして、見過ごせない。

なお、この時点では、六条の呼称に〈御息所《みやすどころ》〉は現われない。これは、光を迎える六条の意識に姫君（後の斎宮）がまったく入っていないことを示唆する。

以後、光は夕顔に熱中する。更に、藤壺・空蟬・葵・兵部卿宮の姫君（紫）・末摘花・朧月夜との交渉、源典侍《げんのないし》との戯れは語られるが、六条については、光の六条との交渉が切れていないことが窺えるのみで、六条自身は葵巻（源氏二十二歳）に至るまで物語に登場しない。この間五年が経過する。

［二２］ 六条の再登場の場面を読む。

六条が前坊の御息所であること、前坊の遺児新斎宮の母であることが読者に明らかにされる。六条

は、斎宮の付き添いを名目に伊勢下向を希望している。それが桐壺院の耳に入り、院が光を諫《いさ》める。桐壺院の耳に入った情報の中心は、御息所が斎宮に付き添って伊勢下向を望んでいることである。「親添ひて下りたまふ例もことになければ」（賢木［二］）であるから、斎宮筋の人々から然るべき筋を通して桐壺院へ伺いをたてた結果、下向の理由が詮索されるとなった。光自身は六条を恋の相手でないと判断して五年になるが、世間は知らない。六条の伊勢下向の希望は、悲運の女性のかたをもつかたちで、光を非難する絶好のチャンスとされた。桐壺院は、故宮・斎宮・とりわけ光を守ろうとして怒っている。院は「おろかなら」ぬ付き合いを光に求める。院の「御気色あし」は、光が臣下によるゴシップの材料ーとりわけ、傷つけてはならないと帝が心中深く決めていたであろう前坊・斎宮と切り離せない六条に恥をかかせているーとされたことに対する憤りではないか。院に諫められ、光はゴシップの恐ろしさを「わが御心地にもげに（ナルホド、コウイウコトニナルノカ）と思ひ知らるれば、かしこまりてさぶらひたま」い、藤壺との秘密がこの二の舞になるのを恐れて「かしこまりてまかでたまひぬ」であった。

【まことや、かの六条御息所の御腹の前坊の姫君斎宮にゐたまひにしかば、大将の御心ばへもいと頼もしげなきを、幼き御ありさまのうしろめたさにことつけて下りやしなましとかねてより思しけり。院にもかかることなむと聞こしめして「故宮のいとやむごとなく思し、時めかしたまひしものを、軽々しうおしなべたるさまにもてなすなるがいとほしきこと。斎宮をもこの皇女たちの列に思へば、いづ方につけてもおろかならざらむこそよからめ。心のすさびにまかせてかくすきわざするは、いと世のもどき負ひぬべきことなり」など御気色あしければ、わが御心地にもげにと思ひ知らるれば、かしこまりてさぶらひたまふ。「人のため恥がましきことなく、いづれをもなだらかにもてなして、女の恨みな負ひそ」とのたまはするにも、けしからぬ心のおほけなさを聞こしめしつけたらむ時と恐ろしければ、かしこまりてまかでたまひぬ。】（葵［二］）

院の耳に入った世評を、光は、六条の名誉のためにも、自分自身にとっても「すきがましく（ここでは）男女間ノ愛情問題トサレ過ギテイテ）いとほしき（目ヲソムケタイ）」と感じている。〈公然の婚儀〉の噂が立ち、それを待つ空気が六条方にあった。院が「聞こしめし入れ（承認シ）」たのは六条の伊勢下向の希望であるが、院の耳に入ったとなって、噂が噂を生み、ゴシップは〈光と六条との婚儀間近し〉にまで至った。世評に振り回される光ではない。六条の自認「似げなき御年のほど」と「心とけたまはぬ気色」を楯に、光はリードしない姿勢で通す。六条の伊勢下向は周知のこととなった。光は六条の下向を止めない。ここに至って六条は、なお、光が本気でないのを嘆いた。

【また、かく院にも聞こしめしのたまはするに、人の御名もわがためも、すきがましういとほしきに、いとどやむごとなく心苦しき筋には思ひきこえたまへど、まだあらはれてはわざともてなしきこえたまはず。女も、似げなき御年のほどを恥づかしう思して心とけたまはぬ気色なれば、それにつつみたるさまにもてなして、院に聞こしめし入れ、世の中の人も知らぬなくなりにたるを、深うしもあらぬ御心のほどを、いみじう思し嘆きけり。】（葵［二］）

この一件は、桐壺院・光サイドから見れば、六条の伊勢下向の意思表示が、世評を駆り立て、光をゴシップに巻き込んだということである。但し、六条自身は、そんな自覚があるようでもなく、光を恨む一方である。

【二―3】光が交渉を持つ女性は皇統の血筋の人々が多い。藤壺（先帝の四の君）・朝顔（式部卿宮の姫君）・紫（兵部卿宮の姫君）・末摘花（常陸宮の姫君）…である。

末摘花を例に採る。源氏は末摘花と契って、

我ならぬ人はまして見忍びてむや。わがかうて見馴れけるは、故親王のうしろめたしとたぐへおきたまひけむ魂のしるべなめり（末摘花［一四］）

と自覚する。光の女性交渉の基盤に《皇統の血を守る》という気概がある。[1]皇統の血筋の姫君方は政治的に利用される可能性がある。藤原貴族の有力者の手が及ばないように、光が彼女達を掌握しなければならなかった。

斎宮にもどる。六条の回想によれば、前坊他界後、桐壺帝から、故宮にかわって遺児（現斎宮）の世話をしたい、遺児には宮中で暮らしてほしいと、度々すすめられたが、六条は「いとあるまじきこと」と従わなかった。前坊他界直後の斎宮に対する帝桐壺の意向は、今の院の言葉「斎宮をもこの皇女たちの列になむ思へば（前掲）」と整合する。

【故前坊の同じき御はらからといふ中にも、いみじう思ひかはしたまひて、この斎宮の御事をも、懇ろに聞こえつけさせたまひしかば、「その御代はりにも、やがて見たてまつりあつかはむ」など常にのたまはせて、「やがて内裏住みしたまへ」とたびたび聞こえさせたまひしをだに、いとあるまじきことと思ひ離れにしを…】（葵［一九］）

帝・東宮は内裏住みである。内裏外に住む皇統の血筋の人々を守るのは、光の役であったであろう。若い光が六条邸に出入りしはじめたのは、前坊の遺児（現斎宮）を守るための〈見舞い〉であり、おそらく父帝の指示に従ってのことであったであろう。

六条の伊勢下向の意思表示をきっかけに、光と六条との仲が世評に公然とあがったが、院が光を諫めて、故前坊・斎宮のどちらの為にも六条には丁重に対応するようにと教え、それを承けて「特別な身分の、気の毒な方」でとどまる光であった。外戚としての政権掌握を狙う人々に囲まれながら、桐壺帝・光が共有する〈皇統の血の堅持〉の意識の厳しさは、皇統内でも限られた人々以外には通じない。六条は皇統の血筋ではない。前坊没後の帝桐壺の勧め「やがて内裏住みしたまへ」を、六条は遺児（現斎宮）に付き添っての「内裏住み」ではなく、六条自身が帝桐壺に求められていると受けとめ、「いとあるまじきこと」として帝桐壺の意向に従わなかった。同様に、源氏の六条邸訪問を、六条は、専ら自分への特別の好意と受けとめた。光の訪問が途絶えがちなのを許せない六条である（六条の意識構造については、次章で後述する）。

葵との衝突のきっかけとなる車争いの場面で、物語は、「斎宮の御母御息所、もの思し乱るる慰めにもやと、忍びて出でたまへるなりけり。…」（葵［五］）と、「斎宮の御母」と規定するが、斎宮など無視して憚《はばか》らないのが葵方であることにも留意したい。

以後、六条は精神不安定となり、伊勢下向に先立って神事が重なる最中、宮人達をはらはらさせる。葵が無事に男子を出産したことに対する六条の反応を取り上げたい。無事男子出産と聞いて、生きていたのだとチラリと思うとたんに、六条は嗅覚妄想におそわれる。そこまでエスカレートするところに、六条の心の深層の傷が窺える。前坊廃太子の理由を前坊の男子に恵まれなかったことと六条が意識していなければ、葵上の男子出産に六条がここまでエスカレートしたであろうか。

【院をはじめたてまつりて、親王たち、上達部残るなき産養どものめづらかにいかめしきを、夜毎にののしる。男にてさへおはすれば、そのほどの作法にぎははしくめでたし。かの御息所は、かかる御ありさまを聞きたまひても、ただならず。かねてはいと危く聞こえしを、たひらかにもはたと、うち思しけり。あやしう、我にもあらぬ御心地を思しつづくるに、御衣などもただ芥子の香にしみかへりたり。あやしさに、御ゆするまゐり、御衣着かへなどして試みたまへど、なほ同じやうにのみあれば、わが身ながらだに疎ましう思さるるに、まして人の言ひ思はむことなど、人にのたまふべきことにもあらねば、心ひとつに思し嘆くに、いとど御心変りもまさりゆく。】(葵［一五］)

物語は、六条・葵上を対決させ、葵は死に六条は伊勢下向して共に舞台を去らせる。六条が光をゴシップに巻き込もうと、物の怪となって葵を苦しめようと、故前坊のため、斎宮のために、六条を「特別な身分の、気の毒な方」として立てるべき所は立てて通す光である。最後に野宮に六条を見舞った光は、

少女子があたりと思へば榊《さかきば》葉の香をなつかしみとめてこそ折れ(賢木［二］)

と、斎宮を表面に出した挨拶をした。これが六条邸訪問の際のあるべき挨拶である。群行の日の、光の挨拶に対する斎宮の返歌(女別当代筆)を見て光は、六条邸訪問の早い時期に、前坊の遺児(十歳前後)に直接会えて当然であったのに…と、それを許されなかった無念さをかみしめる。六条邸訪問の光の本来の立場は、六条には全く理解されていなかった。

【御年のほどよりはをかしうもおはすべきかなとただならず。…いとよう見たてまつりつべかりしいはけなき御ほどを、見ずなりぬるこそねたけれ…】(賢木［五］)

斎宮にまで成長した前坊の遺児は、後に冷泉に入内し、内大臣(旧頭中将)との政権掌握決定の勝

負に際し、光の切札的役割を果たす。そこに至って、六条相手の光の苦しい交渉は実を結ぶ。

以上、六条物語の底流として、帝桐壺・光サイドに《皇統の血筋を守る》という意識が秘められていることを確認してきた。これは同時に、源氏・六条相互の意識のズレの確認でもある。

なお、登場人物相互の意識のズレの上に物語が展開されるという手法は、宇治大君物語（第六章）・浮舟物語（第二部）とも合い通じる。

三　朝顔の光との交渉

六条と対比されるのは朝顔である。

朝顔は光が関心を寄せる女性として真っ先に世評に上げられた。父式部卿宮は桐壺帝の兄弟である。

紀守の中川の家へ方違《かたたが》えをした光が母屋の様子を垣間見る。女房たちが、光が朝顔に贈った歌を一部言葉を取り違えて話題に交えているのが聞こえた。朝顔宛ての光の歌が、ゴシップとなって中の品の邸に仕える女房たちにまで知られている。朝顔にしてみれば大変なことであろうが、光はさして気にしていないようである。（帚木［一四］）

若い光の朝顔への交渉は、皇統の血筋の中での自然の社交としてはじめられた。その歌が、朝顔の知らないうちに、女房たちの口から口へ伝えられ、ちまたに広まっている。ゴシップ化についての朝顔の苦悩も嫌悪も、物語は一語も語らない。

朝顔の次の登場は、六条が伊勢下向の意思表示をし、光がゴシップに巻き込まれた部分（前掲、葵［二］）に続いてである。

かかることを聞きたまふにも、朝顔の姫君は、いかで人に似じと深う思せば、はかなきさまなりし御返りなどもをさをさなし。さりとて、人憎くはしたなくはもてなしたまはぬ御気色を、君も、なほことなりと思しわたる。（葵［三］）

朝顔はゴシップの劣悪さ恐ろしさを体験している。その上で、その後の光との交渉を〈皇統の血筋のなかでの自然な社交〉として素直に受け流してきたのであろう。その目で、この事件での六条をとんでもないこと、決してあってはならないことと徹底否定し、「いかで人に似じと深う思せば」と内省する朝顔である。〈皇統の血筋を守る〉光をそれとして理解できている。

光の「なほことなり」は、世評の恐ろしさを知り、光をゴシップに巻き込むようなことはせず、光の好意は大切にする朝顔に、〈皇統の血〉による通じ合いを確かめ得ての感慨である。六条から受けた屈辱と苦悩を癒されもしたであろう。

御禊の日、

式部《しきぶ》卿宮《きやうのみや》、桟敷《さじき》にてぞ見たまひける。「いとまばゆきまでねびゆく人の容貌《かたち》かな。神などは目もこそとめたまへ」とゆゆしく思したり。姫君は、年頃聞こえわたりたまふ御心ばへの世の人に似ぬを、なのめならむにてだにあり、ましてかうしもいかでと御心とまりけり。いとど近くて見えむまでは思しよらず（葵［六］）

朝顔は、自分の目で確かめた光の素晴らしさに感激しながら、「いとど近くて見えむまでは思しよらず」と、距離を置いた付き合いを可とした。自己を現実的に客体化できる姫君である。その意味で自分のセルフアイデンティティを確立できない六条と対照的な存在である。

朝顔の光との交渉はそのまま続く。

桐壺院崩御により、朝顔が新斎院となる。八年経過。父式部卿宮の死により斎院を辞任。故父宮の桃園《ももぞの》の宮に女五の宮と住む。帝桐壺が大切にした方々（兄弟姉妹とそのお子達）を、光は父帝の死後まで大事にした。

【故院（桐壺）のこの御子たち（桐壺の妹女五の宮・朝顔）を心ことにやむことなく思ひきこえたまへりしかば、（光は）今も親しく次々に聞こえかはしたまふめり。】（朝顔［一］）

五の宮の見舞いにことつけて、光訪問。うっすらと積もった雪が月に光る夜、光が求婚したが、朝顔は拒否した。

世の人の口さがなさを思し知りにしかば、かつはさぶらふ人にもうちとけたまはず、いたう御心づかひしたまひつつ、やうやう御行ひをのみしたまふ。（朝顔［七］）

で通す。朝顔を「さぶらふ人にもうちとけたまはず、いたう御心づかひしたまひつつ」と徹底して孤立化させたのは、若い時の体験である。その意味で、朝顔は女房社会のゴシップと戦った女性であった。

積もった雪が月に光るまたの夜、紫の上相手の光の回想。故藤壺を偲び、ついで、前斎院の御心ばへは、またさまことにぞみゆる。さうざうしきに、何となくとも聞こえあはせ、我も心づかひせらるべきあたり、ただこの一ところや、世に残りたまへらむ」とのたまふ。（朝顔［九］）

朝顔が、故藤壺回顧に連続して光の意識に上るのは、帝桐壺の遺志を継いで皇統の血筋を守った女性が藤壺であり、皇統の血筋を守る若き光のよき理解者が朝顔であったことを、それとは語らずに語っているのではないか。

注

（1）空蟬の存在を、光は「宮仕に出だし立てむと（故衛門督が）漏らし奏せし、いかになりにけむといつぞやのたまはせし（帚木［一四］）」と記憶していた。源氏の空蟬との交渉の底には、桐壺帝による故人の遺志の重視尊重と光による父帝の意向尊重がある。

第五章　六条御息所の悲劇の構造

内容

一　はじめに

六条御息所と光との交渉は、光サイドからすれば、皇統の血筋である前坊の遺児を帝桐壺の意向にしたがって〈見舞う〉のが六条邸訪問の眼目であり、早い時期（光十七才の秋）に、六条は光にとって恋の相手ではなくなっていたのに対し、六条は自分が光に特別扱いされ（結婚し）て当然と思い込んでいた。そういう光・六条相互の意識のズレを基底に六条物語が展開される（第四章）。

光の〈皇統の血筋を守る〉という意識が、大臣の女に通じるべくもないとしても、六条の意識には、すんなりと付いていきにくいものがある。六条の意識形成のポイントかと考えられそうなもの、

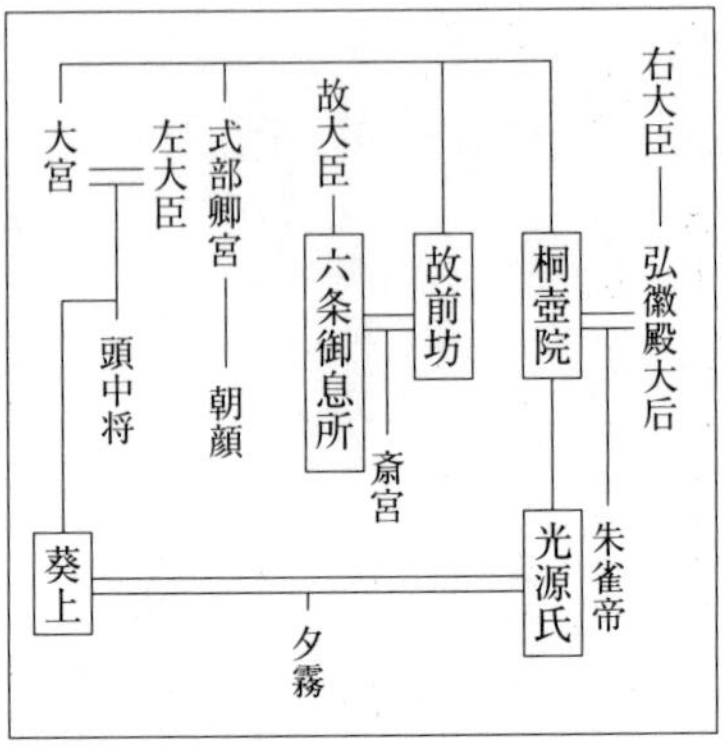

例えば、六条の住まいぶり（前坊の生き方）、廃太子に纏わるところの〈六条の物の怪化〉に対する世間の潜在意識とそれに対する六条の対応、光の判断に対する六条の絶対依存、等を、本文に則して読み、六条の悲劇の構造に接近したい。

前坊の死亡時期を〈別れの櫛の儀〉の十年前（光十二才）の八月[1]とすれば、物語り開始後に限っても、六条は十三年を前坊と共に生きてきた。六条を理解するのに前坊は欠かせない存在である。前坊を視野に入れて当該の問題の考察を試みる。そこに本章の意図がある。

二　六条の住まいぶり（前坊の生き方）

【二―1】（六条の住まいぶり） 六条邸（宮）を特色付けるのは、庭の木々・草や花の植え方など造園のセンスのよさであり、屋敷全体ののどかさである。【御心ざしの所には、木立、前栽などなべての所に似ず、いとのどかに心にくく住みなしたまへり】（夕顔［四］）

斎宮が野宮に入る。その住まいぶりとなると、新鮮な美しさがあれこれと在り、センスを大事にする殿上人《てんじょうびと》（帝の身近に仕える男性貴族。若手が多い）の中には、朝夕野宮に奉仕し、野宮の風情にあこがれる人々もあった。貴族社会での六条の定評はココロニクク、ヨシアリであり、それは「昔より」―

忘れられない懐かしいあの頃、即ち前坊生存中から—であったという。六条の「心にくくよしある」は前坊との生活の中で身につけたものであったであろう。光は六条を「ゆゑは飽くまでつきたまへるものを」と認めているが、それは、前坊による六条教育の成果にほかならず、このユヱは、皇統の血筋に固有の常識・教養・情趣である。前坊の生き方を物語は表立っては語らないが、前坊の「宮」六条邸がそれを象徴している。政界から締め出された前坊は、その血筋・身分にふさわしい教養と情趣を大切にし、財閥貴族には真似の出来ない、独特の風雅に生きたのではなかったか。

【さるは、おほかたの世につけて、心にくくよしある聞こえありて、昔より名高くものしたまへば、野宮の御移ろひのほどにも、をかしういまめきたること多くしなして、殿上人どもの好ましきなどは、朝夕の露分け歩くをそのころの役になむするなど聞きたまひても、大将の君は、「ことわりぞかし。ゆゑは飽くまでつきたまへるを。もし世の中に飽きはてて下りたまひなば、さうざうしくもあるべきかな」とさすがに思されけり。】

（葵［一九］）

前坊没後も彼を敬愛した宮人達によって、故人の遺志は尊守された。

九月七日、光が野宮を訪問する。黒木の鳥居・火焼屋のある神域に、斎宮にふさわしい小柴垣《こしばがき》と「いとかりそめ」の板屋を配し、庭のたたずまひにも、ほのぼのとした美しさがある。神域にふさわしい清楚そのものの美しさである。貴族の豪邸には決して味わえない雰囲気である。

【はるけき野辺をわけいりたまふよりいとものあはれなり。秋の花みなおとろへつつ、浅茅が原もかれがれなる虫の音に、松風すごく吹きあはせて、そのこととも聞きわかれぬほどに、物のねども絶え絶え聞こえたる、いと艶なり。

……ものはかなげなる小柴垣を大垣にて、板屋どもあたりあたりいとかりそめなり。黒木の鳥居どもは、さすがに神々しう見渡されて、わづらはしきけしきなるに、神官の者ども、ここかしこにうちしはぶきて、おのがどちものうちいひたるけはひなども、ほかにはさま変りて見ゆ。火焼屋かすかに光りて、人げ少なくしめじめとして、……

殿上の若君達などうち連れて、とかく立ちわづらふなる庭のたたずまひも、げに艶なるかたにうけばりたるありさまなり……道のほどいと露けし。】（賢木〔二〕）

伊勢から帰京後も、ミヤビカ・ヨシヅクをキイワードとする六条の生活ぶりである。宮家独自の教養・情趣とは、野宮に見たような神域のそれに近い清楚な美に結集される質のものであろう。「よき女房」即ちトップレベルの女房などが多いのは、大臣家にはない、六条邸独特の「宮」らしさにひかれるからである。「よき女房など多」いことが「すいたる人のつどひ所」ともなる。

【なほ、かの六条の古宮をいとよく修理しつくろひたりければ、みやびかにて住みたまひけり。よしづきたまへること古りがたくて、よき女房など多く、すいたる人の集ひ所にて、ものさびしきやうなれど、心やれるさまにて経たまふほどに】（澪標〔一二〕）

これは、伊勢下向の日の、

心にくくよしある御けはひなれば、物見車多かる日なり（賢木〔六〕）

（〈別れの櫛の儀〉が済んで）出でたまふを待ちたてまつるとて、八省に立て続けたる出車どもの袖口、色あひも、目馴れぬさまに心にくきけしきなれば、殿上人どもも、私の別れ惜しむ多かり（賢木〔七〕）

とも整合する。

六条の住まいは、前坊の宮であり、ただ人の貴族の邸宅ではない。集まる女房も・男性貴族も、庭の造りに象徴される宮家らしさ、宮家のユヱ・ヨシを敬愛する人々であった。

【二―2】(六条宮人の意識) 物語は、後の語りであるが、「六条京極のわたりに、中宮(現斎宮)の御旧き宮のほとりを、四町を占めて造らせたまふ」(少女[三二])という。四町のうちの西南の一町(一二〇メートル四方)が前坊の宮であった。未亡人となって十年から十六七年、この広い宮を維持できるところに、六条の生活の安定がうかがえる。故父大臣の財力もさることながら、桐壺帝による前坊とその遺児への保障が大きかったのであろう。

問題は、六条の前坊に対する意識である。故宮を範として心静かに一生を送ってもよさそうなものである。女盛りは過ぎている。宮人達にしてもそれに不満があったとは考えにくい。六条は故宮の回想を語らない。前坊生存中は前坊に守られてきたが、残されて以後、女主人として「宮」の外の世界と交渉するとなると、勝手が違って、とまどうことが累積したのではないか(後述[四])。

十七才の光は、前坊の遺児を見舞うために六条宮を訪れ、六条の住まいぶりに魅せられた(第四章)。途絶えがちながらも切れない光の六条宮訪問の真意を六条は見抜けない。住まいぶりにも自信がある。光に対する六条のひた向きな気持ちを見守る宮人達や、宮家の女房と関係を持つ殿上人達の間に、六条を救うには、光の六条との結婚以外にないという空気が形成されていったか。六条伊勢下向の意向を桐壺院の耳に入れ、ゴシップが光と六条の仲をかきたてた一件(葵[一二])は、それによって二人の結婚を実現させ、斎宮の母の伊勢下向という異常な事態を回避しようという宮人側の願いであったか。

葵の死後、世人と六条宮人の意識を、物語は、

やむごとなくわづらはしきものにおぼえたまへりし大殿の君も亡せたまひて後、さりともと、世人も聞こえあつかひ（世話をし）、宮の内にも心ときめきせしを、その後しも（光の六条邸訪問は）かき絶え、あさましき御もてなしを見たまふに（賢木［一］）

と語る。周囲がそうであればそれだけ、六条の光に対する不満と恥辱感は上昇する。

［二3］（遺児の養育）母と子の関係から見ると、六条には遺児を守るという姿勢が強くない。斎宮に伴っての伊勢下向は光に物理的距離をおくための悲痛な策であり、また、斎宮卜定《ぼくじよう》後、さまざまの潔斎《けっさい》が続く最中、母として斎宮を守るどころではない病状が続く。ともに宮人の当惑危惧の種となる。桐壺帝死後、東宮（冷泉）を守った藤壺とは、立場の相違があるにせよ、対照的である。六条は母というより終始一人の女性である。

筆跡を例にとる。六条死後、光は前斎宮自筆の文をはじめて手にし、「御手すぐれてはあらねど」と見る。

【消えがてにふるぞ悲しきかきくらしわが身それとも思ほえぬ世に】つつましげなる書きざま、いとおほどかに、御手すぐれてはあらねど、らうたげにあてはかなる筋に見ゆ（澪標［一三］）

母六条に光が魅せられたのは六条の筆跡（女手）の見事さであった。(2) 母譲りの書の腕を光は斎宮に期待していたか。

【女手を心に入れて習ひし盛りに…中宮の母御息所の、心にも入れず走り書いたりし一行ばかり、わざとならぬを得て、際ことにおぼへしはや。さてあるまじき御名も立てきこえしぞかし。悔しきことに思ひしみたまへりしかど、さしもあらざりけり。】（梅枝）［六］

筆跡は手本に似る。例えば、紫の姫君の字は祖母尼君に似ていた。

【かこつべきゆゑをしらねばおぼつかないかなる草のゆかりなるらんと、いと若けれど、生ひ先見えてふくよかに書いたまへり。故尼君のにぞ似たりける。いまめかしき手本習はば、いとよう書いたまひてむと見たまふ】（若紫［一四］）

かなの習得は和歌の手ほどきと同一不可分であった。斎宮の筆跡は、六条が一人娘に和歌の教育さえもしていなかったことを示唆する。六条の書を継承できなかったのは斎宮にとって不運であるが、斎宮は絵がうまい。（絵合［五］）

思うに、斎宮誕生当初から、父宮は信用できる人々を選定し、自ら指示を与え、東宮経験者の姫宮としての后教育をしたのではないか。姫宮四歳での父宮他界後も故宮の遺志は絶対視されたであろう。（父宮の夢は、斎宮が冷泉の中宮となって実現されたか。それは同時に皇統の血筋に対する藤原の氏の長者（内大臣）の敗北であった。）

六条は姫宮がありながら、夫の死後、子供の養育に自分の生きがいを求めることのできない、その意味でも孤立した存在であった。桐壺帝が前坊の遺児に「内裏住み」を求めた時（葵［一九］）、それを六条自身の問題としてしか意識できないのも、この宮では、遺児については、前坊が万事決定し、六条が介入しなくても、順調にことが行なわれていたことの反映ではなかったか。

三　六条における〈物の怪化〉に対する意識

廃太子早良《さわら》親王の祟《たた》りを怖れて御霊《ごりょう》神社が、左遷された菅原道真の鎮魂のために北野神社が建てられたのは、周知の事実であるが、廃太子前坊の御息所である六条の場合、当時の貴族社会の一般通念や噂に順応して、自らが〈物の怪〉になるのではないかという脅迫観念に取り憑かれて不思議でない。

廃太子事件の被害者前坊は、六条の宮の中で、負の運命を背負わされた皇統の人として、彼でなければ出来ないミヤビとユヱに代表される風雅に生き、夢を姫宮に託した。六条の被害者意識は、片思いの恋の相手、光の正妻葵に向けられた。以下、葵の巻における六条の意識の変化を〈物の怪〉との関連にしぼって検討したい。

［三1］（葵の懐妊から出産前まで）

六条と葵との正面衝突は車争である。以後、

御息所《みやすどころ》はものを思し乱るること年ごろよりも多く添ひにけり。……起き臥し思しわづらふけにや、御心地も浮きたるやうに思されて、なやましうしたまふ。（葵［一〇］）

となる。

懐妊中の葵は「御物の怪めきていたうわづらら」う。桐壺院からの見舞いと祈禱への配慮をはじめ、世をあげて葵の無事を祈ると聞き、

御息所はただならず思さる。年ごろいとかくしもあらざりし御いどみ心を、はかなかりし所の車争ひに人の御心の動きにけるを、かの殿には、さまでも思しよらざりけり（［二一］）

かかる御もの思ひの乱れに御心地なほ例ならずのみ思さるれば、他所に渡りたまひて御修法《みずほふ》などせさせたまう。（［二二］）

（葵方、物の怪活発。六条夢で葵に加害）　六条の生霊《いきりよう》が葵を苦しめているという噂が耳に入るや、六条は度々夢にその現場を見る。現代人からすれば本人の深層心理が夢に現われるのだとして片付くことであるが、夢を霊的示現とする時代には、当事者は夢が現実だと信じる。しかし、現実であるか否かの保障はない。大体、「この御生霊、故大臣の御霊など言ふものありと聞」いても、それを否定し無視するのが普通であろうが、六条は、否定も無視もせず、噂を素直に受けとめてその気になる。他者の言うことをすんなり受けとめるが故に、六条が自ら〈物の怪〉化すると信じるのである。噂の源泉は前坊廃太子事件にほかなるまい。

【この御生霊、故父大臣の御霊など言ふものありと（六条が）聞きたまふにつけて思しつづくれば、身ひとつのうき嘆きよりほかに人をあしかれなど思ふ心もなけれど、もの思ひにあくがるなる魂は、さもやあらむと思し知らるることもあり。年ごろ、よろづに思し残すことなく過ぐしつれどかうしも砕けぬを、はかなきことのをりに、人の思ひ消ち、無きものにもてなすさまなりし御禊の後、一ふしに思し浮かれにし心鎮まりがたう思さるるけにや、すこしうちまどろみたまふ夢には、かの姫君と思しき人のいときよらにてある所に行きて、とかくひきまさぐり、現にも似ず、猛くいかきひたぶる心出で来て、うちかなぐるなど見えたまふこと度重なりにけり。あな心憂や、げに身を棄ててや往にけむと、うつし心ならずおぼえたまふをりをりもあれば】（［二三］）

そういう六条の実態は、宮人の目には、「ただあやしうほけほけしうて、つくづくと臥しなやみたまふ。」「おどろおどろしきさまにはあらずそこはかとなくて月日を過ぐしたまふ」である。

[三2]（葵の出産）

「まださるべきほどにもあらずと皆人もたゆみたまへるに、にはかに御気色ありてなやみたまへば」（［一四］）は、予定日より早く来た陣痛であろう。苦痛の最中、葵は光を求める。「むげに限りのさまにものしたまふを、聞こえおかまほしきこともおはするにや」と、葵の両親は中座する。産婦と向き合っても、光は陣痛なるものが解らないらしい。臨終かと見て、慰めるつもりで、あの世で又会えるという意味のことを言う。それが以下の事態を引き起こす。

「いで、あらずや。身の上のいと苦しきを、しばしやすめたまへと聞こえむとてなむ。かく参り来むともさらに思はぬを、もの思ふ人の魂はげにあくがるるものになむありける」となつかしげに言ひて、

なげきわび空に乱るるわが魂を結びとどめよしたがひのつま

とのたまふ声、けはひ、その人にもあらず変りたまへり。いとあやしと思しめぐらすに、ただかの御息所なりけり。あさましう、人のとかく言ふを、よからぬ者どもの言ひ出づることと聞きにくく思してのたまひ消つを、目に見す見す、世にはかかることはありけれと、疎ましうなりぬ。あな心憂と思されて、「かくのたまへど誰とこそ知らね。たしかにのたまへ」とのたまへば、ただそれなる御ありさまに、あさましとは世の常なり。人々近う参るもかたはらいたう思さる。

〔一一四〕

葵の口にした右の言葉をどう解釈すべきか。まず、葵の意識をとらえなければなるまい。葵が光に会いたかったのは、陣痛の苦しみをなんとかして欲しい、子を産むのに力を貸して、「身の上のいと苦しきを、しばしやすめたまへ」とすがりたいからであった。にもかかわらず光の言った言葉たるや、死んでもあの世で会えるであった。葵の「いで、あらずや」は、とんでもない、死んでたまりますか、とでもいうべき強烈な否定である。葵は光の子を産むのに必死である。死ねと言うのか。光の言葉は葵にはショックであったにちがいない。葵は床について以来、調伏《ちょうぶく》されて泣き喚きながら言う物の怪の常套句を何度も聞いてきたであろう。遊離魂の実在は当時の社会通念であった。気が顚倒する思いで「かく参り来むともさらに思はぬを」とはじめる。魂が体から抜け出ていく気がして、「もの思ふ人の魂はげにあくがるるものになむありける」と言う。このケルは今初めてわかったことをいう。「なげきわび空に乱るるわが魂を結びとどめよ…」は物の怪化しそうになっていく恐怖の叫びであり、「わが魂を結びとどめよ」と光を離さない。物語には、この絶望的な叫び以外に葵の歌は現われない。葵らしい歌か否か比較検討のすべが無い。

光は、葵を理解するどころか、葵の変化に仰天し、「のたまふ声、けはひ、その人にもあらず変りたまへり…」と、これは葵ではない、物の怪だとし、六条の仕業と即断する。光に、六条の狂乱の現場に居合わせた経験があったとは考えられない。にもかかわらず、「ただかの御息所なりけり」と断定するのである。物の怪六条を現存化させたのは光の意識である。車争で六条が葵に恥辱を受けたのを知り、六条邸を見舞ったが「対面もしたまはず」〔七〕であった。葵は六条に対する加害者で、恨みをかっている。光自身は、六条が病気と聞けば見舞い、前坊の御息所に礼を尽くしているつもりでも、「うちとけぬ（衣服ノ紐ヲトカナイが原義）あさぼらけに出でたまふ…」〔一二〕といった他人行儀の対応に、六条は満たされない。葵の懐妊により光の足は遠退く。六条との仲のゴシップ〔一二〕以来、六条は光にとって厄介な存在であり、光には六条による被害妄想的意識がある。光の意識の中で物の怪六条の出現となった。

光の意識で問題とすべき今一つは、葵の変化を六条の物の怪としてすませ、葵をして「いで、あらずや」と叫ばせた光自身の発語に戻らないことである。それは「死ね」と同一のものとして葵の心に突きささったままである。

その直後、無事に男子出産。葵方では一同安堵。産養は、桐壺院・親王たちの主催をはじめ、盛大を極める。それを聞いて六条は、生きているのだ、よくまあと、ちらりと意識した途端に病的になり、物の怪調伏のマジックのただ中に六条が居るかのような嗅覚妄想におそわれる。

【かの御息所は、かかる御ありさまを聞きたまひても、ただならず。かねてはいと危く聞こえしを、たひらかにもはたと、うち思しけり。あやしう、我にもあらぬ御心地を思しつづくるに、御衣などもただ芥子の香にしみかへりたり。あやしさに御ゆするまゐり、御衣着替へなどしたまひて試みたまへど、なほ同じやうにのみあれば、わが身ながらだに疎ましう思さるるに、まして人の言ひ思はむことなど、人にのたまふべきことならねば心ひとつに思し嘆くに、いとど御心変りもまさりゆく。】〔一五〕

葵の無事〈男子出産〉に六条がこうまでエスカレートするところに、六条の心の深層の傷が窺えそう

に思う。（第四章［二3］）

［三3］（葵の死）葵の産後の回復ははかばかしくなかったが、左大臣家では一同楽観していた。光は久々に参内しようと、葵を見舞い、相互に気持ちの通じ合いを確かめ得た。光が「年ごろ何ごとを飽かぬことありて思ひつらむと、あやしきまでうちまもられたまふ。」（［一六］）のに対し、葵は「（光が）いときよげにうち装束きて出でたまふを、常よりは目とどめて見出だして臥したまへり。」であった。その日は秋の司召《つかさめし》があった。

殿の内人少なにしめやかなるほどに、にはかに、例の御胸をせきあげていといたうまどひたまふ。内裏に御消息聞こえたまふほどもなく絶え入りたまひぬ。（［一七］）

物語は葵の死について他には何も語らない。出産直前の光の非常識な発語（前述［三2］）が葵の生きる気力をそいだのか、六条の怨念の力か、読者の解釈に委ねられている。

［三4］（六条〈物の怪化〉を自覚）八月廿日葬送。光は左大臣家にこもり、葵のための仏事にはげむ。「所どころには御文（くやみの返礼か）ばかりぞ奉りたまふ。」（葵［一八］）

六条からは「斎宮は左衛門の府に入りたまひにければ、いとどいつくしき御浄まはりにことつけて聞こえも通ひたまはず。」と、悔やみの挨拶一つ無い。

秋も深まった霧の朝、

菊のけしきばめる枝に、濃き青鈍《あをにび》の紙なる文つけて、さし置きて往にけり。「いまめかしうも」とて見たまへば、御息所の御手なり。

「聞こえぬほどは思し知るらむや。

人の世をあはれと聞くも露けきにおくるる袖を思ひこそやれ

ただ今の空に思ひたまへあまりてなむ」とあり。「常よりも優にも書いたまへるかな」と、さすがに置きがたう見たまふものから、つれなの御とぶらひやと心憂し。（〔一九〕）

「さし置きて往にけり」は、死の穢《けが》れを避けてのこと。菊の枝と紙の色との取り合せが光の心をひく。書きぶりも見事。「聞こえぬほど」は悔やみの文を遠慮する事情。斎宮の手前と六条の気持ちをさす。書き手に物の怪化の意識のない、見事な悔やみの文である。対するに、光の「つれなの」は、葵に憑いたのにという意識。「何にさる事をさださだとけざやかに見聞きけむと悔しきは、わが御心ながらなほえ思しなほすまじきなめりかし」と、物の怪化した葵の印象（前述〔三2〕④）が鮮明に残っており、六条が物の怪となって葵を苦しめたと信じて疑わない光である。

久しう思ひわづらひたまへど、わざとある（正式の悔み状に）御返りなくは情けなくや（失礼ニナロウカ）とて、紫の鈍《にば》める紙に「こよなうほど経はべりにけるを、思ひたまへ怠らずながら、つつましきほどは、さらば思し知るらむとてなむ。

とまる身も消えしも同じ露の世に心おくらむほどぞはかなき

かつは思し消ちてよかし。御覧ぜずもやとて、これにも」と聞こえたまへり。（〔一九〕）

歌の「心おくらむ」と詞の「思し消ちてよかし」が痛烈である。露骨な言い方をすれば、心おくは執着する・敵対意識を持つことで、「心おくらむ」は六条の葵を許せない気持ちが、今も凝り固まっているだろうの意。「思し消ちてよかし」は、嫉妬の火を必ず消すようにの意。歌の前の「さらば」は、六条の文の「聞こえぬほどは思し知るらむや」を受ける。光は「思し知る」を物の怪化の一件を匂わすと読んだ。

里におはするほどなりければ、忍びて見たまひて、ほのめかしたまへる気色を心の鬼にしるく見たまひて、さればよと思すもいといみじ。(一一九)

光の「ほのめかしたまへる気色」は、「心おくらむ」「思し消ちてよかし」であろう。六条の「心の鬼」とは、物語が語る範囲内では、六条の生霊が葵に憑いているという噂を聞いて以後、噂どうり六条が葵の部屋で葵を打擲している夢を何度も見たこと(前述[三1]③)、葵が無事に男子を出産し、産養が盛大になされていると聞いて、物の怪調伏のマジックのただ中に六条がいるような嗅覚妄想を体験したこと(前述[三2]⑤)である。物の怪化を怖れているが、なったかならなかったか、六条一人では決めようが無い。大体六条は、自立性に乏しい。源氏の「ほのめかし」は決定的役割を演じた。「さればよ」は、光がこう言うのだからそのとおりなのだの意。夢の示現は現実なのだ、自分が物の怪になつたのだと六条は信じる。「思し消ちてよかし」と言われなければならない程、嫉妬の火に燃えているという自覚が定着する。

光が六条にとって世の男性の一人といった存在であったならば、光のこの「ほのめかし」を是認したであろうか。光の冷たさに既に相当傷ついている。「ほのめかし」を皮肉・嫌味なあてこすりとして受け流してもよさそうなものである。六条にはそれが出来ない。光を絶対として依存している。

大体、葵が物の怪化した現場で（前述〔三2〕④）、これは葵ではない、六条だとしたのは光の六条に対する被害妄想である。当該の光の文は六条にとって残酷そのものである。六条にそう認識させなければならないところまで、光にとって六条は厄介な存在であったと見るべきか。

以後、「かき絶え、あさましき御もてなしを見たまふに、まことにうしと思すこと（六条が物の怪となって葵に憑いている現場を光が目撃したといった類のこと）こそありけめと（六条が）知りはてたまひぬれば、よろづのあはれを思し棄てて、（伊勢へ）ひたみちに出で立ちたまふ」（賢木〔一〕）と、六条の意識は物の怪化の確認に至る。

四　「女君」六条

光と六条との交渉は、光サイドからすれば、皇統の血筋である前坊の遺児を、帝桐壺の意向にしたがって、〈見舞う〉のが眼目であり、六条個人の光にとっての魅力は女手のうまさにあった。六条の物の怪化が光の意識のなかに確立されて以後でも、光は

かの御息所はいといとほしけれど、まことのよるべと頼みきこえむには必ず心おかれぬべし。年ごろのやうにて見過ぐしたまはば、さるべきをりふしにもの聞こえあはする人にてはあらむなど、さすがに事の外には思し放たず。（葵〔二九〕）

である。イトホシは気ノ毒デマトモニ相手ヲ見ルコトガ出来ナイの意。六条に〈物の怪化〉を自認させたことを、光は自覚している。光は政治家である。「さるべきをりふし」は、将来の斎宮の政治的

処遇決定を指す。それを見越して六条との交際を断ち切らない光である。なお、光自身が、須磨退去中に、「あはれに思ひきこえし人を、一ふしうしと思ひきこえし心あやまりに、かの御息所も思ひうむじて別れたまひにしと思せば…」（須磨〔一三〕）と「心あやまり（誤認）」を認めている。

①大将の君、さすがに今はとかけ離れたまひなむも口惜しく思されて、御消息ばかりはあはれなるさまにてたびたびかよふ。対面したまはんことをば、今さらにあるまじきことと女君[3]も思す。（賢木〔一〕）

六条は、自らの物の怪化を確認し、光との仲に絶望し、伊勢下向を決心してもなお「女君」である。この地の文の「女君」は、六条の意識が源氏と結婚しているつもりであることを、この一語によって読者に示したものであろう[4]。

九月七日、野宮の別れ。

②立ちながらと、たびたび（光から）御消息ありければ、いでやとは思しわづらひながら、いとあまり埋れいたきを、物越しばかりの対面はと、人知れず待ちきこえたまひけり。（〔二〕）

何くれの人づての御消息ばかりにて、みづからは対面したまふべきさまにもあらねば、（光は）いとものしと思して……情なうもてなさむもたけからねば、とかくうち嘆きやすらひてゐざり出でたまへる（六条の）御けはひいと心にくし。（同上）

〈めづらしき御対面の昔おぼえたるに（光は）あはれと思し乱るること限りなし。（同上）〉

女は、さしも見えじと思しつつむれど、え忍びたまはぬ御気色を、（光は）いよいよ心苦しう、

なほ思しとまるべきさまにぞ聞こえたまふめる。（同上）

出でがてに、御手をとらへてやすらひたまへる、いみじうなつかし。……女もえ心強からず、なごりあはれにてながめたまふ。（同上）

①では今更光に会ってはならないと決めているが、②以下、物越しの対面を待ち、ゐざり出、泣き、手を許し、光が帰った後残る雰囲気にひたる六条である。

（光が斎宮・六条の為に）旅の御装束《さうぞく》よりはじめ人々のまで、なにくれの御調度《てうど》など、いかめしうめづらしきさまにて、とぶらひ聞こえたまへど、（六条はそれを）なにとも思されず、あはあはしう心うき名をのみ流して、あさましき身のありさまを、今はじめたらむやうに、ほどちかくなるままに、起き臥し嘆きたまふ。〔四〕

決心した伊勢下向であったが、光との全てが「今はじめたらむやう（振り出シニ戻ッタヨウ）」な気持ちがして、六条は嘆く。光は野宮の別れの対面を「昔おぼえたる（忘レ難イアノ時ト同ジ様ダ）」と感じていた（②〈 〉部分）。

「今はじめたらむやうに」をこうとると、六条にすれば「御手をとらへて」が「女君」扱いとなったのではないか。とすれば、後の光の回想「（六条が光との関係を）悔しきことに思ひしみたまへりしかど、さしもあらざりけり。」（梅枝〔六〕）と整合する。

詞にしても、社交辞令やリップサービスが六条に通じない。事例をあげる。

大将殿には、下りたまはむことを、もて離れて、あるまじきことなども妨げきこえたまはず、

「数ならぬ身を見まうく思し棄てむもことわりなれど、今は、なほいふかひなきにても、御覧じはてむや浅からぬにはあらん」と聞こえかかづらひたまへば、さだめかねたる御心もやなぐさむと…（葵〔一〇〕）

時期は車争い以前。六条の伊勢下向を、光が「あるまじきこと」とはいわず「数ならぬ身を…」というので六条は「さだめかね」る。「数ならぬ身を…」程度の社交辞令が通じない。光は「さしも思さぬことをだに、情のためには（相手ヲ傷ツケナイタメニハ）よく言ひつづけたまふべかんめれば」（〔四〕）である。六条は、光のこの種の言葉すべてを真に受けているのではないか。

六条のこういうところを非常識とか幼児性で片付けるとすれば、六条の世評「心にくくよしある」と矛盾を生じる。六条の生活体験に帰すのが自然ではあるまいか。

六条は「故宮のいとやむごとなく思し、時めかしたまひし（葵〔二〕桐壺院詞）」御息所である。前坊との夫婦生活（物語は無言）における会話が見栄や嘘や駆け引きのない、その意味で純度の高いものだったのではなかったか。政治上の駆け引き・策略には嘘がつきものである。廃太子事件の真相を物語は語らないが、前坊自身が何らかの虚偽の言葉の暴力を身を以て体験した可能性は考えられてよい。前坊が虚偽の言葉に鋭敏で、虚偽性嫌悪に撤しても不思議でない。東宮退位により、虚偽の言葉の渦巻く政界とは無縁になった。六条の宮にこもり、ミヤビ・ユヱ・ヨシといった皇統の血筋に固有な教養・情趣—神域に近い清楚な美—に生きたであろう。（前述〔二1〕）前坊と御息所の間には社交辞令やリップサービスは入る余地が無かったのではないか。

対女性関係にしても、前坊は一夫一婦で通し、女房たちとの間も潔癖であったか。六条の宮に「よき女房など多く」（前述［二1］）集まるのは、例えば匂宮の二条邸のような心配が全くなく、仕えやすかったことにも依ったか。

そういう前坊に六条は大切にされた。六条には無垢《むく》なところがある。他者の言葉を疑うことを知らず、他者を素直に真に受けるのが六条である。前坊・六条のそういう精神の清浄さがユヱ・ヨシの情趣の源泉であろう。前坊没後、六条は世評・噂を真に受けて苦しむ。前坊との宮の内での生活は、外界とは別世界であった。

とすれば、言葉巧みな光との付き合いは、六条の光への執心をつのらせる一方であったであろう。光にすれば、しなかった約束が何時の間にか在ったことになっている。そういう奇妙なすれ違いが生じることになり得る。

伊勢から帰京後、六条病。見舞った光に六条は斎宮を頼む。

…女親に離れぬるは、いとあはれなることにあるべけれ。まして思ほし人めかさむにつけても、あぢきなき方やうちまじり、人にも心もおかれたまはむ。うたてある思ひやりことなれど、かけてさやうの世づいたる筋に思しよるな。……（澪標［二二］）

斎宮に懸想《けそう》めいた振る舞いは許さないという条件付である。六条は光に「思ほし人めか」されたと思っている。光は「あいなくものたまふかな（筋違イナオッシャリヨウダ—故宮の遺児を守るための付き合いだったのに）」と思っている。

六条御息所を理解するのに、前坊は欠くことの出来ない存在である。物語は前坊について終始無言である。六条を通して前坊を読む試みは、実証は困難にせよ、なされなければなるまい。

注

（1）「八月は故前坊の御忌月なれば（野分［一］）」

（2）六条の筆跡に対する源氏の批評の例をあげておく。

「御手はなほここらの人の中にすぐれたりかしと見たまひつつ（葵［一二］）」

「「常よりも優に書いたまへるかな」と、さすがに置きがたう見たまふものから、つれなの御とぶらひやと心憂し（葵［一九］）」

「鈴鹿川八十瀬の波にぬれぬれず伊勢まで誰か思ひおこせむことそぎて書きたまへるしも、御手いとよしよししくなまめきたるに、あはれなるけをすこし添へたらましかばと思す（賢木［七］）」

（3）当該の「女君」は、『源氏物語大成』による限り本文異同なし。

（4）六条の呼称としての「女」「女君」については、熊谷義隆「六条御息所の生霊について―その発生を中心に―」五『源氏物語の視界3』王朝物語研究会編 一九九六年四月 新典社 所収がある。

第六章　大君の死と中君の結婚

内容

一　大君の死

【1】（大君・薫双方の意識の基本的ズレ） 大君と薫との関係は、京都貴族から相手にされず零落《れいらく》して宇治に蟄居した八宮《はちのみや》の遺児と、多才と美貌で時めいてはいるが負の出生に苦しむ青年との関係であるが、実は、大君は皇統の気位の高い父の遺戒《ゆいかい》を尊守して結婚拒否の意志が堅く、対するに薫は往生の絆《ほだ》しを恐れて子孫を残すまいとする（性行為拒否の）念が強いのであって、健全な愛が育ちにくい関係である。しかも、大君にとって生きる指針である八宮の遺戒を、薫は知らず、八宮から姫君を委託されたと信じて疑わない。一方、薫の性行為拒否の念を知るのはその告白を聞かされた弁《べん》の尼《あま》一人である。大君は薫の出生の秘密も知らない。宇治に生きる八宮一族の意識と京都貴族の意識との基本的なズレに加えて、当事者である男女双方のこういう意識のズレを基盤として、総角《あげまき》巻の物語が展

開される。

総角巻の冒頭。八宮の一周忌が近付く。「おほかたのあるべかしきことどもは、中納言殿、阿闍梨《あざり》などぞ仕うまつりたまひける。…かかるよその御後見《うしろみ》なからましかばと見えたり。」（二）という八宮家の実状である。薫自身も宇治を訪れ大君と語る。

大君は八宮家の責任者の立場で、八宮家に誠意を示す薫に、それなりの距離を置きながらもおおように対応し、故父宮は大君の結婚について語ったことはなく、未婚で通せと決めていたと言い、薫に中君を勧める。

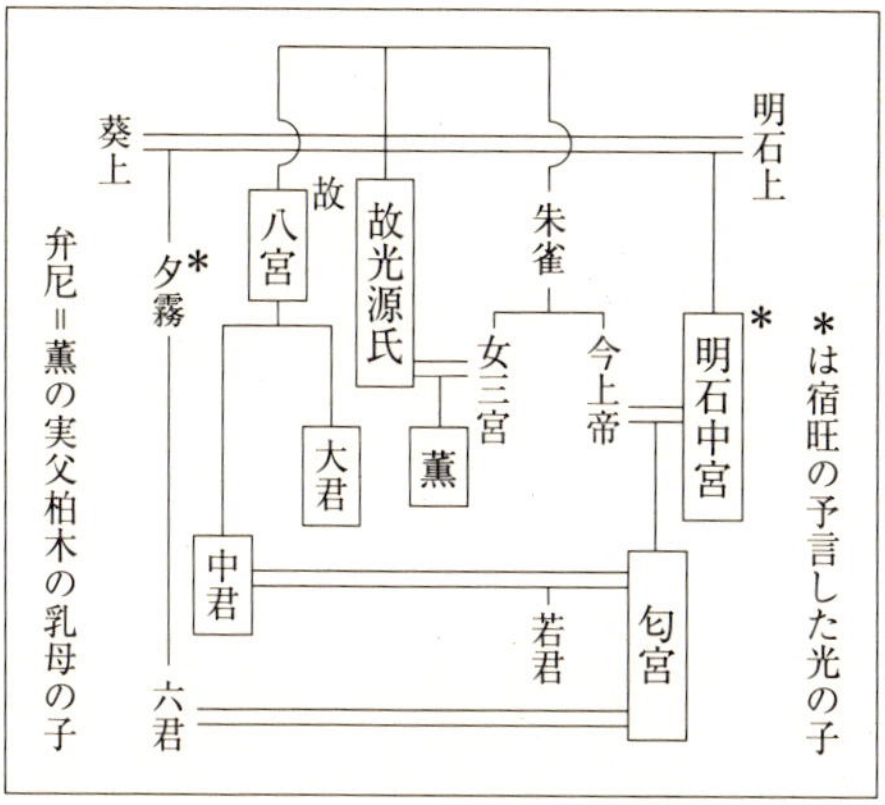

【こののたまふめる筋は、いにしへも、さらにかけて、とあらばかからばなど、行く末のあらましごとにとりまぜて、のたまひおくこともなかりしかば、なほかかるさまにて、世づきたる方を思ひ絶ゆべく思しおきてけるとなむ思ひあはせはべれば…】（同上）

薫はそれを真に受けず、弁に、「御末のころほひ、この御事どもを心にまかせてもてなしきこゆべくなんのたまひ契りてしを、…」（二）と八宮の遺志に対する自己流の解釈（二人の姫君を頼むと約束された）を強調し、二人のズレは縮まらない。

弁は、姫君は二人とも結婚の話には一切乗らないと言う。

【もとより、かく人に違ひたまへる御癖どもにはべればにや、いかにもいかにも、世の常に、何やかやなど思ひよりたまへる御気色になむはべらぬ。…若き御心ども乱れたまひぬべきこと多くはべるめれど、たわむべくもものしたまはず…】(同上)

物語は以下様々に展開するが、大君の基本姿勢に変化はない。中君にしても基本的には弁の言の通りである。八宮の姫君は、精神的に傷つけられない〈清らかな生〉は宇治の山荘でこそ維持できるのであって、京の栄華のなかに求めることはできないと信じている。

【一2】(薫の接近と大君の衰弱) 薫は、大君のために尽力するが、それはとかく裏目裏目としか出ない。薫が大君を苦悩に追い込んで行くことになるのであるが、留意したいのは、大君の肉体の衰弱に薫が気が付かないことである。

八宮の死後、大君が健康体でなかったであろうことは、「椎本」の巻末、盛夏の暑さを宇治に避けた薫が垣間見た大君の様子から察知される。「…黒き袷《あはせ》一襲《ひとかさね》、同じやうなる色あひを着たまへれど、…紫の紙に書きたる経を片手に持ちたまへる手つき、かれ(中君)よりも細さまさりて、痩せ痩せなるべし。…」(一七)女性の着ているものに敏感で、なにかと世話をする薫であるが、「袷」と認めるのみである。

一周忌の近付いた夜(上述)、薫宇治泊。大君は薫の人柄を信用し、「簾《すだれ》に屏風をそへて」対面する。大君が、「心地のかき乱りなやましくはべるを」(体調がすぐれないので)少し休み、暁方にでもお話したいというのを薫は無視して接近する。大君に泣かれて薫は許される折も有ろうと自制はするが、明け方まで付き合わせた。薫から解放されて大君は、気軽に付き合える相手ではない、結婚しないで通したいと、泣いて夜を明かした。

【この人の御さまの、なのめにうち紛れたるほどならば、かく見馴れぬる年ごろのしるしに、うちゆるぶ心もありぬべきを、恥づかしげに見えにくき気色も、なかなかいみじくつつましきに、わが世はかくて過ぐしはててむと思ひつづけて、音泣きがちに明かしたまへるに、なごりいとなやましければ…】（総角［五］）

疲れ果てて翌日は起き上がれなかった。薫から文があっても自分で返事は書かなかった。「心地のかき乱り…」は大君の健康状態の率直な告白であったであろうが、薫は世間並みの逃げとしか受けとめない。宇治の姫君方の、世間擦れのしていない清潔さ素直さをそれとしてとらえることが薫にはできない。

喪が明けて薫来訪。大君は気分がすぐれないと言って会わない。弁の尼の説得にも大君は応じない。女房たちは、薫の要望を入れ、大君の意に背いて、薫を手引きするが、大君は強攻策に出て中君を残して隠れる。薫は中君に接触しながらも大君を諦めない【なほつれなき人の御気色、いま一たび見はてむの心に思ひのどめ】（［七］）。大君は一睡もしない。周囲への警戒を強める一方で中君には距離を置かれ、孤立する。

二十八日（二十六日とも。三四日後か）薫再訪。大君は薫の気持ちは中君に移ったとほっとし、障子（ふすま）を隔てて対面。薫は障子の中より大君の袖を握り、今夜、匂宮を同道し、中君と結ばせたと言う。大君は、薫に中君をという願いが裏切られたショックに耐えて、薫に理性的に応答し、「心地もさらにかきくらすやうにて、いとなやましきを、ここにうち休まむ、（袖を）ゆるしたまへ」（［一〇］）と訴え、薫は許すが、ともに一睡もしない。

大君は「思しほれたるやう」（［一二］）ながら、匂宮の後朝《きぬぎぬ》の文の返事を中君に書かせ、使者へ禄をかずかせ、新婚二日目の夜の準備をし、続いて三日夜の準備と忙殺される。薫からは三日夜のための衣料が届けられる。三日夜を着飾って祝う女房たちを見ながら、「我もやうやう盛り過ぎぬる身ぞかし、鏡を見れば痩せ痩せになりもてゆく。…いま一年二年あらば衰へまさりなむ…」（［一六］）と思っている。

以上は、「総角」の前半分を占める部分であるが、時間経過は半月足らず、大君に苛酷な急展開である。大君の憔悴は察するに余りある。薫にすれば、匂宮を中君と結婚させることによって、大君に自分の意志を明確に示したつもりであろうが、この半月たらずのうちに大君が痩せ細っていくのに気が付かない。物越しの対面のなせる業とは言え、それが一般的であった当時の男性として、薫は相手への気配りが欠けているのではないか。薫が大君を憔悴に導いているのは明らかである。性行為拒否の薫は、相手の女性の肉体の健康にいきおい無神経になるということか。

［一3］（大君死を決意）中君と匂宮との急な結婚は、薫と結ばれた妹を姉の立場で守ろうと願った大君を絶望に追い込み、結婚拒否の意志をより固めさせた。但し、大君が見切りを付けたのは、宇治を訪れず、八宮家に侮辱を与える匂宮である。薫は評価されているものの、いつまでも現状を維持で

きるはずもなく、そうなれば薫とて京都貴族の例外ではあり得ず、妹の二の舞を演じるのを避けられまいと見通す。大君は京都の貴族社会の内実を知らない。それだけに京の貴族との接触に傷つけられる。また、大君の匂宮に対する認識は中の君のそれとズレている。薫に対するそれも事実とズレがある。

三日夜以後十日程、匂宮からは文が届くのみであるのを、神経をすり減らすだけで体験したくないと思ったのに、妹は私以上にかわいそうだ【いと心づくしに見じと思ひしものを、身にまさりて心苦しくもあるかな】(〔一一八〕)と嘆く。

九月十日、匂宮を同道して来た薫を、匂宮に比べて「心ばへののどかにもの深くものしたまふを、…ありがたしと思ひ知ら」(〔一一九〕)れる大君には、薫の「心ばへののどかにもの深く」が、性行為拒否の念に基づくものであり、その意味で薫が異常であり、匂宮が真っ当であるとは思い至らない。薫の異常性故に大君が付き合えているのである。その薫に物越に対面し、「我も人も見おとさず、心違はでやみにしがな」と心底に決めて、「なほかくもの思ひ加ふるほど過ごし、心地もしづまりて聞こえむ」…「常よりもわが面影に恥づるころなれば、疎ましと見たまひてむもさすがに苦しきは、いかなるにか」と薫をかわす。「常よりもわが面影に恥づるころなれば」が、心身ともに限界を超えている女性の言葉とは薫は理解できない。

十月一日、匂宮は宇治へ紅葉狩《もみじがり》に訪れた。薫から連絡を承けた女性側は準備を整えて待ったが、事が洩れ、中宮の命を奉じて大勢がつめかけ、匂宮はむなしく帰らなければならなかった。大君は、匂宮のお心を薫がどう思っているのか、うちの女房たちの心中は…、八宮家が世間のもの笑いにされている…と苦しみ悩み、体調を悪化させる。

この紅葉狩は、薫が匂宮に勧めて実現したもので、当日以前に薫は匂宮と中君の仲を独断で洩らした【あながちにも隠ろへず】（〔二二〕）からこそ、ことが露見し、匂宮の宇治行きの目的が達成できなかったのであった。計画を宇治に告げ期待を抱かせたのも薫である。薫自身は女方をその気にさせて気の毒だったと思うだけで終わった。

女性側はそうと知る由もない。並みの住まいであれば、こんな目にもあわないだろうと大君は妹をあわれみ、せめて自分だけでも、こんな辱めを受けずに死にたいと、心底思い、食事を一切受け付けず、死後のことを昼も夜も考え続けるとなった。

【なほ我だに、さるもの思ひに沈まず、罪などいと深からぬさきに、いかで亡くなりなむと思し沈むに、心地もまことに苦しければ、物もつゆばかりまゐらず、ただ亡からむ後のあらましごとを、明け暮れ思ひつづけたまふに】（〔二四〕）

この一節は、死を決意し、具体的方法として、傍目《はため》に自然な食事拒否を選び、その実践に入った、と読むべきであろう――皇統の人の絶食死の前例にはいうまでもないが早良《さわら》親王がある。以後、大君は床についたままである。

その後匂宮は、内裏に足止めされ、夕霧六の君との結婚を押し付けられるが、中君を「御心にかからぬをりなく、恋しくうしろめたしと思す。」（〔二五〕）ことを聞いた薫は、中君を自分のものにしておけばよかったと悔やむ。

【わがあまり異様なるぞや。さるべき契りやありけむ、…思へば悔しくもありけるかな。いづれもわがものにて見たてまつらむに、咎むべき人もなしかし」と、とり返すものならねど、をこがましく心ひとつに思ひ乱れたまふ。】（同上）

大君に対する薫の恋シは大君生存中には物語にあらわれない。

大君が体調を崩していると聞いて薫が宇治へ来る。大君は臥床のまま応答する。薫は大君に匂宮を信用できる人物だと保証する。薫が御修法の手配をするのを、大君はとんでもない、生きていたくない私なのにと思うが、拒否はしない。以前より「なつかしき御気色」で対する。匂宮と夕霧六君の婚儀内定の一件を薫の供人から聞いて女房が話すのを大君が耳にし、匂宮に絶望。はやく死にたい【いとど世に立ちとまるべくもおぼえず】（〔二九〕）となる。供人に口止めしていない薫である。匂宮自身は六君を拒否し「（中君に）まことにつらき目はいかでか見せむ」（〔三一〕）と思っていても、それが大君に通じない。

神無月晦日、匂宮より文。中君は「さばかりところせきまで契りおきたまひしを、さりとも、いとかくてはやまじと思ひなほす心ぞ常にそひける」（〔三〇〕）と匂宮を信じているが、大君はそれを見抜けず、来訪のないのを恨む。

匂宮を宇治へ行かせることが大君にせめてもの慰めを与えることであり、中君の姉君への立場も幾分なりとも立てることになるが、ここへ来て薫は匂宮邸に足が遠退く。匂宮に対する屈折した対抗心が宇治の二人それぞれを救いのない苦痛に追い込んでいく。

【一4】（大君の死）五六日経て薫宇治訪。弁の尼は病状を「そこはかと痛きところもなく、おどろおどろしからぬ御なやみに、物をなむさらに聞こしめさぬ（食物を一切口になさらない）。もとより、人に似たまはずあえかにおはします中に、この宮の御事（中君の匂との結婚）出で来にし後、いとどもの思したるさまにて、はかなき御くだものをだに御覧じ入れざりしつもりにや、あさましく弱くなりたまひて、さらに頼むべくも見えたまはず。…」（[三二]）と言う。薫が枕元近くで話し掛けても、大君は声も出ず返事はない。薫は朝廷に欠勤届を出し、修法・読経など手を尽くして付ききりで看病する。

大君は意識だけははっきりしている。顔は袖で隠しているが、近くに座る薫を意識し、死後、薫の心に残る自分を大事にしようと神経を使う【むなしくなりなむ後の思ひ出にも、心ごはく、思ひ隈なからじとつつみたまひて、はしたなくもえおし放ちたまはず】。（[三二]）一方、喉を通すものとなると、薬湯《ゆ》も全く受け付けない。

阿闍梨《あじゃり》の夢に八宮が現われたと聞き、大君は、早く死んで、あの世で故父宮と同じ所にと願う。薫になにもかもを見られてしまった。万一死にそこねたら出家する以外に自分を守れないと思案の末、出家の意向を中君に打ち明けるが、女房たちに阻止される。

風雪が荒れ「光もなくて暮れはて」（[三五]）た豊明《とよのあかり》の夜、付き添い見守る薫に大君は「顔はいとよく隠し」たまま、「ものの枯れゆくやうにて、消えはて」（[三六]）た。

最期に薫に言ったことは、中君を薫にと願ったのに、かなえられなかったことだけが執心として残るであった。

【かくはかなかりけるものを、思ひ隈なきやうに思されたりつるもかひなければ、このとまりたまはむ人を、同じことと思ひきこえたまへとほのめかしきこえしに、違へたまはざらましかば、うしろやすからましと、これのみなむ恨めしきふしにてとまりぬべうおぼえはべる】（〔三五〕）

今はの際《きわ》まで口にせず忍んで来た大君の本音である。怒りや憤りが形をもって現われない。なんでもないことであるかのように、柔らかく控えめな語り口であるが、意とするところは厳しい。薫と中君との夫婦生活を見守る以外に、生き続ける道のない大君であった。対するに薫は、この期に及んでも大君と結ばれること以外念頭にない。自分の裏切りが、大君の死を導いたとも、大君の往生のほだしになるとも認識しようとしない。

最期まで大君の意識ははっきりしており、薫を許していない。経済的にこそ薫の好意を受け入れても、薫に対して対等にはならず、あくまで上位を保持した大君である。

大君の死は、零落した宮家の病弱な姫君が食欲を無くして薫との結婚に至らずに終わったという類のものではない。父の八宮は、東宮（冷泉）の廃太子をもくろんだ政治勢力に操られた犠牲者である。その長女であり、母北の方早逝後父八宮を支え、よき理解者であった大君の、京都貴族に対する不信は、京都貴族の理解を越えている。大君は断食という自然で現実的な方法で自殺に成功した。そうすることによらなければ、父八宮の遺戒を守り、自己を全うできない大君の死に様―言い換えれば生き様──は、京都貴族の想像を絶して厳しく凄惨である。大君の死が、宮中で天皇が新穀を食し群臣に賜う豊明節会《とよのあかりのせちえ》の夜であるのは、大君の死に至る方法を暗示している。食断して死を待つ皇統の姫君に豊明は無縁である。大君の絶命に神の裁きを読むべきか。

寒々とする話でありながら、物語はそれを露骨に感じさせない筆致で語られている。大君が、深刻な問題をそうと理解しながら、何でもない事のように対応できる人物として形象されていることが大きい。次の中君の回想は大君をよく把握している。

故姫君の、いとしどけなげにものはかなきさまにのみ、何ごとも思しのたまひしかど、心の底のづしやかなるところはこよなくもおはしけるかな。……今思ふに、いかに重りかなる御心おきてならまし…（宿木［六］）

シドケナシは少しも取り繕わないことをいうが、皇統の直系としての気位に支えられて、父宮と共に貧困に負けず、富・世俗を超越した大君の取り繕《つくろ》わなさである。

大君に死なれて、大君は薫にとって〈永遠の女性〉となる。「我も人も見おとさず、心違はでやみにしがな」と願い、「むなしくなりなむ後の思ひ出にも、心ごはく、思ひ隈なからじ」と神経を使った大君は、臨終に遠慮会釈なく接近する薫を、顔はしっかり隠したが、抵抗する体力もなく、なすがままに任せた。薫の甘えは臨終の人間の死の尊厳を犯して残酷でもある。そうさせることが〈永遠の女性〉として薫に君臨する為の、臨終の大君のいわば魔力であったか。その意味では、大君は薫に対し、怨霊化こそしないが、限りなく厳しい。

なお、大君の薫への最期の言葉を回想して薫は、

いまはとなりたまひにしはてにも、とまらん人を同じことと思へとて、よろづは思はずなることもなし、ただ、かの思ひおきてしさまを違へたまへるのみなん、口惜しう恨めしきふしにて、この世には残るべきとのたまひしものを。……（宿木［七］）

という。大君の「このとまりたまはむ人を、同じことと思ひきこえたまへとほのめかしきこえしに……」の「おなじことと思ひきこえたまへ」を大君の文脈から離して独り歩きさせ、中君に接近したい気持ちの正当化の根拠とし、「よろづは思はずなることもなし（万事、薫に不満はなかった）」とデフォルメして自己満足に浸る薫に、皇統の血を守る大君の厳しさが通じたであろうか。

表向きは光の晩年の子、実は朱雀院の女三の宮を侵した柏木の子である薫を、かつて反光側の東宮候補として担がれた八宮の大君が皇統の血を守り抜いて許さず、死後なお〈永遠の女性〉として薫に君臨する。それを、大君と薫の宿世《すくせ》とし、それによって柏木の野望をあくまで許さない作者である。

二　中君の結婚

【二―1】（中君の結婚）匂宮と中君との結婚が成立した契機は、薫の画策である。薫は当初、二人の仲の取り持ちについて、大君の意向に反しても大君を諦めることはできなかったので【さ、はた、え思ひあらたむまじくおぼゆれば】（総角［九］）、身分の高い匂宮に中君を譲れば大君も納得する、大君からも匂宮からも恨まれないで済む【いづ方の恨みをも負はじ】と考え、宮に八宮邸への入り方を詳細に知らせ

た。結果は薫の試行錯誤で、大君は意志を翻《ひるが》えさず、自分の願いがかなえられなかったのを嘆いて死んだ。大君死後、薫の回想は、「同じ身ぞと言ひなして、本意《ほい》ならぬ方に（薫を中君に）おもむけたまひしがねたく恨めしかりしかば、まづその心おきてを違へんとて、急ぎせしわざぞかし」（宿木〔七〕）である。自分の試行錯誤は認めず、事実をずらしながらそうと意識せず、自分を通そうとする。これは薫の思考・行動パターンとして留意すべきである。

薫の手引きが契機ではあるが、匂宮と中君は一夜にして結ばれたのではない。椎本巻冒頭の匂宮の宇治での桜狩以来、中君は父八宮の勧めに従って、匂宮と社交としての和歌の贈答を重ねてきた。死を予感した八宮が姫君方を譲れる人がいないと嘆く頃、地の文は「三の宮ぞ、なほ見ではやまじと思す御心深かりける。さるべきにやおはしけむ。」（椎本〔三〕）という。父宮死後、匂宮は気持を率直に歌に託すが、「あるまじきことかな」と動じず「さし放ち」「つれなき」返歌をする中君（椎本〔一六〕）に、匂宮の気持は昂《こう》じていた。匂宮の気持としては機が熟しての薫の手引きであった。

〔一2〕（匂宮の極秘の特殊事情と中君の対応） 突然の結婚に、中君は、翌朝、大君を恨んで目も見合わせず、匂宮の後朝文も、姉君が結びを解いて見せても、起き上がりもせず、姉君に説得されてやっと返歌を書いた。（総角〔一二〕）

二日目。宵には、中君は晴着を着せられて泣く。髪をなでつくろいながら、大君が自分は知らなかったといっても、口もきかない。匂宮がそうそう通えるはずもなく、恥をかき、姉君が自分のために苦しむのはたまらないと、今後の大君の苦悩を先取りして悩む。遠路訪れた匂宮が「心深げに語らひ頼めたまへど、あはれともいかにとも思ひわきたまはず」「はかなき御答へにても言ひ出でんかたなくつつみたまへり」であった。中君も大君同様、八宮の遺戒を守り、京の貴族に対する不信は強い。(〔一二〕)

それが三日夜の明け方となると、「久しうとだえたまはむは、心細からむと思ひならるるも我ながらうたてと思ひ知りたまふ」〔一七〕であり、京へ帰る匂宮の挨拶の歌

中絶えむものならなくに橋姫のかたしく袖や夜半《よは》にぬらさん

に対し、中君は

絶えせじのわがたのみにや宇治橋のはるけき中を待ちわたるべき

と宇治に来れない匂宮の実状を理解し、自己の意志を「絶えせじのわがたのみにや」と表明した返しをする。「たぐひ少なげなる朝明《あさけ》の姿を見送りて、なごりとまれる御移り香なども、人知れずものあはれ」となる。匂宮に対する中君の気持ちが一夜でがらりと変わっている。この夜何があったのか。

匂宮は、「大宮(明石中宮)の聞こえたまひしさまなど語りきえたまひて、「思ひながらとだえあらむを、いかなるにかと思すな。…常にかくはえまどひ歩かじ。さるべきさまにて、近く渡したてまつらむ」といと深く聞こえたまへど…」という。匂宮は、当日内裏で母大宮から、早く身を固めて忍び歩きをつつしめと厳重注意を受けた(〔一四〕)が、それを振り切って宇治へ来た。

匂宮が語った「大宮の聞こえたまひしさまなど」が問題である。大宮の意中を物語中に求めると、三日夜より後の語りであるが、①②③がある。

①もしも今上帝が退位なさり、帝と母大宮とが極秘裡に決めておいでる通りになったら、中君を高い位につけよう【もし世の中移りて、帝、后の思しおきつるままにもおはしまさば、人より高きさまにこそなさめ…】。(〔二〇〕)三日夜の約十日後、宇治より帰京直後の匂宮の思いである。

②「宮は、まして御心にかからぬをりなく、恋しくうしろめたしと思す。「御心につきて思す人あらば、ここに参らせて、例ざまにのどやかにもてなしたまへ。筋ことに思ひきこえたまへるに、軽びたるやうに人の聞こゆべかめるも、いとなむ口惜しき」と、大宮は明け暮れ聞こえたまふ。(〔二五〕)」――「筋ことに」は立太子をさす。「思ひきこえたまへる」と、それを大宮は帝の意志としている。宇治の紅葉狩が失敗に終わって匂宮の禁足が厳重になった中で、大宮が匂宮に直接諫めて言う言葉である。

③「上の、御世も末になりゆくとのみ思しのたまふめるを、…まして、これ(匂宮)は、思ひおきてきこゆることもかなはば、あまたもさぶらはむになどかあらん」など、例ならず言つづけて、あるべかしく聞こえさせたまふを」(宿木〔四〕)――匂宮相手の大宮の言葉。「思ひおきて」は、決定として帝・大宮が心中に秘めていることをいう。

匂宮は、今上帝と明石中宮が次期東宮にと極秘裡に決めている人物である。大宮は匂宮に常に自覚をうながし、軽率な行動を諫め、厳重に監視している。そうした状況下での中君との結婚であった。物語はことを証すのに慎重であるが、匂宮本人には、①以前に帝・后の意中は知らされていたであろう。匂宮が三夜連続しての宇治への微行を決行したのは、中君にそれだけの美質があり、これこそと匂宮に確認できたからにほかなるまい。

新婚早々の三日夜に、今後、通ってこれない実状を中君に納得させるには、男女間の単なる愛の契りだけでなく、匂宮自身の極秘の特殊事情を説明し、中君が匂宮にとってかけがえのない女性であることを本人に自覚させせなければならなかったであろう。匂宮は、東宮候補であることを打ち明けて中君の信用を得、おそらく中君に東宮妃としての将来を約束し、二人の結婚の重要性、なぜ中君でなければならないか（後述）を中君に判らせたのではなかったか。

匂宮と中君との三日夜の語らいは、そういう語らいだったのではないか。匂宮はプレイボーイで片付けられる存在ではない。中君は匂宮を、今後めったに来れないのを承知で、受け入れた。来ない理由を大君に打ち明けることは許されない。妹の幸せを思う大君が精神的に苦痛に陥らざるをえないはめになる。

約十日後（九月十日頃）、匂宮が薫と共に訪れるが、物語は、大君と薫を語り、「宮は、（薫が）まだ旅寝なるらむとも思さで、「中納言の、主方《あるじかた》に心のどかなる気色こそうらやましけれ」とのたまへば、女君あやしと聞きたまふ。」（総角［一九］）以外言及がない。薫は大君と許された仲と匂宮に信じ込ませている。その後大君の生存中、匂宮は八宮家に姿を現さない。以後の匂宮・中君の意識と行動をおってみよう。

＜匂宮＞

（紅葉狩が露見して匂宮の禁足が厳重になる）宮は、まして、心にかからぬをりなく、恋しくうしろめたしと思す。（[二五]）」―ウシロメタシは薫に対する警戒か。

（神無月晦日）はかなく人を見たまふにつけても、さるは（実ハ）御心に離るるをりなし。左の大殿のわたりのこと、大宮も、「なほさるのどやかなる御後見《うしろみ》をまうけたまひて、そのほかに尋ねまほしく思さるる人あらば参らせて、重々しくもてなしたまへ」と聞こえたまへど、「しばし。さ思うたまふるやうなむ」など聞こえいなびたまひて、まことにつらき目は（中君に）いかでか見せむなど思す御心を（大君は）知りたまはねば、月日にそへてものをのみ思す。（[三一]）―常に中君を思っており、母大宮の勧める夕霧六君との縁談を回避する。

〈中君〉

（紅葉狩の一行八宮家を素通り）正身《さうじみ》は、たまさかに対面したまふ時、限りなく深きことを頼め契りたまへれば、さりともこよなうは思し変らじと、おぼつかなきもわりなき障りこそはものしたまふらめと、心の中に思ひ慰めたまふ方あり。ほど経にけるが思ひいられたまはぬにしもあらぬに、なかなかにてうち過ぎたまひぬるを、つらくも口惜しくも思ほゆるに、いとどものあはれなり。（[二四]）―「心の中に慰めたまふ方」は三日夜の匂宮との約束である。いわゆる愛の言葉ではあるまい。

（臥床の大君が匂宮と夕霧六君との縁談決定の噂を聞く。中君の昼寝の夢に故八宮が現われる）昼寝の君、風のいと荒きにおどろかされて起き上がりたまへり。山吹、薄色などはなやかなる色あひに、御顔はことさらに染めにほはしたらむやうに、いとをかしくはなばなとして、いささかもの思ふべきさまもしたまへらず。「故宮の夢に見えたまへる、いともの思したる気色にて、このわたりにこそほのめきたまひつれ」と語りたまへば、……（［二九］）―夢に八宮を見て、中君は紅潮し晴れ晴れとした表情だという。八宮は遺戒で「おぼろけのよすがならで、人にうちなびき、この山里をあくがれたまふな。」と諭した。匂宮との結婚を故八宮が「おぼろけのよすが（実現の可能性が希薄な良縁）」と認め、中君の将来を祝福したのであろう。匂宮の中君への約束実現の予言か。何にせよ、中君は絶大な激励を得た。

（神無月晦日、匂宮より文）ほど経るにつけても恋しく、さばかりところせきまで契りおきたまひしを、さりとも、いとかくてはやまじと思ひなほす心ぞ常にそひける。（［三〇］）―三日夜の秘密の約束が中君を支えている。夢に現われた故父宮の激励も大きい。

匂宮に絶望した姉大君の、日増しにつのる衰弱を目のあたりにしながら、中君は匂宮との極秘の約束も夢に現われた父宮の激励も姉君に洩らすことはできない。

大君死。

姉君に匂宮の真意を解ってもらえずに死なれたのが、中君は残念でならない。忌み明けを待ちきれず、雪の深夜、匂宮が弔問するが、中君は物越しに対面。

恨みむもことわりなるほどなれど、あまりに人憎くもと、（匂宮は）つらき涙の落つれば、ましていかに思ひつらむとさまざまあはれに思し知らる。（［四〇］）―泣きながら中君の気持ちを理解するところが、薫と違う、匂宮の本領である。

(匂宮は)おろかならず言の葉を尽くしたまへど、つれなきは苦しきものをと、一ふしを思ひ知らせまほしくて、心とけずなりぬ。(同上)—八宮譲りのプライドの高さであるが、匂宮に対して中君が動じないのは、中君側からしてそれだけの自信と道理—匂宮の言い付けを守って姉君に秘密を洩らさなかった。大君にそれを打ち明け、安心し喜んでもらうことが出来るのは匂宮以外にない—があり、かつ匂宮に中君のその気持ちが通じているからであろう。

年の瀬に、「后の宮(大君の死を)聞こしめしつけて、中納言もかくおろかならず思ひほれてゐたなるは、げに、おしなべて思ひがたうこそは誰も思さるらめと心苦しがりたまひて、(中君を)二条院の西の対に渡いたまひて、時々も通ひたまふべく、忍びて(匂宮に)聞こえたまひければ…」〔四一〕と許可が下り、匂宮は近日中に中君を京に迎える工面がついたと宇治へ知らせる。大君に死なれた薫の悲嘆ぶりが大宮を動かし、中君を二条院に迎える動因となった。(以上総角巻)

六君との婚儀を二月中にと帝・大宮にはたらきかける夕霧の先手を打って、匂宮は二月早々中君を二条院に迎える(早蕨)。以後半年ほど匂宮は、「ことなることなければ、内裏《うち》に参りたまひても、夜とまることはことにしたまはず、ここかしこの御夜離《よが》れなどもな」い。(宿木〔六〕)

五月中君懐妊。

八月に至って六君と結婚。匂宮は、「もし思ふやうなる世もあらば、人にまさりける心ざしのほど、知らせたてまつるべき一ふしなんある。たはやすく言出《こと》づべきことにもあらねば、命のみこそ」(宿木〔一三〕)と、中君を慰める。

匂宮の将来は世人にも知られるに至った【宮たちと聞こゆる中にも、筋ことに世人思ひきこえたれば…】（宿木［一五］）

翌年二月はじめの暁に、中君、男子出産。匂宮の第一子である。七日夜は后宮の御産養《うぶやしない》が盛大に催された（ちなみに、光の産養を物語は一言も語らなかった）。出産前夜、夕霧の六条院で薫昇進の祝宴があった。匂宮も出席したが、中君の出産が気掛かりで早々に引き上げた。それを「大殿の御方には、「いとあかずめざまし」とのたまふ。」地の文は「劣るべくもあらぬ御ほどなるを、ただ今のおぼえのはなやかさに思しおごりて、おしたちてもてなしたまへるなめりかし。」（宿木［四〇］）と批判する。故八宮の孫、それも次期東宮の長男の誕生である。それを祝う明石中宮に帝桐壺・光の政治路線（前述第一章）の継承がうかがえる。

［二3］（匂宮の夕霧回避と中君尊重の根拠） 夕霧は妹明石中宮の同意のもと、六君を匂宮にと早くから働き掛けていたが、匂宮は夕霧に好感を持たない。「ゆかしげなき仲らひなる中にも、大臣のことごとしくわづらはしくて、何ごとの紛れをも見とがめられんがむつかしき」（椎本［一六］）「いと事うるはしげなるあたりにとり籠められて、心やすくならひたまへるありさまのところせからんことをなま苦しく思すに…」（宿木［四］）であるが、母大宮に説得され、「げに、この大臣にあまり怨ぜられはてんもあいなからんなど、やうやう思し弱り」六君との結婚に同意した。

夕霧は、東宮（第一皇子）に長女を、「次の坊がねにて、いとおぼえことに重々しう、人柄もすくよかになんものしたまひける」（匂宮［二］）第二皇子に次女を参らせた。美質はあるが典侍腹の六君を、落葉の宮の養女とし、「いといつくしくはもてなしたまはず（后ガネ教育ハセズ）、いまめかしくをかしきやうにもの好みせさせて、人の心つけんたより多くつくりなしたまふ」（匂宮［九］）と、匂宮・薫のどちらにかと考えていた。匂宮には渋られ続け、宮が中君を二条院に迎えて後、薫にと話を向けたが断られ、薫が女二宮の婿に内定した後、六君を匂宮と結婚させたのである。物語はその婚儀を描いて、「三条殿腹の大君を、東宮に参らせたまへるよりも、この御事をば、（夕霧が）ことに思ひおきてきこえたまへるも、宮の御おぼえありさまからなめり」（宿木［二〇］）という。夕霧は次の坊がねを二宮と決め込んでいたのではないか。六君の婚儀は、匂宮の将来の秘密を「世人」が知るに至ってである。一方、匂宮が六君の話に乗り気になれなかったのは、夕霧の人柄もさることながら、匂宮の将来に対する夕霧の思惑を快く感じていなかったこともあったか。

大体、匂宮は、若くより「わが御心より起こらざらむことなどは、すさまじく思しぬべき御気色なめり。」（匂宮［二二］）であった。帝・后が極秘裡に匂宮を「筋ことに」「思ひ掟」のは、二宮の「すくよか」さよりも匂宮のこういう主体性の強さを評価しての事ではなかったか。とすれば、帝が、天皇たるものは「わが御心より起こらざらんことはすさまじ」であるべきだ、現実には、外戚の政治介入を排斥し、天皇による政治支配をモットーとしていたことを示唆する。匂宮を天皇による政治支配を全うする器と今上帝は見ているのであろう。

となると、《后の条件》は、親族に外戚として政治に口出しする人間がいないこと、皇統の血縁が濃いこと、后にふさわしい人柄であり、后にふさわしい教養を身につけていること…であったであろう。匂宮に夕霧が回避されて当然である。匂宮にとって、后の条件にかなうのが、故八宮の中君だった。中君は父八宮の手で育てられ、后教育を受けていた。であったからこそ、禁足状態の中で無謀な宇治がよいを新婚三夜続けて決行し、中君の心をしっかりつかみ、使者を宇治へ派遣し、女君を二条院に迎えるに至れたのである。

［二4］（源氏物語の底流） 匂宮の《后の条件》は、帝桐壺の《極秘の条件》（第一章［三4］②）と一致する。これは、帝桐壺の政治路線が、光・藤壺中宮・明石中宮・匂宮と継承されていることを意味する。

東宮と予定されている本人が、将来、中宮となるべき女性を自分の意志で選定する、匂宮の中君との結婚は、まさにそういう結合である。天皇による政治支配が安定していなければ実現の可能性の薄い、その意味で画期的というべき結婚である。物語は、光の没後、帝王四代目も末に至ってそれを実現させている。帝桐壺が光ほどの皇子でも、東宮に立てたい気持ちすら、光の身を守るために、ひた隠しにしなければならなかったのに対し、今上帝が匂宮を「筋ことに」しようとして、本人にそれを含め、「世人」もそれを認めるところに、帝王四代も末に至っての、桐壺の皇統の安定ぶりを読み取ることができる。

皇統の生命力は、明石中宮の時代になると、今上帝に明石中宮腹の東宮・二宮・匂宮・五宮が、更衣腹の四宮がある。匂宮には中君腹の男子が誕生する。立太子の候補にこと欠かない（冷泉院にも玉鬘の大君腹の一宮がある）。

対するに、藤原の〈氏の長者〉の家は、紅梅巻に見るごとく、紅梅大納言には、後添の真木柱との間に若君が一人という先細りである。紅梅の兄、故柏木の実子薫は、子孫を残す意志がない。

一方、匂宮が関心を抱いている女性に、他に、冷泉院の女一宮（匂宮［七］）、紅梅大納言の「宮の御方」──真木柱腹の故螢兵部卿宮の姫君（紅梅［八］）、故式部卿宮の「宮の君」（蜻蛉［一七］）がある。そういう女性たちを匂宮が掌握しようとするのは、光の女性掌握と、対象とされる女性に共通性がある。光が重視した《皇統の血の堅持》の意識が匂宮に継承されていることにも留意したい。

上述のごとくであるとすれば、源氏物語は、匂宮三帖・宇治十帖をふくめて、五十四帖が一貫した物語であり、全帖が同一作者の手になった可能性が濃厚となる。

総角巻にもどる。八宮を東宮冷泉の対立候補として当時かつぎ、一生を台無しにさせたのは弘徽殿・右大臣勢力──四の君とその夫を含む──であったであろう。零落しても、皇統の気位高く、名誉も栄華も超越して生きた八宮の姫君二人は、生き方があまりに違いすぎるが、それぞれが皇統の血を守って生きた。それが八宮の姫君の育て方だったと見るべきであろう。

天皇による政治支配の安定期であっても、匂宮と中君とが結ばれるには、二人がそれぞれ厳しい辛苦に耐えなければならなかった。大君の凄惨な死に方・残された薫の絶望とともに、総角巻の冷徹な厳しさ、容赦なさ、暗さは、末世のこととしても、紫式部以外の誰に描けたであろうか。

以上、総角巻を軸にしての論である。

第二部　女人往生への道

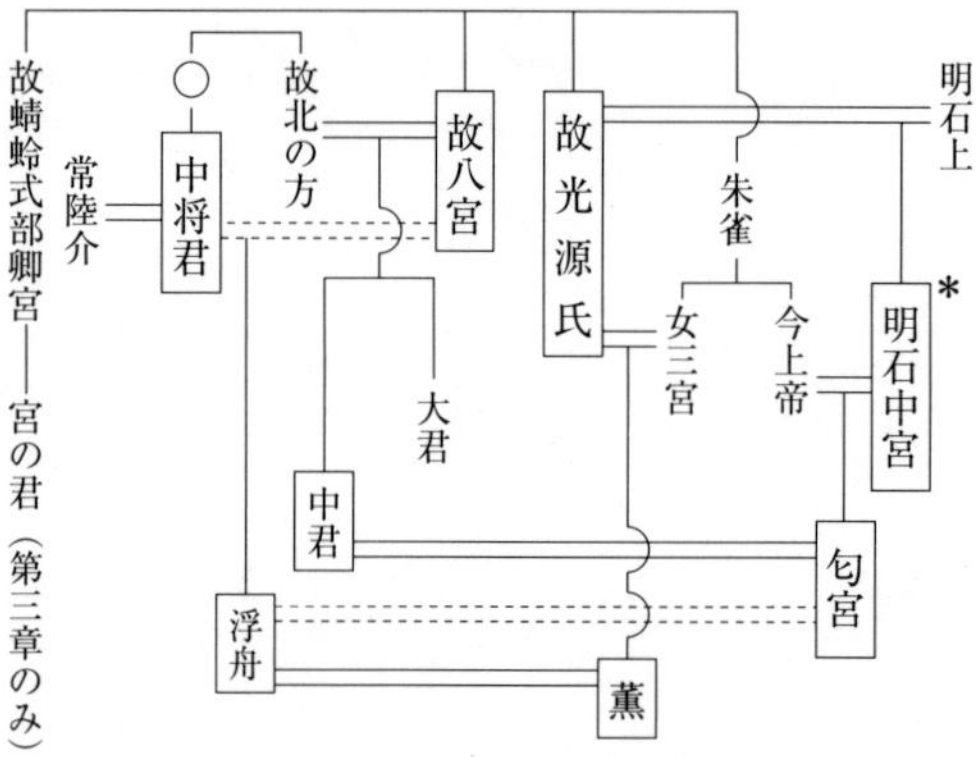

＊は宿旺が予言した光の子

（第一章・第二章）

。侍従・右近＝浮舟宇治在住中の女房

（第三章）

。小　宰　相＝明石中宮付女房で薫の思い人

。大納言君＝明石中宮付女房

。中将の君＝女一宮付女房

第一章　東屋—歌のない世界—

内容

一　はじめに

浮舟は、「いとやはらかにおほどき過ぎたる君にて」（［二九］地の文）「おいらかにあまりにおほどき過ぎたるぞ、心もとなかめる。」（［四二］薫心）などが示すごとく、おほどき過ぎ（一般化シテ受ケトメ、逆ラワズ、オットリシ過ギテイル）を特徴とし、運命に翻弄《ほんろう》される無力無能な薄幸な美女とされるのが大方の見方のようである。

しかし、本文を少し丁寧に読めば、浮舟は、碁が抜群に強く、経を読み、歌も詠む。自我の主張がないのではない。八の宮に認知されていなくても宮の血の継承者であり、それなりの生を全うすべきだという自意識がある。母中将君が唯一の保護者である。現実の厳しさを認識でき、先も見え、人を責めることは一切せず、行き詰まった人間関係を自分で処理する。急場の処理の方策も持てないのではない。逆境に生きるだけに、自分に対する相手の意識に鋭敏である。内省が強い。オホドキ過ギルと見えるのは、自分で容認できない状況におかれた場合に、状況が見えているが故に自分からは動かない、沈黙・無反応行為による自己表示が、相手に無能かという印象を与える結果であろう。

本章では、まず、薫による三条の小家訪問以降の本文に即して浮舟・薫相互の意識のズレを明確にし、それ以前の本文に帰って、浮舟の意識を確かめ、以降の浮舟物語展開の基盤を固めたい。

二　浮舟と薫との意識のズレ

［二1］（薫三条の小家に来る）薫の依頼を受けて弁の尼が三条の小家に来る。浮舟は、故父宮・故大君の話を聞けると弁の尼の来訪を喜ぶ。

宵過ぎに薫不意に来訪。浮舟は対応を渋る。この小家に移った時、母中将君は居場所を誰にも知らせるなと言った。九月十三日であった。

薫は積極的である。無遠慮に入り込み、故大君の形代《かたしろ》にとは言わず、垣間見てから恋しくてたまらないと浮舟をくどいたらしい。「見劣り」せず、感無量となる。薫は、去年の秋、中の君から異母妹の存在を知らされ（宿木［二九］）、弁の尼に会い、本人の素性、年令（二十ばかり）、母は八宮の故北の方の姪で陸奥国の守の妻などを知り、弁に仲介を依頼した。（宿木［三三］）二月、帝から女二宮を賜わるが、「心の中にはことにうれしくもおぼえず」（宿木［四三］）、故大君をしのぶ。四月二十日余、宇治で初瀬詣《はつせもうで》帰りの浮舟を垣間見た。声を聞き、車を下りる姿を見る。その印象はアテ・アテヤカで、「まことにいとよしある（思慮深ソウナ澄ンダ）まみのほど、髪ざしのわたり」など、大君の人形《ひとかた》に相応しい女性と認めた。（以上、宿木［四八・四九］）

薫は外聞を気にしてすぐには動こうとはしなかった。その薫が、意を決しての三条の小家訪問である。垣間見た時の印象をそのまま浮舟に接している。浮舟の当惑と不安に気が付かない。

【筑波山を分け見まほしき御心はありながら、端山の繁りまであながちに思ひ入らむも、いと人聞き軽軽しうかたはらいたかるべきほどなれば（東屋［一］）（宇治を訪れ、弁より、浮舟が小家にいると聞き）文はやすかるべきを、人のもの言ひいとうたてあるものなれば、右大将は、常陸守のむすめをなんよばふなるなども、とりなしてんをや。】（［三七］）

［二2］（宇治へ）薫は女方の躊躇を振り切って車を妻戸に寄せさせ、浮舟を「かき抱きて」車に乗る。弁の尼と浮舟女房の侍従とが同乗。宇治へ向う。

夜が明ける。車中の四人の意識は、四人それぞれである。

侍従は「（薫を）いとほのかに見たてまつりて、めできこえて、すずろに恋ひたてまつるに、世の中のつつましさ（十三日が戒めの日だと）もおぼえず。」

「君ぞ（肝心の浮舟は）いとあさましきにものもおぼえで、うつぶし臥《ふ》したるを」と、薫のやり方を、「あさましき」行為としている。無頓着な侍従のつつしみのなさを窘《たしな》めることもできない。茫然として俯して臥せっている浮舟を、薫は「石高きわたりは苦しきものを」と抱く。

弁の尼は、故大君の御供であったら…。生き残って思いがけないことを見るものだと悲しくて涙にくれる。（泣く弁を侍従は縁起でもないと単純に憎む）。

薫は、浮舟は可愛いが、故大君への恋しさがつのり…

　かたみぞと見るにつけては朝霧のところせきまでぬるる袖かな

と独り言が口をついて出る。それを聞いて尼君が泣く。その「鼻すすり」を聞いて薫も泣く。薫は、少しは起き上がって山の紅葉もご覧なさい…と、起きようとしない浮舟をかき起こす。扇で顔を隠しながらそっと外を見る浮舟の目元に、大君が思い出されるが、待っていても返歌はない。

【…すこし起き上がりて、この山の色も見たまへ。いと埋もれたりや」と、強ひてかき起こしたまへば、をかしきほどにさし隠して、つつましげに見出だしたるまみなどは、いとよく思ひ出でらるれど、おいらかにあまりおほどき過ぎたるぞ、心もとなかめる。】（以上［四一］）

浮舟の反応のなさを、薫は心もとなし（待ッテイルノニ歌モ詠メナイノカ）とする。浮舟にしてみれば、薫の「かたみぞと…」の歌を聞かされ、尼君と泣き合うのを見せつけられれば、薫の心を今占めているのは故大君で自分でないと判る。自分に対する薫の真意を疑わざるをえない。薫は浮舟の心中を察しようともしない。薫の独りよがりと無神経さを見逃してはなるまい。

［二3］（宇治到着）薫は、大君の魂がここに宿って薫を見ていると意識し、浮舟を下ろさないで独りで先に去ってしまう。【あはれ（大君の）亡き魂や宿りて見たまふらん…下りてはすこし心しらひて立ち去りたまへり。】心シラヒテは、亡魂に対する誠意。薫は、死者がこの世に帰る十三日（第一部第三章［四1］）

に浮舟を宇治に連れ出した。

尼君は、浮舟に付き添って寝殿正面に下りず、廊に下りて、大君に礼儀を示す。それを薫は「わざと思ふべき住まひにもあらぬを、用意こそあまりなれ」とする。薫は弁に浮舟の世話を期待している。弁も浮舟も十三日を意識している。

浮舟は、直ぐには下りていない。こんな連れ出され方をすんなりとは容認しにくい。母の同意がない。下りずこのまま帰ることも不可能。ため息をつくだけだが、薫のことばに心を慰めて下りた。寝殿からの風景にも慰められる気はするが、薫の心に大君が君臨しているのは明らかである。薫の浮舟に対する真意の不透明さを、浮舟自身は「(薫が自分を)いかにもてないたまはんとするにかと、浮きてあやしうおぼゆ。」(〔四二〕)と、〈浮き〉をリアルに認識している。

【二-4】部屋に落ち着いて薫は、まず、浮舟を観察する。女の御装束などからはじめるのが(匂宮と違う)薫である。

【…すこし田舎びたることもうちまじりてぞ、昔のいとなえばみたりし御姿のあてになまめかしかりしのみ思ひ出でられて。髪の裾のをかしげさなどは、こまごまとあてなり、宮(正妻女二の宮)の御髪のいみじくめでたきにも劣るまじかりけり、と見たまふ。】(〔四三〕)

浮舟の処遇をここへ来て考え「しばし、ここに隠してあらん」と決める。

見ずはさうざうしかるべくあはれにおぼえたまへば、おろかならず語らひ暮らしたまふ。故宮の御事ものたまひ出でて、昔物語をかしうこまやかに言ひ戯れたまへど、ただいとつつましげにて、ひたみちに恥ぢたるを、さうざうしう思す。あやまりてかうも心もとなきはいとよし。教へつつも見てん。…と思ひなほしたまふ。（〔四三〕）

浮舟の反応は「ただいとつつましげにて、ひたみちに恥ぢたる」である。手応えのなさを薫は「さうざうし─モノタリナイ─（対応の仕方も知らないの意）」と満たされない。心モトナシに、今またサウザウシを重ねても、浮舟に大君を求め続ける薫である。

この場で浮舟が「ひたみちに恥ぢ」なければならないのは、彼女に対する薫の真意の不透明さに加えて、「もて隠すべくもあらでゐたまへり」という状況を強いられていることにもよる。長年の夫婦でも几帳を隔てるのが普通である。新参の女房並みに浮舟が扱われている。薫は、女君への対し方がぎこちない。

更に薫は琴（きむ）・箏《そう》の琴を出させて独りで弾き、八の宮をしのぶ。

「昔、誰も誰もおはせし世に、ここに生ひ出でたまへらましかば、いますこしあはれはまさりなまし。親王の御ありさまは、よその人だにあはれに恋しくこそ思ひ出でられたまへ。などて、さる所（東国）には年ごろ経たまひしぞ」とのたまへば、いと恥づかしくて、白き扇をまさぐりつつ添ひ臥したる……（〔四四〕）

あからさまに過ぎる薫の言い方である。無言のまま、恥ながらも、これを自分の現実として素直に是認する浮舟である。

まいて、かやうのこともつきなからず教へなさばやと思して、「これはすこしほのめかいたまひたりや。あはれ、わがつまという琴は、さりとも手ならしたまひけん」など問ひたまふ。（浮舟は）「その大和言葉だに、つきなくならひにければ、ましてこれは」と言ふ、いとかたはに心おくれたりとは見えず。ここに置きて、え思ふままにも来ざらむことを思すが、今より苦しきは、なのめには思さぬなるべし。（［四四］）

浮舟の返事を得て、薫は「いとかたはに心おくれたりとは見えず（無力無能の馬鹿ではない）」と、やっと認める。

問題は、この浮舟の返事をどう読むべきかである。和歌の詠めない彼女ではない。物語にはこれ以前に、母中将君からの文への返事の歌（後述［四3］）がある。薫に対して歌を詠む気になれないから詠まないのであろう。すでに〈浮き〉を認識している。薫が浮舟を低く軽く見ているのも見抜けている。故大君に対して代役などしてはならない（形代拒否）と、無言のうちに心を決め、歌の唱《しょう》和《わ》を交わすべき男女の仲とはこんなものではあるまい、と思っているのではないか。

薫は、「その大和言葉だに、つきなくならひにければ…」を率直な返事と受けとめる。次いで、「楚《そ》王《わう》の台の上の夜の琴の声」と誦す。その反応を「かの弓をのみ引くあたりにならひて、いとめでたく思ふやうなりと、侍従も聞きゐたりけり。さるは、扇の色も心おきつべき閨のいにしへをば知らねば、ひとへにめできこゆるぞ、おくれたるなめりかし。」と物語は語る。口数の少ない浮舟が「ひとへにめできこゆる」のは不自然である。浮舟に付き添うただ一人の女房侍従に、浮舟も含めて東国育ちを代表させて、その教養の程度に対する、薫の批判と見る（語り手の批評とするのは、東屋巻末の「侍従なむ伝へけるとぞ」と矛盾する)。

浮舟はどうなのか。「侍従も」とあるから、聞いているのは確かである。薫の思い込みに反して、浮舟に漢文の教養があった可能性は、東屋巻に見出せる。

(匂宮急遽参内、浮舟の居場所に近い門から出る)もののたまふ御声も聞こゆ。いとあてに限りもなく聞こえて、心ばへある古言《ふるごと》などうち誦じたまひて過ぎたまふほど、(浮舟は)すずろにわづらはしくおぼゆ。(東屋[二八])

耳に聞いて、「心ばへある古言」と理解できるからこそ「わづらはし(相手ニナルノガ面倒ダ)」と意識される。当該の「古言」が漢籍でないとは言いきれない。

後の語りに確証を求めれば、翌年の春、この世への決別を決意した浮舟が、

ものはかなげに帯などして経読む。親に先立ちなむ罪失ひたまへとのみ思ふ(浮舟[三二])

とあり、ほぼ一年ほど後の語りに、

(横川僧都が浮舟に)「このあらん命は、葉の薄きが如し」と言ひ知らせて、「松門《しょうもん》に暁到りて月徘《はい》徊《くわい》す」と、法師なれど、いとよしよししく恥づかしげなるさまにてのたまふことどもを、思ふやうにも言ひ聞かせたまふかなと聞きゐたり。(手習[二四])

行ひもいとよくして、法華経はさらなり、こと法文《ほふもん》なども、いと多く読みたまふ。(手習[二五])

がある。物語登場の時点で、浮舟は法華経に通じていたのではないか。例えば「我寧不説法　疾入於涅槃(われは寧ろ法を説かずして、疾《すみや》かに涅槃《ねはん》に入らん(注1))」「不可以言宣(言をもって宣《の》ぶべからず(注1))」(法華経方便

品）といった経文の句を、浮舟は範としている感がある。漢詩にも通じており、当該の薫の誦す「楚王の台の上の…」を浮舟は理解した上で、沈黙を続けていると読むのが自然であろう。薫の反省「事こそあれ、あやしくも言ひつるかな」（［四四］）は、浮舟も共有できていたであろう。

弁の尼が「箱の蓋に、紅葉、蔦など折り敷きて、ゆゑなからず（八の宮家らしく）取りまぜて」「くだもの」を参る（［四五］）。八の宮家のユヱを重んじる弁の尼である。和歌の贈答は尼君と薫の二人に任せ、浮舟は沈黙。

以上、浮舟と薫との第一日である。十三日でもある。薫の意識との埋めようもないギャップを浮舟が無言のうちに確認して、歌のない巻「東屋」が終わる。

［二—5］（薫の甘さ） 人一倍外聞を気にし、軽率な行動をしないと見られがちな薫であるが、この宇治への浮舟連れ出しの決行は、「十三日」を選んだことが甘すぎた。行動を極力謹んでいるこの日の浮舟を、薫はそうとは見抜けず、以後この日の印象をそのままに終始する。

当該の一日の行動のなかで、薫が浮舟を見誤った今一つに、〈東国育ち〉に対する薫の認識の甘さがある。母中将君が浮舟を連れて嫁いだ常陸介《ひたちのすけ》は、「上達部の筋」で任地で財力を得、「弓をなんいとよくひきける」（［三］）という、新しいタイプの受領《ずりょう》である。母中将君が、八の宮北の方の姪のセンスを発揮し、財力にものをいわせて、可能な限りの姫宮教育に励んだとすれば、浮舟が、孤独な日々を、和歌集・物語だけでなく経典・漢籍などにも、没頭して過ごすことはあって自然である。浮舟は、書物を介してさまざまな世の中に通じており、自己の客体化もできる、その意味で精神の自立した姫宮に育っていたのではないか。

当時の姫宮として例外的であるが、浮舟は琴は弾かない。育った環境が琴笛といった楽器の音を許容しにくかったのであろう。常陸介は「さる東国の方の遙かなる世界に埋もれて年経……すべていとまたく隙間なき心もあり。をかしきさまに、琴笛《ことふえ》の道は遠う、弓をなんいとよくひきける。」〔三二〕という。常陸は将門《まさかど》の乱の発祥地である(935年)。「いとまたく隙間なき心」の常陸介が賊の奇襲を警戒して琴笛の音を立てさせなかったのであろう。そういう現実対応の厳しさの中で浮舟は育った。琴を弾かない分、浮舟は書物に親しんだか。

三　二条院滞在―中君との通じ合い

薫以外の登場人物は、浮舟をどうみたか。浮舟はその人々と通じ合えたかを、薫の三条の小家訪問以前の部分を対象に、時の経過を追って、確認したい。少将との結婚破談から二条院滞在中(三)と、三条の小家での浮舟(四)とに分けて見ていく。

[三1]（少将との破談）母中将君は、浮舟の結婚相手に左近少将を選び、準備を調えたが、少将は、浮舟が守の実子でないと知るや、浮舟を捨てて実子にのりかえる。(この間の、常陸介・少将・仲人・中将君の語られぶりは、歌の唱和の入る余地のない、実利優先の人々独特の現実味があるが、ここでは割愛する。)中将君は中君を頼る。かつての同輩(大輔)より、「かの西の対に、隠ろへたる所し出でて…」と受け入れの連絡がある。

御方（浮舟）も、かの御あたりをば睦びきこえまほしと思ふ心なれば、なかなかかかることども

の出で来たるをうれしと思ふ。（［一三］）

と、少将との破談を喜んでいる。浮舟の願いは異母姉中君との姉妹付き合いである。

【三2】（二条院へ）母にともなわれて二条院へ身を寄せる

【乳母、若き人々二三人ばかりして、西の廂の、北に寄りて人げ遠き方に局したり。…ここには御物忌と言ひてければ、人も通はず。二三日ばかり母君もゐたり】。（［一五］）

母中将君は、匂宮・若君・中君の幸せを垣間見、宮の参内後、中君と語り、薫の浮舟に対する好意を弁の尼から聞かされていることに言及し、最近の窮状もほのめかし、中君のあたたかく包容力のある対応を喜び、浮舟を中君に一任する

【「この君はただまかせきこえさせて、知りはべらじ」など、かこちきこえかくれば、（中君は）げに見苦しからでもあらなんと（その場にいる浮舟を）見たまふ】。（［一八］）

中君は、浮舟を、容貌・心ざま・遠慮（もの恥）の仕方・神経の使い方（かどなからず）・女房への対し方・話しぶりと細かに観察して、全て及第とし、薫に適していると見る。

【容貌も心ざまも、え憎むまじうらうたげなり。もの恥ぢもおどろおどろしからず、さまよう児めいたるものからかどなからず、近くさぶらふ人々にも、いとよく隠れてゐたまへり。ものなど言ひたるも、昔の人の御さまにあやしきまでおぼえたてまつりてぞあるや、かの人形求めたまふ人に見せたてまつらばやと、うち思ひ出でたまふ…】（［一九］）

折しも薫来訪。中君は薫に以前話した異母妹が人目をしのんで二条院に来ていることをほのめか

す。薫は中君に仲介を頼んで帰る。

薫を垣間見ていた中将君は薫に感激する（浮舟も母と同座）。中君から薫の意向をほのめかされ、中将君は浮舟を中君に託して翌朝帰る。浮舟は「二三日」いて、二条院滞在を「うれし」とする。

【この御方も、（母が自宅に帰るのを）いと心細くならはぬ心地に立ち離れんを思へど、今めかしくをかしく見ゆるあたりに、しばしも見馴れたてまつらむと思へば、さすがにうれしくもおぼえけり】。（［二二］）

［三3］（匂宮、浮舟を偶然見付けてせまる）匂宮が西の対に来る。中君は洗髪の最中、若君も昼寝中。手持ち無沙汰で西廂《ひさし》をのぞく。屏風・几帳のはずれに袖口を見付け、新参の女房かと近付く。浮舟は壺庭に心ひかれて気が付かなかった。扇を持たせたまま手を摑んで、名をと言われて、浮舟は気味悪くなった。乳母が現われて付き添い、大輔の娘右近が格子を下ろしに来て宮を見付け、「（中君に）申し上げます」と言って立つ。宮は動じない。明石中宮急病の連絡に、宮はやっとその場を去った。

（以上［二四〜二六］）

浮舟に対する匂宮の印象を、この部分の本文中から取り出してみよう。

宮とは思ひもかけず、例、こなたに来慣れたる人にやあらんと思ひて起き上がりたる様体、いとをかしう見ゆるに、（宮の）例の御心は過ぐしたまはで…

扇をさし隠して、見かへりたるさまいとをかし。（［二四］）

と、まず、浮舟のしぐさを「いとをかし」と見る。

（乳母や右近に）宮は怖じたまはず、あさましきまであてにをかしき人かな、なほ、何人ならん、右近が言ひつる気色も、いとおしなべての今参りにはあらざめりと心得がたく思されて、と言ひかく言ひ恨みたまふ。心づきなげに気色ばみてももてなさねど、ただいみじう死ぬばかり思へるがいとほしければ、情ありてこしらへたまふ。（二二五）

匂宮は大君にも八の宮にも面識はない。薫と違って、浮舟の素性も東国育ちも知らない。一切先入観なしに、偶然浮舟に接して、「あさましきまであてにをかしき人かな」と、「ただ人」とは思えない高貴さと美しさに唖然とし、宮をあらわに拒否する態度ではないが、困惑して死にそうな表情をしている浮舟を目の前にして、「いとほしければ（気ノ毒デ、マトモニ相手ノ顔ヲ見レナイ気ガシテ）、情けありて（相手ノ立場ヤ気持ヲ理解シ尊重ショウト）こしらへ（機嫌ヲアレコレ取リ）」なさる。相手の心にすうっと入っていく匂宮である。宮を憚らない乳母《めのと》の対応も、右近の中君への通報も意にも介さない。それだけ浮舟に魅せられている。

宮中へ出掛けなければならないとなって、

出でたまはんことのいとわりなく口惜しきに、人目も思されぬに、…いみじう恨み契りおきて出でたまひぬ。（二二六）

浮舟が名のらないにもかかわらず、二人の関係をはっきり約束した上でなければ、匂宮はその場を去れなかった。匂宮の浮舟に対する対し方は、後に薫が、浮舟自身ではなく、大君を浮舟に求める（前述［二］）のと対照的である。

［三4］（中君の浮舟への対応） 匂宮が去った後、「恐ろしき夢のさめたる心地して、汗におし潰し

て臥し」ている浮舟の傍らで、乳母は二条院は居てはならない所と嘆く。浮舟は、判断もつかず、中君に対する立場の無さに精魂尽き果てる思いでいる。

【君はただ今はともかくも思ひめぐらされず、ただいみじくはしたなく、見知らぬ目をも見つる（生マレテ初メテノ体験ヲシタ）に添へても、（中君が自分を）いかに思すらんと思ふにわびしければ、うつぶし臥して泣きたまふ】（［二七］）

浮舟のいる西廂寄りの門から出る匂宮の

もののたまふ御声も聞こゆ。いとあてに限りもなく聞こえて、心ばへある古言《ふること》などうち誦じたまひて過ぎたまふほど、すずろにわづらはしくおぼゆ。（［二八］）

匂宮の声を「いとあてに限りもなく」と聞き、「心ばえある古言（漢詩の一節か）」を理解でき、返答が頭をよぎって「わづらはし」と感じる浮舟である。匂宮に対する浮舟の意識に留意したい。

右近から事を知らされていた中君は、今夜は匂は留守だから西の対へと浮舟を誘う。遠慮する返事に、折り返し、「いかなる御心地ぞ」と見舞われ、浮舟は「何心地ともおぼえはべらず。ただいと苦しくはべり。」とさりげなく答える。中君は浮舟の心中を察し、

いと口惜しう心苦しきわざかな。……この君は、言はでうしと思はんこと、いと恥づかしげに心深きを、あいなく思ふこと添ひぬる人の上なり。年ごろ見ず知らざりつる人の上なれど、心ばへ、容貌《かたち》を見れば、え思ひはなつまじう、らうたく心苦しきに、世の中はありがたく、むつかしきものかな。わが身のありさまは、……今は、ただ、この憎き心添ひたまへる人のなだらかにて

思ひ離れなば、さらに何ごとも思ひ入れずなりなんと思す。（二一八）

「この君」ではじまる文に敬語がない。「言はでうしと思はんこと、いと恥づかしげに心深きを」を、中君の浮舟理解と見る。無口だし、匂宮の一件を決して喋らないだけの思慮深さ、意志の強さがあると信用している。中君によるこの浮舟理解は、浮舟の精神構造の中枢の把握として重要である。中君は、男女の仲のむつかしさから、中君自身に戻り、薫の気持ちが自分から離れてほしい、それが実現するなら何事も重視することはない、浮舟を薫にと意を決する。孤独な中君が、孤独な異母妹を、我が身に重ねていとおしむ。

乳母に勧められて、浮舟は中君の部屋にいく。中君付き女房は浮舟を中君に劣らない高貴な雰囲気があり、美人だと認める。

【我にもあらず、人の思ふらむことも恥づかしけれど、いとやはらかにおほどき過ぎたまへる君にて、押し出でられてゐたまへり。額髪などのいたう濡れたるをもて隠して、灯の方に背きたまへるさま、上をたぐひなく見たてまつるに、け劣る（雰囲気ガ劣ル）とも見えず、あてにをかし。これに思しつきなば、めざましげなることはありなんかし…と二人ばかりぞ、御前にてえ恥ぢあへたまはねば、見ゐたりける。】（二一九）

中君は、ここでは遠慮は要らないと前置きし、浮舟に故大君を見、中君を「思ふ人」であった故人のやうに、「思ふ人」のいない現在、浮舟が「思ふ人」であれば「うれし」いと、異母を超越した姉妹として浮舟に対した。浮舟は、中君の言葉「御さまを見れば慰む心地してあはれになむ」をそのままに「見たてまつりはべるは、何ごとも慰む心地しはべりてなむ」と答えて、姉妹の気持ちを一体化させる。中君を立てた、達者な返答である。生まれて初めて浮舟に、八の宮の姫君としての実存が確認できたと見るべきか。中君の包容力の大きさも見事である。

【（中君は）物語いとなつかしくしたまひて「例ならずつつましき所など、な思ひなしたまひそ。故姫君のおはせずなりにし後、忘るる世なくいみじく、身も恨めしく、たぐひなき心地して過ぐすに、いとよく思ひよそへられたまふ御さまを見れば、慰む心地してあはれになむ。思ふ人もなき身に、昔の御心ざしのやうに思ほさば、いとうれしくなん」など語らひたまへど、いとものつつましくて…「年ごろ、いと遙かにのみ思ひきこえさせしに、かう見たてまつりはべるは、何ごとも慰む心地しはべりてなん」とばかり、いと若びたる声にて言ふ。】（［二九］）

中君は絵などを取り出させ、右近に詞を読ませる。浮舟は物語絵に熱中する。その浮舟が故姉君に生き写しなのに中君は感動し、「ゆゑゆゑしきけはひだに」身につければ、薫の相手として遜色はあるまいなど、自然に姉心になって、浮舟の世話を考えている。（口絵を参照されたい）

【絵など取り出でさせて、右近に詞読ませて見たまふに、向かひてもの恥ぢもえしあへたまはず、心にいれて見たまへる灯影、さらにここと見ゆるところなく、こまかにをかしげなり。額つきまみのかをりたる心地して、いとおほどかなるあてさは、ただそれ（大君）とのみ思ひ出でらるれば、絵はことに目もとどめたまはで、「いとあはれなる人の容貌かな、いかでかうしもありけるにかあらん。故宮にいとよく似たてまつりたるなめりかし。故姫君は宮の御方ざまに、我は母上に似たてまつりたるとこそは、古人ども言ふなりしか。げに似たる人はいみじきものなりけり」と思しくらぶるに、涙ぐみて見たまふ。「かれ（大君）は、限りなくあてに気高きものから、なつかしうなよよかに、かたはなるまで、なよなよとたわみたるさまのしたまへりしこそ。これ（浮舟）は、まだ、もてなしのうひうひしげに、よろづのことをつつましうのみ思ひたるけにや、見どころ多かるなまめかしさぞ劣りたる。ゆゑゆゑしきけはひだにもてつけたれば、大将の見たまはんにも、さらにかたはなるまじ」など、このかみ心に思ひあつかはれたまふ。】（［三〇］）

物語などしたまひて、暁方になりてぞ寝たまふ。かたはらに臥せたまひて、故宮の御事ども、年ごろおはせし御ありさまなど（八宮の精神・姫宮方への遺言の主旨などを含むか）、まほならねど語りたまふ。いとゆかしう、見たてまつらずなりにけるをいと口惜しう悲しと思ひたり。（〔三〇〕）

匂宮の一件は一切無かったかのごとく、孤独な二人が各々の孤独を慰めた一夜である。浮舟は、中君によって、自らのセルフアイデンティティの所在を実感し得た。

四　三条の小家で――「世の中にあらぬ所」への志向

〔四1〕（母、中君に匂宮の一件を抗議）匂宮の一件を乳母から聞いた中将君は、匂宮に立腹。中君もその女房も浮舟を許すはずがないと我流に判断して、きがきでなく、夕方、二条院へ行き、中君に苦言を言う。中君は反論して、

ここ（二条院）は、何ごとかうしろめたくおぼえたまふべき。とてもかくても、（中君が浮舟を）うとうとしく思ひ放ちきこえばこそあらめ、けしからずだちてよからぬ人の時々ものしたまふめれど、その心をみな人見知りためれば、心づかひして、便なうは（浮舟を）もてなしきこえじと思ふを、いかに推しはかりたまふにか（〔三一〕）

と言う。浮舟の世話は自分がと意を決している中君の抗議である。中君の浮舟に対する誠意が母中将君に通じない。怒りが思慮分別を封じ、ことを破壊に導く。

…かたはらいたうゆるしなかりし筋は、何にかかけても聞こえさせはべらん。…（同上）

と、中将君は、八の宮に認知されなかった古傷をむきだしにし、物忌みを口実に方違《かたたが》えをと言い張る。中君は「（浮舟を）いとほしく本意なきわざかなと思せど、えとどめたまはず」。やっと結ばれた姉妹は、中将君の怒りによって、また孤独な各々に引き裂かれた。浮舟本人の意向など確かめる必要もないと決めている母中将君である。

［四2］（浮舟三条の小家へ）中将君は、独断で、三条の造りかけの小家に浮舟を移す。浮舟独りを残して常陸介《ひたちのすけ》の家に帰ろうとする。

君（浮舟）は、うち泣きて、世にあらんこととところせげなる身と思ひ屈したまへるさまいとあはれなり。（［三二］）

包容力豊かな中君に守られて、二条院で八の宮の姫君としての生を歩み出せるかと見た直後の、環境の変化の中で、浮舟は、二条院で中君の世話になるのがだめだとなれば、この世に身の置き所はないと沈み込んでいる。中君から離れたくなかった浮舟である。

中将君には常陸介の家での婿少将の世話がある。浮舟に付き添えない。二条院から強引に浮舟を三条の小家に連れ出したものの、浮舟を一人とり残す他にすべがない。「年ごろかたはらさらず、明け暮れ見ならひて、かたみに心細くわりなしと思へり」となる。

事を無難に処理できる異母姉中君と、自分の意地を通して浮舟を救えない母中将君とが対照的である。

［四3］（浮舟の境地）中将君は浮舟を薫と結婚させる手蔓を失い、途方に暮れる。

あいなう、大将殿（薫）の御さま容貌ぞ、恋しう面影に見ゆる。同じうめでたしと見たてまつりしかど、宮は思ひ離れたまひて、心もとまらず。侮りて押し入りたまへりけるを思ふもねたし。この君は、さすがに、尋ね思す心ばへのありながら、…思ひ出でらるれば、若き人はまして、かくや思ひ出できこえたまふらん。…（〔三四〕）

と、薫が偲ばれ、浮舟はまして、垣間見たあの時の薫を今頃思い出して慕っているだろうと、決めて疑わない中将君である。

二条院の生活を数日とはいえ体験した浮舟は、三条の小家では、庭の草も出入りの人々も前栽《せんざい》の花も慰めにはならない。

宮の上の御ありさま思ひ出づるに、若い心地に恋しかりけり。あやにくだちたまへりし人（宮）の御けはひも、さすがに思ひ出でられて、何ごとにかありけむ、いと多くあはれげにのたまひしかな、なごりをかしかりし御移り香も、まだ残りたる心地して、恐ろしかりしも思ひ出でらる。（〔三五〕）

と、母中将君の推測とはうらはらに、中君が恋しい。匂宮のことも、御けはひ、数々の言葉、御移り香が、恐ろしさと共に、鮮明によみがえる。その思い出に浸りながら、自己をじっと見極めようとしている。

母から文。それに対する浮舟の対応に留意したい。

母君、たつや（音信モセズ何日ニナッタダロウカ）と、いとあはれなる文を書きておこせたまふ。おろかならず心苦しう思ひあつかひたまふめるに、かひなうもてあつかひたてまつることとうち泣かれて、「いかにつれづれに見ならはぬ心地したまふらん。しばししのび過ぐしたまへ」とある返り事に、

つれづれは何か。心やすくてなむ。

ひたぶるにうれしからまし世の中にあらぬところと思はましかば

と、幼げに言ひたるを見るままに、ほろほろと泣きて、かうまどはしはふるるやうにもてなすことと、いみじければ、

うき世にはあらぬところをもとめても君がさかりを見るよしもがな

と、なほなほしきことどもを言ひかはしてなん、心のべける。（〔三五〕）

浮舟は「おろかならず心苦しう思ひあつかはれたまふめるに、かひなうもてあつかひたてまつること」と、世話のされ甲斐のない我が身を悲しむ。母を責めない。返事の詞の部分「つれづれは何か。心やすくてなむ。」は、母を安心させようとするのか、かなり強気で、精神的な安定が感じられる〜何の束縛もなく一人で、中君のこと、二条院の美しさなどに思い耽っての安らぎとゆとりであろうか。その強気のまま「ひたぶるにうれしからまし（最高ノ幸セデショウニ）」と詠みだし、「世の中にあらぬところ（現実デハナイ別ノ世界）と思はましかば」と自分の現状を否定し、否定を可として結ぶ。二条院を〈失なわれた世界―浮舟が生きていけたかもしれない唯一の所〉と実感して、〈生きていける場所はこの世にはない〉という明確な現実認識に達した浮舟を、この歌に読み取ることができる。

引き歌とされる「世の中にあらぬところも得てしがな年経りにたるかたち隠さむ」（拾遺集・雑上・読人しらず）に比し、若い浮舟ははるかに孤独に撤している。浮舟のこの歌は、手習巻の小野の僧庵での「世の中にあらぬところはこれにやあらん」（一二）と呼応する。人に逆らわず、求めに従い、苦況に陥っても責任を人に課さず、我が身に課し、こうしか自分は生きることができないのだと、自分を納得させていくのが浮舟の生き方である。そういう生を支えているのが、〈八の宮の血の継承者であり、それなりの生を全うすべきだ〉という自意識であろう。母に対してさえ、〈甘え〉を入り込ませない。八の宮の厳しさに通じるものがある。対するに母中将君は、浮舟が中君によって精神的に満たされたのが理解できない。歌の真意は通じない。「つれづれは何か。心やすくてなむ。ひたぶるにうれしからまし」を「幼げ」と見、「世の中にあらぬところ」になると「まどはしはふるるやうにもてなす」と感じる。難解な歌で気になるまま「うき世にはあらぬところをもとめてもきみがさかりを見るよしもがな」と、浮舟の結婚を願う母の心を贈る。物語は浮舟の再度の返歌を語らない。母との間でも浮舟は〈歌のない世界〉に至った。

本章の冒頭で取り上げた、薫の三条の小家訪問までに、浮舟は、上述の境地に達していた。三条の小家でひたすら薫を求めていたのではなかった。

注　（1）　坂本幸男　岩本裕訳注『法華経』岩波文庫の訳による。

第二章　二重の浮き—浮舟巻を読む—

内容

一　はじめに

浮舟を死の決意に追い詰めた動因は、〈匂宮と薫との板挟み〉であるとされている。物理的にはそうに違いないが、浮舟の内面は男次第で流されるといった質のものではない。浮舟は三条の小家で、この世に生きるべき場所はないという明確な現実認識に達していた。薫に対しては、宇治に連出された時点で故大君の形代拒否を心に決め、自己の「浮き」を認識していた（第二部第一章）。この意識—大君尊重・形代拒否—は浮舟巻を通して変わらない。匂宮の愛に対して浮舟が自分を許せないのは、異母姉中君に対する浮舟の愛であったであろう。八宮の血の継承者であることを生きる支えとしている。匂宮の愛は浮舟の心に染みても、中君への愛と衝突する。宮に従うことはできない。愛を遂げられず宮が苦しむ。浮舟は、自分が宮を苦しめているという自意識に苦しめられる。浮舟のこの〈浮き〉の苦しみは、浮舟巻を通して、浮舟の周辺の人々―女房達・乳母・母中将君―に通じない。

従来言われている〈匂宮と薫との板挟み〉とは、実態としては、この二重の〈浮き〉にあるのではないか。以下、そこに視点をおいて、和歌の唱和を重視しつつ、物語の展開に従って、浮舟の意識を追ってみたい。

二　匂宮の浮舟への執着と浮舟の拒否

【二1】（匂、浮舟の居所を知る）「なほかのほのかなりし夕を思し忘るる世なし」（浮舟〔一〕）という匂宮を、中君は「防ぐべき人の御心ありさまならねば」と見、「とてもかくても、わが怠りにてはもてそこなはじ」と腹を決めて、浮舟の素性も居場所も一切を宮に知らせず通していた。
浮舟は中君に新年の挨拶を贈った。小さな童が中の君の部屋に、宮がいるのも気に掛けず、それを持って走ってきて、「宇治より大輔のおとどにとて…」という。〈宇治〉と聞いて宮は薫を連想し、文を取り上げる。
またぶりに山橘《やまたちばな》作りて貫きそへたる枝に、
まだ古りぬものにはあれど君がためにふかき心にまつとしらなん（〔四〕）
宮は送り主を見抜き、歌と筆跡に目をとめる。居場所が分かった以上じっとしていれる匂ではない。

薫とも親交のある大内記《だいないき》を召し、薫の動静と宇治の様子を聞き出す。中君と浮舟との関係が分からず、薫に協力して宮に隠していると邪推する。邪推されるのを承知で中君が浮舟を守っているのに留意したい。

【一2】（司召《つかさめし》の頃、匂宮宇治へ）匂宮は、法性寺《ほうしようじ》辺までは牛車で、その先は馬で宇治の旧八宮邸へ行く。〔七〕寝殿の南面の格子の隙より垣間見。内輪話に、右近が中君の幸いを讃える。それを受けて女房が「殿（薫）が本気で愛しなされば、こちらも」と言う。と、浮舟は起き上がって、中君との比較は決して口にしないようにと言う。浮舟には中君を傷つけてはならないという意識がある。

【殿だに、まめやかに思ひきこえたまふこと変はらずは、劣りきこえたまふべきことかは」と言ふを、君すこし起き上がりて、「いと聞きにくき（平気デ聞イテハイレナイ）こと。よその人にこそ劣らじともいかにとも思はめ、かの御事なかけても言ひそ。漏り聞こゆるやうもあらば、かたはらいたからむ」など言ふ。】〔八〕

匂は、中君そっくりの感じだと受けとめるや、自分のものにしなければと、夢中になり、薫と偽り、道中盗賊に襲われたように言いつくろって入る。それを承けての女房の言葉「あはれなる夜のおはしましざまかな。かかる御ありさまを御覧じ知らぬよ。」〔九〕は、浮舟の薫に対する意識を示唆する。

女君は、あらぬ人なりけり（薫デハナカッタ）と思ふに、あさましういみじけれど、…やうやう、そのをりのつらかりし、年月ごろ（新年を挿んでの五か月）思ひわたるさまのたまふに、この宮と知りぬ。いよいよ恥づかしく、かの上（中君）の御事など思ふに、またたけきことなければ、限りなう泣く。〔九〕

宮と分かった浮舟は「かの上の御事など」が意識に上る（薫ではない）。二条院で宮の一件のあった夜、中君は、何事もなかったとして浮舟を部屋に迎え、物語絵を見せ、暁方まで話し合い、枕を並べて臥し、故八宮の思い出を語った。（東屋［三〇］）孤独な異母姉妹が結び合えた一夜のすべてのこと、浮舟を八宮の姫君として遇した中君を、浮舟は心の支柱としてきた。中君に対する敬愛の念が浮舟をすっぽり包み込んでいて当然であろう。浮舟が宮の接近を単純に許せるはずはない。

泣くのは浮舟だけではない。宮も、この先いつ会えるだろうかと思うと、たまらなくなり泣きだす。浮舟の距離をおいた対応が宮の気持ちを一層エスカレートさせる。宮は滞在を一日延ばす。浮舟方は予定の石山詣《いしやまもうで》を中止し、物忌《ものい》みとする。日も高く昇った時刻になってから格子など上げて、他の女房は近付けず、右近一人が二人のそばで世話をする。浮舟は匂宮を「心ざし深し」と素直に理解する。と同時に、我が身を「あやしかりける身かな（ドウシテ自分ガコンナコトニナルノカ、不可思議ナ力ニヨッテ操ラレテイル感ジガスル）」とし、ことの噂が立ったら、第三者に自分がどう映るか考えると、真っ先に中君の心中が気になる（薫ではない）。匂宮と接しながら浮舟の心には中の君が離れない。

【御手水などまゐりたるさまは例のやうなれど、まかなひめざましう思されて、「そこに洗はせたまはば」とのたまふ。女、いとさまよう心にくき人を見ならひたるに、時の間も見ざらむに死ぬべしと思し焦がるる人を、心ざし深しとはかかるを言ふにやあらむと思ひ知らるるにも、あやしかりける身かな、誰もものの聞こえあらば、いかに思さむと、まづかの上の御心を思ひ出できこゆれど、（素性は証さない）】（［一〇］）

「紛るることなくのどけき春の日」が匂宮にひかれて「いとはかなう暮れぬ。」（［一一］）「女は、また、大将殿を、いときよげに、またかかる人あらむやと見しかど、こまやかににほひ、きよらなることはこよなくおはしけりと見る。」と、薫のキヨゲ（二流の美）に対し、宮をキヨラ（一流）とするのも素直な評価である。宮は、歌や絵を書いて浮舟に与える。宮が

長き世を頼めてもなほかなしきはただ明日知らぬ命なりけり

と詠んで名乗りを求めるのに対し、浮舟は、

心をばなげかざらまし命のみさだめなき世と思はましかば

と返す。浮舟は他者を責めない。第一句の「心」は浮舟の心と見なければなるまい。「心をばなげかざらまし」は、現在の自分の精神的苦しさが限界に達しているという訴えで、このような思いには耐えられないという意識であろう。匂が「明日知らぬ命」というのに対して浮舟は、命だけではない精神的に続かない、こういうことは今限りにと、今を否定する。現実の否定が反実仮想の表現となる。中君を敬愛し、匂宮と対している現実の自分の心を自分で許せない浮舟である。浮舟の真意は匂宮に通じない。匂は匂で「心」を宮自身の心ととり、「変はらむをば恨めしう思ふべかりけりと見たまふにも、いとらうたし。」であり、薫への対抗意識を浮舟に対して示す。

（翌朝）明けはてぬさきにと、人々しはぶきおどろかしきこゆ。妻戸《つまど》にもろともに率ておはしまして、え出でやらず。

世に知らずまどふべきかなさきに立つ涙も道をかきくらしつつ

女も、限りなくあはれと思ひけり。

涙をもほどなき袖にせきかねていかに別れをとどむべき身ぞ

風の音もいと荒らましく(アラブの形容詞)霜深き暁に、おのがきぬぎぬも冷ややかになりたる心地して、御馬に乗りたまふほど、引き返すやうにあさましけれど…(〔一二〕)

匂宮の「え出でやらず」「世に知らずまどふべきかな」は、丸一日の滞在延期も空しく、浮舟が名乗らなかったことを示唆する。「女も、限りなくあはれと思ひけり」は、宮のその心情を理解できる浮舟の宮への同情であり、「いかに別れをとどむべき身ぞ」は浮舟の決別の意志表示である。宮の気持ちが分からないのではない。一段と荒さをます「風の音」と「霜」の深さが、二人の仲の厳しさを象徴する。

【二3】(匂寝込む) 二条院に帰った宮は疲労困憊で寝込む。浮舟の素性を証さない中君に、薫との付き合いに当て擦って不満をぶつける。

【まろはいみじくあはれと見おい奉るとも、御ありさまはいととく変はりなむかし。…まことにつらしと思ひきこゆることもあらむは、いかが思さるべき。…隔てたまふ御心の深きなむ、いと心憂き】(〔一三〕)

中君は、「人やそらごとをたしかなるやうに聞こえたらむなど思す。」「ありやなしやを聞かぬ間は、見えたてまつらむも恥づかし。」と、真相解明を自らに課す。

匂は見舞いにきた薫と会い浮舟を思う。宇治へ文を送る。

【二4】(二月、薫宇治訪) 宇治の寺を詣で、夕方浮舟を訪う。年が明けてはじめての訪問である。馬で訪れた匂宮とは異なり、烏帽子《えぼし》、直衣《なおし》姿で現われる。

浮舟は薫に会うにも会えない気がしている。匂宮の愛がわかりながら素性を証さず別れた。その匂宮が思い出される。その上にまた薫に会うとは、「いみじう心憂き」（考エタダケデモ出来ルコトデハナイ）という心情である。

【女、いかで見えたてまつらむとすらんと、空さへ恥づかしく恐ろしきに、あながちなりし（浮舟ノ気持ナドオカマイナク、自分ノ気持ヲ通ソウトシタ）人（宮）の御ありさまうち思ひ出でらるるに、またこの人に見えたてまつらむを思ひやるなん、いみじう心憂き。】（〔一五〕）

体調が勝れないと聞く宮が薫の来訪を聞かれたらと、宮を案じる。自分が宮をさらに苦しめるという自責の念に「いと苦し」となる。

【げに、その後、御心地苦しとて、いづくにもいづくにも、例の御ありさまならで、御修法など騒ぐなるを聞くに、また、いかに聞きて思さんと思ふもいと苦し。】（同上）

薫に対面して、浮舟は薫を、

…いみじく言ふにはまさりて、いとあはれと人の思ひぬべきさまをしめたまへる人柄なり。…行く末長く人の頼みぬべき心ばへなど、こよなくまさりたまへり。思はずなるさまの心ばへなど漏り聞かせたらむときも、なのめならずいみじくこそあべけれ。（同上）

と見る。「人の思ひぬべきさま」「人の頼みぬべき心ばへ」と、一般論的に薫を観察する浮舟には〈醒め〉がある。薫のような質の男が、女が別の男と、事情がどうであるにせよ、交渉があると知った時に、どうなるかも見通せる。「この人にうしと思はれて、忘れたまひなむ心細さ（生活上の先のなさ）は、いと深うしみにければ、思ひ乱れたる気色」と、浮舟の内面の乱れが表に出る。それを薫は「月ごろに、こよなうものの心知りねびまさりにけり…」と男を待つ女の成長と見、「常よりも心とどめて」話をする。薫は浮舟の現実を感付きさえしない。

薫は、京の家の建築工事の終りしだい「この春のほどに」浮舟を迎えると言う。昨日、匂宮から引き取る家を用意していると知らされた矢先のこの情報は、浮舟に新たな決断を迫るものとなる。

そなた（宮）になびくべきにはあらずかしと思ふからに、ありし御さまの面影におぼゆれば、われながらも、うたて心憂《こころう》の身やと思ひつづけて泣きぬ。（同上）

宮に惹かれては身の破滅だと理性ではわかるが、宮に逢えなくなると思っただけで、浮舟を恨む宮の面影が彷彿とする自分をどうすることもできない。薫を目前にして、匂宮の愛に支配されている自己を知り、中君への敬愛は捨てられず、「うたて心憂の身や」と内省から自己否定へ向う浮舟である。

朔日ごろの夕月夜に、すこし端近く臥してながめ出だしたまへり。男は、過ぎにし方のあはれをも思し出で、女は、今より添ひたる身のうさを嘆き加へて、かたみにもの思はし。（同上）

薫は故大君への思慕にひたる。浮舟は、薫のその心を去年九月宇治への道中で見抜き、自分の存在を＜浮き＞と規定した。ここでも、宇治に来て大君を回顧している薫の心中は見えているであろう。

（宇治独特の景色を）見たまふたびごとに、なほ、そのかみのことのただ今の心地して、……まいて、恋しき人によそへられたるも、こよなからず、やうやうものの心知り、都馴れゆくありさまのをかしきも、こよなく見まさりしたる心地したまふに、女はかき集めたる心の中にもよほさるる涙ともすれば出で立つを、慰めかねたまひつつ、

宇治橋の長きちぎりは朽ちせじをあやぶむかたに心さわぐな

いま見たまひてんとのたまふ。

絶え間のみ世にはあやふき宇治橋を朽ちせぬものとなほたのめとや

さきざきよりもいと見棄てがたく、しばしも立ちとまらまほしく思さるれど、人のもの言ひのやすからぬに、今さらなり、心やすきさまにてこそなど思しなして、暁に帰りたまひぬ。(同上)

薫は故大君を偲びながら、「心憂」の浮舟を「こよなく見まさりしたる」と受けとめ、「宇治橋の長きちぎりは朽ちせじを…いま見たまひてん」と自信を悠長に歌う。危機感は微塵もない。対するに浮舟は、現状の危機を正直に訴えている。薫の「絶え間」を「世にはあやふき」男女の仲が外の力によって破壊される危機と警告し、「朽ちせぬものとなほたのめとや」に浮舟の状況が限界に達していることをにおわせ、このままでは頼れないとかなりはっきり言っている。現状理解を切実に求めた、浮舟の薫に対する誠意を読み取るべきであろう。薫の自信が浮舟の不安をうけつけず、訴えが薫に通じない。昼をともにする事もなく、暁に帰る。匂宮が丸一日滞在延長をしたのと対照的である。

浮舟にとって薫は、男の絶え間の苦しみを体験するに至らない、それ以前の相手ではなかったか。昨秋以降、薫は果たして何度宇治通いをしたか。物語が直接語るのは、当該の一夜のみである。薫は浮舟を我がものと信じていても、浮舟に夫婦という実感が持てたかどうか、「浮きてあやし」という自己認識が再確認される一方であったであろう。

[二-5](雪の逢瀬)「二月十日のほど」雪の夜、宮中で、匂は薫が「衣かたしき今宵もや」と誦すのを聞く。前回宇治での垣間見で、「殿(薫)は、この司召《つかさめし》のほど過ぎて、朔日《ついたち》ごろにはかならずお

はしましなむと、昨日の御使ひも申しけり」（［八］）と聞いた。匂宮は薫への対抗意識がたかぶり、雪の中を宇治へ行く。夜更けて突如、川向こうの家に浮舟を伴う。一面雪の世界。小舟で宇治川を渡る。有明の月澄みのぼりて、水の面も曇りなきに、「これなむ橘の小島」と申して、御舟しばしさしとどめたるを見たまへば、…「かれ見たまへ。いとはかなけれど、千年も経べき緑の深さを」とのたまひて、

年経《ふ》ともかはらむものか橘の小島のさきに契る心は

女も、めづらしからむ道のやうにおぼえて、

橘の小島の色はかはらじをこのうき舟ぞゆくへ知られぬ

をりから、人のさまに、をかしくのみ、何ごとも思しなす。（［一七］）

橘の小島にあやかって変わらぬ愛を契る宮の歌を承けて、「橘の小島の色はかはらじを」と宮を肯定しながら、宮に従えない自分の心を「このうき舟ぞゆくへしられぬ」と返す。〈浮き〉には、宮との関係だけでなく、薫との〈浮き〉が重なる。宙に〈浮く〉自分を、宇治川に浮く小舟と一体化させる。ここへきて、宮も薫もそれぞれ浮舟を京に引き取ると言い出している。浮舟には先が見えず、方策も立たない。そういう現状を「このうき舟ぞゆくへしられぬ」というのであるが、この〈ゆくへ〉は匂・薫のどちらでもあるまい。「世の中にあらぬところ」を志向した浮舟である。（第二部第一章［四3］）一方宮は、下二句を、今夜の行き先を案じている程度にしか受けとめていない。「をりから、人のさまに、をかしくのみ、何ごとも思しなす」宮である。浮舟の真意は宮に通じない。

川向こうの隠れ家に入る。雪が自然を白一色に浄化している。「日さし出でて軒の垂氷《たるひ》の光あひたるに、人（匂）の御容貌もまさる心地す。」（二一八）浮舟は「なつかしきほどなる白きかぎりを五つばかり、袖口、裾のほどまでなまめかしく、色々にあまたかさねたらんよりもをかしう着なしたり。」と、宮の好む清浄そのものである。「人目も絶えて、心やすく語らひ暮らしたまふ。」

雪の降り積もれるに、かのわが住む方を見やりたまへれば、霞のたえだえに梢ばかり見ゆ。山は鏡をかけたるやうにきらきらと夕日に輝きたるに、昨夜分け来し道のわりなさなど、あはれ多うそへて語りたまふ。

峰の雪みぎはの氷踏みわけて君にぞまどふ道はまどはず

「木幡《こはた》の里に馬はあれど」など、あやしき硯召し出でて、手習ひたまふ。

降りみだれみぎはにこほる雪よりも中空《なかぞら》にてぞわれは消ぬべき

と書き消ちたり。この「中空」をとがめたまふ。げに、憎くも書きてけるかなと、恥づかしくてひき破《や》りつ。（同上）

匂は「君にぞまどふ」と浮舟に決意を迫る。〈浮舟〉という自己規定は変わらない。先の唱和の「このうき舟ぞゆくへしられぬ」と同類の意識を「中空にてぞわれは消ぬべき」と書く。「中空にてぞ」を匂は〈薫との板挟み〉と咎める。咎められてはじめて、なるほど、そう取られると気が付いて、紙を破る浮舟である。

二日をこの隠れ家で過ごし、「かたみにあはれとのみ深く思しまさる。」

夜深く率て帰りたまふ。…「いみじくおぼすめる人はかうはよもあらじよ。見知りたまひたりや」とのたまへば、げにと思ひて、うなづきてゐたる、いとらうたげなり。右近、妻戸を放ちて入れたてまつる。やがて、これよりわかれて出でたまふも、飽かずいみじと思さる。（同上）

匂の愛の深さが浮舟に通じているのを「うなづきてゐたる」と確認して別れる。宮の「飽かずいみじ」は、浮舟が遂に素性をうち明けなかったことを語っている。

以後も、宮への浮舟の返歌の基本姿勢は変わらない。後の語りであるが、

かきくらし晴れせぬ峰の雨雲に浮きて世をふる身をもなさばや

まじりなばと聞こえたるを、宮はよよと泣かれたまふ。さりとも、恋しと思ふらむかしと思しやるにも、もの思ひゐたらむさまのみ面影に見えたまふ。（［二〇］）

と、〈浮きて世をふる身〉を雨雲にしたい（死にたい）と言われて、宮は泣く。その宮の面影に見える浮舟は「もの思ひゐたらむ（座っているであろう）さまのみ」であることに留意したい。なお、〈死後「雨雲」になる〉という発想は『文選《もんぜん》』巻十宋玉『高唐賦并序』によるという。[1] 浮舟は匂宮にユヱヨシをもって対した。

三　破局回避のための浮舟の読み

［三1］（宇治を離れよう）匂は二条院に帰り寝込む。内裏をはじめ案じる人の出入りが繁く、落ち着いて文も書けない。

宇治では乳母帰参。母中将君も薫が浮舟を京に引き取るのを喜び女房・童を新参させ、上京に備える。浮舟は、理性では薫に従うべきだと解っているが、心にかかるのは、まずは宮の「恨みたまひしさま」で、仮眠の夢には宮が現れる。宮に恨まれなければならない自身の心の苦しみを「いとうたてあるまでおぼゆ」という。

【わが心にも、それこそはあるべきことにはじめより待ちわたれ、とは思ひながら、あながちなる人の御事を思ひ出づるに、恨みたまひしさま、のたまひしことども面影につとそひて、いささかまどろめば、夢に見えたまひつつ、いとうたてあるまでおぼゆ。】(一一九)

春雨の降り続く頃、宮からの文を見て浮舟は内省する。宮との交渉が表面化した時、薫がどうするか。母はどうか。宮の熱中も当面のことだろうが、宮の京の隠れ家で交渉が続くとなれば中君に知れないでは済まない。二条院の一件だけでこうなった。薫に従っても、宮から逃れることはできまい。薫には不誠実だと思われるだろう…と、自分の救い様の無さを突き詰めていく。醒めた現実認識である。匂にも薫にも溺れていない。匂の愛を解さないのではない。いい気な薫を軽蔑するのでもない。誰の責任にもしない。

【かかるうきこと(宮との交渉を薫が)聞きつけて疎みたまひなむ世には、いかでかあらむ。いつしかと思ひまどふ親にも、思はずに心づきなしとこそはもてわづらはれめ。かく心焦られしたまふ人、はた、いとあだなる御心本性とのみ聞きしかば、かかるほどこそあらめ、また、かうながらも、(匂が)京にも隠し据ゑたまひ、ながらへても思し数まへむにつけては、かの上(中君)の思さむこと。よろづ隠れなき世なりければ、あやしかりし夕暮のしるべばかりにだに、かうたづね出でたまふめり、まして、わがありさまのともかくもあらむを、(匂が)聞きたまはぬやうはありなむや」と思ひたどるに、わが心も瑕ありてかの人に疎まれたてまつら

む、なほいみじかるべしと思ひ乱るる…】（〔二〇〕）

右の内省を重ねている最中に薫の使者が来る。二人の文を、「さまざまをかし」とし、侍従《じじゅう》が匂への返事を勧めると、「今日は出来ない」と恥じて、

里の名をわが身に知れば山城の宇治のわたりぞいとど住みうき

と手習い（歌によっての自分の意識の確認）をする。宇治を離れたいとなっている。（同上）

【三2】（京の母の家で身を守りたい）浮舟を京へ迎える日を、匂は三月の晦日方、薫は四月十日と伝える。不安のあまり、母の家で対策をじっくり考えたいと思う。

【さそふ水あらばとは思はず、いとあやしく、いかにしなすべき身にかあらむと、浮きたる心地のみすれば、母の御もとにしばし渡りて、思ひめぐらすほどあらんと思せど】（〔二三〕）

当面の窮状打開のための賢明な策であるが、宮との交渉を知らない母には、浮舟の要望の重大さが通じない。逆に母が宇治に来る。母は娘の衰弱ぶりに驚く。薫の迎えを理想とする人々の中で、

暮れて月いとあかし。有明の空を思ひ出づる涙のいととどめがたきは、いとけしからぬ心かなと思ふ。

薫に従えば、宮をどれだけ傷つけるか、それを「有明の空」の思い出に重ねて思うと涙が止まらない。宮への愛がこうして自覚されるのを「いとけしからぬ心かな」と内省する。

弁の尼と母との話を聞きながら、

なほ、わが身を失ひてばや、つひに聞きにくきことは出で来なむと思ひつづくるに、この水の音

の恐ろしげに響きて行く

川波の音を聞き、女房たちはこの川での事故の話をする。

君は、「さてもわが身行く方も知らずなりなば、誰も誰も、あへなくいみじとしばしこそ思うたまはめ、ながらへて人笑へにうきことあらむは、いつかそのもの思ひの絶えむとする」と思ひかくるには、障りどころもあるまじく、さはやかによろづ思ひなさるれど、うち返しいと悲し。

と、行方不明になる以外に自分を救う方法はないと考えるに至る（浮舟は最後にこれを実行する）。母が帰ろうとする。「…しばしも参り来まほしくこそ」と、宇治脱出の期を逃すまいと母にせがむが、通じない。（以上〔二二〕）

［三3］（薫より抗議の文。浮舟文を返す） 薫・匂の使者の宇治での鉢合わせが度重なる。薫の使者が鉢合わせの相手の京の帰り先を見届け、主人薫に密告。薫は浮舟に、

ただかくぞのたまへる。

「波こゆるころとも知らず末の松待つらむとのみ思ひけるかな

人に笑はせたまふな」とあるを、いとあやしと思ふに、胸ふたがりぬ。御返事を心得顔に聞こえむもいとつつまし、ひが事にてあらんもあやしければ、御文はもとのやうにして、「所違へのやうに見えはべればなむ。あやしくなやましくて何ごとも」と書き添へて奉れつ。〔二五〕

薫の歌は、匂を通わしているとは、という不信を顕わにぶつけた歌である。薫は匂を知り尽くしていると自認はしても、女を求める匂の求め方は理解の外であったであろう。匂に対する浮舟の苦悩も想

像すらできまい。不誠実を責めるのは当然とする薫である。浮舟の対応はあざやかである。手紙を返すのは拒絶であるが、受け取れない文を送る方に責任がある。匂との交渉は浮舟の心から始まったことではない。薫に卑屈な浮舟ではない。二月の来訪時の歌の唱和で、「絶え間」警告はしてあった…。最終的破局回避の対応である。

【三4】(「いかで死なばや」) 匂の接近が薫に露見したと知って、右近と侍従は「どちらかお一人に」と決心をうながす。浮舟の苦悩がどこにあるのか、この二人の浮舟付きの女房にも感知さされていない。

右近は、姉の常陸での体験談―男二人の武力による対決で終わった―を語る。更に、薫が内舎人《うどねり》に周辺警備を厳重にさせるだろうと予想し、田舎人は匂宮を誰とも分からず、警備に当たって、とんでもないことをしでかしかねないと、宮の身を案じる。浮舟は、京都育ちの姫君と違って、常陸で弓矢・刀の力を現実に知って育った。右近の危惧を現実問題として意識できる。熟慮の末、二人の前で「死にたい」と言う。

【君(浮舟)、「なほ、我を宮に心寄せたてまつりたると思ひてこの人々の言ふ。…げによからぬことも出で来たらむ時」と、つくづくと思ひゐたり。「まろは、いかで死なばや。世づかず心憂かりける身かな。…」とて、うつぶし臥したまへば…】(〔二七〕)

事情を知る二人は「思ひ乱れ騒ぐ」が、知らない乳母は上京の準備にいそしむ。

数日後、内舎人が宇治の屋敷に参上し、薫の厳命を伝える。右近の予想が的中。薫からの文は一切ない。乳母は薫の配慮を喜ぶ。

薫の、匂との対決の仕方であるが、匂が屋敷に入れないようにしさえすれば、浮舟を自分のものとしておくことが出来ると、管理者意識で臨んでいる。薫自身は宇治へ足を運ばない。文もない。そこが薫という人間の判りにくさである。浮舟の心が無視されている。追い詰めてはならない時に追い詰めて、ことがどうなると見通しているのか。薫の意識構造・行動パターンが問題である。

四　浮舟による事の処理

［四1］（この世への決別を決意）浮舟は、人を頼らない。自分の意志で行動する。不祥事の起きない先にと、この世との決別を決意する。微塵の甘えもない。

【君は、げに、ただ今、いとあしくなりぬべき身なめりと思すに、宮よりは、「いかにいかに」と、苔の乱るるわりなさをのたまふ、いとわづらはしくてなむ。「とてもかくても、一方一方につけて、いとうたてあることは出で来なん。わが身ひとつの亡くなりなんのみこそめやすからめ。…ながらへばかならずうきこと見えぬべき身の、亡くならんは何か惜しかるべき。親もしばしこそ嘆きまどひたまはめ、あまたの子どもあつかひに、おのづから忘れ草摘みてん。ありながらもてそこなひ、人笑へなるさまにてさすらへむは、まさるもの思ひなるべし」など思ひなる。】（［二九］）

匂宮の手紙などを処理する。侍従が止めてもきかない。中君を意識している。

【何か、むつかしく。長かるまじき身にこそあめれ。落ちとどまりて、人の御ためもいとほしからむ。さかしらにこれを取りおきけるよなど（中君が）漏り聞きたまはんこそ恥づかしけれなどのたまふ。】（同上）

［四2］（宮より迎えの内通）三月二十日余。宮から二十八日夜迎えに来ると内通がある。浮舟は、

当日を予想し、薫の厳重な警戒下で、来られても、もはや逢えまいと見通す。「例の面影―思いを遂げられず帰る際の、浮舟を恨む匂の表情―」が頭から離れない。匂にそういう目を見せなければならない我が身を悲しむ浮舟である。

【かひなく恨みて帰りたまはんさまなどを思ひやるに、例の面影離れず、たへず悲しくて、この御文を顔に押し当てて、しばしはつつめども、いといみじく泣きたまふ。】（［三〇］）

右近は、泣く浮舟を見兼ねて、どんな策でも講じて浮舟をお連れすると言う。中君を傷つけてはならないと苦しんできた浮舟にとって、右近の助っ人ぶりは、心外極まりない。浮舟は右近をさとし、匂宮の文の返事を書かなかった。

【…右近はべらば、おほけなきこともたばかり出だしはべらば、かばかり小さき御身ひとつは空より率てたてまつらせたまひなむ」と言ふ。とばかりためらひて、「かくのみ言ふこそいと心憂けれ。さもありぬべきことと思ひかけばこそあらめ、あるまじきこととみな思ひとるに、わりなく、かくのみ頼みたるやうにのたまへば、いかなることをし出でたまはむとするにかなど思ふにつけ、身のいと心憂きなり」とて、返り事も聞こえたまはずなりぬ。】（同上）

返事のないのに触発されて匂宮は馬で宇治へ行く。屋敷に近寄れず時方が侍従を呼び出し、宮は侍従から事情を聞き、虚しく帰る。

【四3】（終局）予想が現実となった。浮舟は一夜泣き明かし、早朝「ものはかなげに帯などして経読む。親に先立ちなむ罪失ひたまへとのみ思ふ。」（［三二］）と、独り経を読む（それだけの漢字漢文の教養を身につけている）。

ありし絵を取り出でて見て、描きたまひし手つき、顔のにほひなどの向かひきこえたらむやうにおぼゆれば、昨夜一言をだに聞こえずなりにしは、なほいま一重まさりていみじと思ふ。(同上)

処分せず持っていたのは、匂が「心よりほかに、え見ざらむほどは、これを見たまへよ」と言って描き、「常にかくてあらばや」と言われた絵であった。昨夜来訪を知らされず、一言の詫びも伝えずに終わったことが、匂の心中を思うと「例の恨み」とは桁違いの重さで浮舟の心にのしかかっている。

ついで、薫が意識に上る。

かの、心のどかなるさまにて見むと、行く末遠かるべきことをのたまひわたる人もいかに思さむといとほし。うきさまに言ひなす人もあらむこそ、思ひやり恥づかしけれど、心浅くけしからず人笑へならむを聞かれたてまつらむよりはなど思ひつづけて、

なげきわび身をば棄つとも亡き影にうき名流さむことをこそ思へ(同上)

薫の文を返して以後、薫からは文一つない。浮舟が死んでも、薫は裏切ったと言うと見通した詠みぶりである。薫に対して「いとほし」とこそ思え、恨みも期待もない。

親もいと恋しく、例は、ことに思ひ出でぬはらからの醜《みにく》やかなるも恋し。宮の上を思ひ出できこゆるにも、すべていま一たびゆかしき人多かり。(同上)

と、一人一人に心で別れを告げて夜となったが「寝られぬままに心地もあしくみな違ひにたり。」

翌日、宮から文。

からをだにうき世の中にとどめずはいづこをはかと君もうらみむ

とのみ書きて出だしつ。（〔三二〕）

宮の浮舟への恨み（匂ノ本心ヲ判ッテホシイ・浮舟ノ本心ヲ知リタイトイウ要求）から解放されるには、死骸ごと行方不明になるほかはない、という拒絶の叫びである。宮の愛が心に染みながらも、中君への妹としての愛を重んじた浮舟が、宮も中君も傷つけないように努めて、行き着いたのが、死骸ごとの行方不明であった。この告別の歌の厳しさに八の宮の血の厳しさを読み取るべきか。浮舟巻で浮舟が行き着いた所は、「わが身行く方も知らずなりなば…」（前述〔三2〕）の実行であり、「ひたぶるにうれしからまし世の中にあらぬ所と思はましかば」（第一章〔四3〕）に重なる。

薫にも、と考えて、薫を含めて誰にも告別の挨拶はしないことにする。

母から夢見が悪いと文。返事に

　　のちにまたあひ見むことを思はなむこの世の夢に心まどはで

誦経《ずきやう》の鐘の風につけて聞こえ来るを、つくづくと聞き臥したまふ。

　　鐘のおとの絶ゆるひびきにねをそへてわが世つきぬと君につたへよ

持て来たるに書きつけて、…ものの枝に結ひつけておきつ。（同上）

はじめの歌は、深刻さを表立てず、母に通じやすいように配慮されている。後の歌の「鐘のおと」は、「鐘の声（仏教の救いの語りかけ）」と異なり、救いのない浮舟の心音と重ねられた鐘の音である。

注（1）小学館『完訳日本の古典15　源氏物語二』124～125頁の脚注一六

第三章　蜻蛉巻を読む

内容

一　はじめに

蜻蛉巻は、浮舟巻の最終部から一夜明け〈浮舟不在〉が判明したところから始まる。それに対する女房・中将君・乳母、匂宮・薫の反応が、ついで、月日の経過のなかでの浮舟に対する人々（中君を含む）の意識・評価等が語られ、四十九日の法要を期に、浮舟が八宮の遺児であり、薫と関係があったことが、帝・中宮にまで知れるに至る。

物語は、浮舟の真意を改めて語らない。それ故、とかく、匂の浮舟理解とか、浮舟との縁に対する薫の自己規定〈水の契り〉とかによって、浮舟像が形成されるきらいがある。

ここでは、前述二章を踏まえて、冒頭の〈浮舟不在〉に対する関係者の意識と浮舟のそれとの距離を確かめ、浮舟を正当に理解していたのが中君のみであるのを確認したい。

蜻蛉巻の後半では、故式部卿宮の軽服期間を六条院で過ごす明石中宮・女一宮とその女房達、匂・薫の動静を通して、中宮の里下がりの場としての六条院の繁栄が語られる。帝桐壺を指針として光が築いた〈天皇による政治支配〉の、帝王四代も末に至った時点における成熟が、明石中宮を軸に、緊張感と厳しさを秘めて展開する。明石中宮による宮の君の保護もある。その意味で、従来〈中弛み〉と見られがちなこの部分を、源氏物語を一貫する底流に直結する部分と位置付けたい。

また、その中での薫の孤独・憂愁について、彼の出生を〈皇統の血に対する冒瀆〉とする見地から若干の考察を試みたい。

論述の都合上、前半は、匂宮・中君・薫・母中将君の順に検討し、他の登場人物は適宜取り上げることにする。

二　匂宮の浮舟に対する意識

［二-1］（匂による浮舟の受けとめ方）浮舟が宮に送った最後の歌は、

からをだにうき世の中にとどめずはいづこをはかと君もうらみむ（浮舟［三三］）

である。一夜明けて、現実はこの歌の通りになった。浮舟の言葉に虚偽はなかった。

この歌を受け取った匂宮は、

いかに思ふらん。我を、さすがにあひ思ひたるさまながら、あだなる心なりと深く疑ひたれば、ほかへ行き隠れんとにやあらむ（蜻蛉〔二〕）

と胸騒ぎがして、宇治へ使者を遣る。「いかに思ふらん」は、浮舟の切羽詰まった偽りのない拒絶が宮に全く通じない不安の表明である。浮舟に対して自信はあるが、浮舟が名乗らない理由を匂は自分の「あだなる心」に帰している。浮舟の真意が宮に通じなかったことは第二章で述べたが、三か月足らずの宇治での浮舟との交渉を通じて、意を遂げられないことに対する宮の意識がここで明らかにされている。浮舟巻での匂相手の浮舟の歌は、決別の意思表示・自己の〈浮き〉の認識・現状からの脱出・死以外にない絶望と、この世との決別に直結する危険信号を全面的に発していた。浮舟の拒絶を自分の〈あだ心〉故と決めている宮は、浮舟の危険信号を率直な訴えと見ることができなかった。

宇治の下衆女の説明「上の、今宵、にはかに亡せたまひにければ…」を使者から聞いても信じられず、「いとあやし。いたくわづらふとも聞かず、日ごろなやましとのみありしかど、昨日の返り事はさりげもなくて、常よりもをかしげなりしものをと、思しやる方なければ」時方を宇治へ行かせた。「からをだに」の歌に、体力の衰弱どころか強烈な精神力のみなぎりを読み取り「常よりもをかしげなりしものを」と見る匂である。

宇治に着いた時方は、「今宵、やがて、をさめたてまつるなり」とか、「（乳母）むなしき骸《から》をだに見たてまつらぬ…」(同上)とかを耳にし、侍従に会う。薫が浮舟を隠しているのではないことを確認し得たのみで、詳細は後日を期すことにして帰京。

宮は二三日思慮分別も失い泣けるだけ泣き、落ち着くと、生前の浮舟が思い出されて恋しさがつのる。

【かの宮、はた、まして、二三日はものもおぼえたまはず、現し心もなきさまにて、いかなる御物の怪ならんなど騒ぐに、やうやう涙尽くしたまひて、思し静まるにしもぞ、ありしさまは恋しういみじく思ひ出でられたまひける。…】(〔五〕)

【二―2】(中君の浮舟理解)四月になる。宮は中君の浮舟との相似・共通性から、名乗らなかった浮舟の心中を察し、中君ともども物思いに沈む。中君は浮舟の顚末の真相を、実は、宮の様子などから全部理解していた。その上で、浮舟の生き方、言い換えれば死に方を、大君のそれと並べて、「心深き」――八宮の姫君にふさわしい、自己を守った亡くなり方――と評価している。この中君の浮舟理解を軽視してはなるまい。匂は、浮舟の唯一の理解者中君によって、守られている。

【女君このことのけしきは、みな見知りたまひてけり。「あはれにあさましきはかなさのさまざまにつけて心深き中に、我一人、もの思ひ知らねば、今までながらふるにや。それもいつまで」と心細く思す。宮も、隠れなきものから、隔てたまへるもいと心苦しければ、ありしさまなど、すこしはとりなほしつつ語りきこえたまふ。「隠したまひしがつらかりし」など、泣きみ笑ひみ聞こえたまふにも、他人よりは睦ましくあはれなり。】(〔六〕)

【二―3】(侍従を迎えて真相をただす)宮は浮舟の急死が夢としか思えず、納得がいかないので、浮舟付きの女房から直接詳細を聞こうと、迎えの使者(時方)を宇治に遣わす。二条院に来た侍従から入水と聞き、「いかばかりものを思ひたちて、さる水に溺れけんと思しやるに、これを見つけてせきとめたらましかばと、わき返る心地」になる句である。侍従は、浮舟が残した母への歌

のちにまたあひ見むことを思はなむこの世の夢に心まどはで
鐘のおとの絶ゆるひびきに音をそへてわが世つきぬと君に伝えよ（浮舟［三三］）

も宮に伝える。宮は侍従に浮舟のために誂えた「櫛の箱一具、衣箱一具」を贈物とした。（蜻蛉［六］）

三　薫の浮舟に対する意識と浮舟の事実とのズレ

［三1］（浮舟の葬送と薫）浮舟が薫の心中を察して最後に詠んだ歌は、

なげきわび身をば棄つとも亡き影にうき名流さむことをこそ思へ（浮舟［三二］）

であった。この歌は浮舟がいなくなった日に、硯の下にあったのを侍従が見つけた。「亡き影」により浮舟の遺詠と知る。

右近と侍従との二人でその日の宵に形ばかりの葬送をした。時に薫は、母女三宮の病気平癒のため石山寺に参籠中。「御庄の人」が事を知らせた。宇治には、葬送の翌朝使者が来て、「とぢめ（葬送）のことをしも、山がつの譏《そし》りをさへ負ふなむ、ここのためもからき」（蜻蛉［四］）などと、薫の立場無視の葬送への苦言を伝えた。

薫は浮舟死去とだけ知らされており、入水とは思ってもいない。宇治には「鬼など」が住んでおり、その仕業だろうとする。「世づかぬ心（女性に熱中できない性分）」と自認し、心を寄せる女性に先

立たれるのは薫の「宿世」であり、「仏のしたまふ方便」であると、責任を仏にかぶせる。宇治の事実確認をすぐにするのでもなく、浮舟の心への思いやりは語られていない。

【殿は、なほ、いとあへなくいみじと聞きたまふにも、「心憂かりける所かな。鬼などや住むらむ。などて、今までさる所に据ゑたりつらむ。…」と思ふにも、わがたゆく世づかぬ心のみ悔しく、御胸いたくおぼえたまふ。（帰京後も女二宮にも会わず）ありしさま容貌、いと愛敬づき、をかしかりしけはひなどのいみじく恋しく悲しければ、現の世には、などかくしも思ひいれずのどかにて過ぐしけむ、ただ今は、さらに思ひしづめむ方なきままに、悔しきことの数知らず、かかることの筋につけて、いみじうものを思ふべき宿世なりけり。さま異に心ざしたりし身の、思ひの外に、かく、例の人にてながらふるを、仏なども憎しと見たまふにや。人の心を起こさせむとて、仏のしたまふ方便は、慈悲をも隠して、かやうにこそはあなれと思ひつづけたまひつつ、行ひをのみしたまふ。】（同上）

［三2］（薫の匂との対決）薫は、匂を介して真相を確かめようとする。匂宮が寝込んだと聞き、薫は、匂が浮舟と逢っていたと確信し、浮舟の死によつて自分の立場が滑稽にならずに済んだと、冷静さを取り戻している。自分を守るのが第一の薫である。

【さればよ。なほよその文通はしのみにはあらぬなりけり。見たまひてはかならずさ思しぬべかりし人ぞかし。ながらへましかば、ただなるよりは、わがためにをこなることも出で来なましと思すになむ、焦がるる胸もすこしさむる心地したまひける。】（［五］）

匂宮を見舞う。薫を前にして、涙の止まらない宮を見、匂の浮舟に対する愛着の強さを確認し、宮が薫を滑稽な男と思い続けているのだと意識するや、屈辱感に悲しさが吹き飛ぶ薫である。

【さりや。ただこのことをのみ思すなりけり。いつよりなりけむ。我を、いかにをかしともの笑ひしたまふ心地に、月ごろ思しわたりつらむと思ふに、この君（薫）は、悲しさは忘れたまへるを、…】（同上）

宮に対する薫の対抗意識の底には、浮舟が匂と相思相愛の仲になっていた、薫を裏切ったという先入観がある。これは、浮舟に対しても宮に対しても事実誤認である。随身《ずいじん》の密告を受け、浮舟に贈った文が、人違いとして返されて（第二章［三3］）後、薫は宇治訪問はおろか、文も贈らず、宇治の警護を厳しくしたのみで、管理者的・傍観者的姿勢を固持するのみであった。

…昔、御覧ぜし山里に、はかなくて亡せはべりにし人（大君）の、同じゆかりなる人、おぼえぬ所にはべりと聞きつけはべりて、時々さて見つべくやと思ひたまへしに、…かれも、なにがし一人をあひ頼む心もことになくてやありけむとは見たまへつれど…いとはかなくて亡くなりはべりにける。…」とて今ぞ泣きたまふ。（同上）

匂に打ち明けて泣く薫であるが、「昔、御覧ぜし…」に宇治の案内者としての薫の優先意識がにじむ。浮舟の心を「なにがし一人をあひ頼む心もことになくてやありけむ」と、匂相手にせよ、言葉に出して言う薫である。浮舟サイドから見れば、薫の意中を察して残した浮舟の歌

なげきわび身をば棄つとも亡き影にうき名流さむことをこそ思へ（前掲［三1］）

の通り、浮舟を浮気な女・裏切り者呼ばわりして恥じない薫である。関係した女性を守る意識の欠如も甚だしい。浮舟の薫理解は、厳しくリアルである。

二条院を辞して薫は、宮の浮舟への心の深さを知り、「高き宿世」と認めつつ、自分の気持ちも宮に劣ってはいないと、自己を全面的に肯定し、匂への対抗意識を立ちのぼらせる。内省の強い浮舟への距離は遠い。以上三月中。

［三3］（薫の宇治訪問・〈水の契り〉の成立）薫、宇治訪。右近から浮舟入水と初めて聞く。信じられないと驚き、匂との事実説明を求めて右近に口を割らせ、

宮をめづらしくあはれと思ひきこえても、わが方をさすがにおろかに思はざりけるほどに、いとあきらむるところなく（ドウスベキカ思慮分別ガツカズ）、はかなげなりし（処理能力ガ有ルトハ見エナカッタ）心にて、この水の近きをたよりにて、思ひ寄るなりけむかし。…（［七］）

と言う。浮舟の予言通り、右近の前でも「亡き影にうき名」を流して憚らない。浮舟の現実認識と見通しの確かさが見えない薫である。

浮舟入水と聞かされるや、薫は「いみじううき水の契りかな」「宮の上ののたまひはじめし、人形とつけそめたりしさへゆゆしう」と、浮舟の存在を知った時を回顧し、〈人形《ひとがた》―撫《な》で物―川に流す―宇治川入水〉が浮舟との〈水の契り〉であるという観念的自己規定を、中君をからめて、作り上げる。念のために言えば、

（薫）…かの山里のわたりに、わざと寺などはなくとも、昔おぼゆる（大君に似た）人形をも作り、絵にも描きとりて、行ひはべらむとなん思うたまへなりにてはべる」とのたまへば、「（中君）あはれなる御願ひに、また、うたて御手洗川近き心地する人形こそ、思ひやりいとほしくはべれ。…（宿木［二九］）

と、〈人形〉という言葉を言い出したのは薫であった。中君は、故大君の形代《かたしろ》としての〈人形〉となり、撫でものにされ、川に流されては…と切り返したうえで、薫に浮舟の存在をうちあけた。薫の浮

舟への対応が中君が危惧した通りになった今、「宮の上ののたまひはじめし…」と、事実をずらし、すり替えて、中君に責任転嫁するところに、薫の認識パターンと他者への甘えが窺える。

薫は〈水の契り〉と信じるが、浮舟は「わが身行く方も知らずなりなば…」と見通していた（第二章［三2］）通り〈行方不明〉なのである。現実に「響きののしる水の音」（蜻蛉［三］）への恐怖が女房や中将君に〈入水〉と信じ込ませたにすぎない。

〈水の契り〉の虜になった薫は、「この里の名をだにえ聞くまじき心地」（［七］）になり、宇治の山荘への決別を告げる。〈水の契り〉に対する恐怖が道心に先行したか。

帰りしなに阿闍梨（現律師）に七日七日の供養《くよう》を依頼し、弁の尼に消息したが弁は面会を辞退した。

四　浮舟なき後の母中将君

［四1］（後の祭りの迎え）浮舟失踪の早朝、母中将君の使者が宇治に来て、母の手紙―薫が浮舟を京へ迎える迄母の家に来なさい―を届けた（［一］）。それ以前、匂・薫双方から同じ日に使者が来るようになった頃、浮舟は母の家に暫らく身を寄せたいと願った。ことのエスカレートを避ける現実的で賢明な策であったが、事態を知らない母は宇治へ来て浮舟に会い、願いを拒否した。（第二章［三2］）後の祭りの迎えである。

雨の中を中将君も宇治へ来る。入水と説明され、せめて遺体を求めて、きちんと葬りたいと主張するが、その宵の形だけの葬送を止めることはできなかった。（［三］）

［四2］（薫による母中将君の非難回避）　浮舟との縁を〈水の契り〉とした薫は、浮舟の入水は世間的に見れば世話をした薫の責任となると気が付いて、母中将君の薫に対する思惑を気にしだす。［一七］後日、中将君のもとに薫の使者が忍んで来る。文に

…過ぎにしなごりとは、かならずさるべきことにも尋ねたまへ。［一八］

とあり、言葉で

今より後、何ごとにつけても、かならず忘れきこえじ。また、さやうにを人知れず思ひおきたまへ。幼き人どももあなるを、朝廷《おほやけ》に仕うまつらむにも、かならず後見《うしろみ》思ふべくなむ（同上）

という。中将君は礼状を書き、使者仲信に「昔の人（故人）の御心ざし」として斑犀《はんさい》の帯と太刀を贈り、型通り挨拶の言葉も伝えた。贈り物を見せられた薫は「いとすずろなるわざかな」という。〈水の契り〉への拒否反応か。薫の中将君への対応を物語は、

一人の子をいたづらになして思ふらん親の心に、なほ、こ（薫）のゆかりこそ面だたしかりけれと思ひ知るばかり、用意はかならず見すべきことと思す。（同上）

と、薫を正当化するかのように語るが、薫が自分の名誉の為に、母中将君の口を如何に恐れたかが窺える。

中将君は、常陸守に、浮舟の一件を打ち明け、薫の文も見せる。守は感動し、中将君は守に対して面目を施す。「（守が）よろこぶを見るにも、まして、（浮舟が）おはせましかばと思ふに、臥しまろびて泣かる。守も、今なんうち泣きける。」（同上）

［四3］（浮舟の四十九日の法要）浮舟の四十九日の法事が宇治の律師《りっし》の寺で「いと忍びて」行なわれた。（［九］）薫は「六十僧の布施など、おほきに掟てられ」「殿の人ども睦ましきかぎりあまた」法事の雑用に奉仕させた。母中将君も来て布施をした。匂宮は黄金をいれた「銀の壺」を右近を介して供えた。

常陸守が「主がりをる」のが人々には不審であった。不審のなかみは、故人との関係だけではあるまい。薫が姿を見せていないのではないか。常陸守が薫の目前で「主がる」とは考えにくい。薫は宇治の〈水の契り〉を恐れて、母中将君を立てる形ですましたのではないか。常陸守は

この御法事の、忍びたるやうに（薫が）思したれど、けはひいとこよなきを見るに、生きたらましかば、わが身を並ぶべくもあらぬ人の御宿世なりけりと思ふ。（［九］）

と、薫の意中を「忍びたるやうに（目立タナイヨウニ）」と知っている。

宮の上も誦経したまひ、七僧の前のこともさせたまひけり。

と、中君が七僧への饗応をやった。弁の尼を介したか。「七僧が揃うのは大法会であった。紫の上は、女三宮の持仏開眼供養（鈴虫）や自らの法華経千部供養（御法）の際、七僧の法服を布施としてだした。」(1)。薄幸な異母妹に対する姉宮としての誠意である。中君が浮舟の法事にこういうやりかたで自分を示すのは、浮舟が中君にとってそうしなければならない大切な人、故八宮の姫宮であったことを世間に公表するに等しい。浮舟を大君と並べて敬愛し、死後とはいえ、守れるところでしっかり守る中君である。なお、匂の供物であるが、侍従でなく右近を介したことからすれば、中君の采配であっ

たか。中君によって匂も守られている。こうして、

今なむ、（薫が）かかる人持たまへりけりと、帝まで聞こしめして、おろかにもあらざりける人を、宮（女二宮）にかしこまりきこえて隠しおきたまへりけるを、いとほしと思しける。（同上）

となる。薫は自分から意識した〈水の契り〉に封じ込められる。

五　六条院における明石中宮とその周辺—源氏物語の底流

上述に続く夏から秋。舞台は六条院に移る。浮舟の失踪の頃「式部卿と聞こゆるも亡せたまひにければ」（[五]）、明石中宮も「軽服（三月間）」（[一〇]）で女一宮ともども六条院に滞在。付き添う女房達、奉仕する夕霧の子息達などで、六条院が賑わう。要約すれば、六条院という中宮の里下がりの場で自由に振舞う匂と、六条院の外の存在でしかない孤独な薫とが、匂に対する薫の対抗意識—女一宮への思慕—を絡めて描かれる。一方、明石中宮は、中君の異母妹浮舟の情報を女房から聞く。身分不相応な結婚を強いられていた式部卿宮の姫君を女一宮付けの女房としてではあるが、中宮の目の届く範囲内において保護する。中宮・女一宮付きの女房達の教養の高さ、中宮に集中される情報源としての彼女達の役割、中宮の情報処理・ゴシップ化のおさえ等明石中宮の皇統の血を守ろうとする姿勢も見逃されてはなるまい。

［五1］（女一宮に対する匂と薫）六条院で、匂宮が女一宮の部屋に自由に出入りし、一宮付きの女房達に取り巻かれているのに対し、薫は、中宮付きの女房で匂に従わない小宰相（愛人。浮舟の一件を

知っていた）を局に訪ねる。（［一〇］）。
「蓮の花の盛りに」中宮の御八講があった。終了後、寝殿の片付けをする間、女一宮は「西の渡殿」で氷を割らせて女房たちと涼をとっていた。薫が偶然に女一宮を垣間見、「いかなる神仏のかかるをり見せたまへるならむ。例の、安からずもの思はせむとするにやあらむ」と自制しながらも感動する。翌日、正妻の女二宮に昨日見た場面を衣裳まで含めて再現させ、女一宮に近付けない我が身を嘆く。その翌日、明石中宮をたずねると、いつものことながら宮が同席。沢山の絵を持参していて、それを女房に女一宮の部屋に運ばせ、宮自身も一宮方へ行く。（［一二］）匂が去った後、薫は中宮に、女二宮に女一宮から文通をと依頼する。お前を辞して、一昨日女一宮を垣間見た渡殿へ向う。そこには夕霧の子息達がいて、薫は年令を意識させられるが、とりなす女房の「けはひも、あやしうみやびかにをかしき御方のありさまにぞある」とひかれる。薫と入違いに女一宮は中宮のもとに来ていた。女一宮が徹底して守られている。

［五2］（中宮、匂と浮舟との事を知る）女一宮から女二宮への文通を中宮に依頼するに先立って、薫は「御八《は》講《かう》の尊くはべりしこと、いにしへの御事」（［一三］）を少し中宮に話した。「いにしへの御事」は八宮のことである。（中宮にとって光源氏・紫の上はムカシであり、イニシへではありえない[2]。）

薫が西の渡殿へ向かった後、中宮のもとに来た女一宮付きの女房、大納言の君が浮舟についての情報を中宮に報告する。

いとあやしきことをこそ聞きはべりしか。この大将（薫）の亡くなしたまひてし人は、宮の御二条の北の方の御おとうと（妹）なりけり。異腹なるべし。…その女君に、宮こそ、いと忍びておはしましけれ。大将殿や聞きつけたまひたりけむ、にはかに迎へたまはんとて、守りめ添へなど、ことごとしくしたまひけるほどに、宮も、いと忍びておはしましながら、え入らせたまはず、あやしきさまに御馬ながら立たせたまひつつぞ、帰らせたまひける。女も宮を思ひきこえさせけるにや、にはかに消え失せにけるを、身投げたるなめりとてこそ、乳母などやうの人どもは、泣きまどひはべりけれ」と聞こゆ。（一一四）

浮舟の苦悩が理解されていないことを除けば、浮舟巻で語られた事実に対し信憑性の高い情報である。中宮は、「誰かさることは言うとよ。」と、情報源を問い正し、

いといとほしく心憂きことかな。さばかりめづらかならむことは、おのづから聞こえありぬべきを。大将もさやうには言はで、世の中のはかなくいみじきこと、かく宇治の宮の族の命短かりけることをこそ、いみじう悲しと思ひてのたまひしか（同上）

と、今までゴシップになっていないことと、先程の薫の中宮への話とのくいちがいが判り、必要最小限の言葉しか口にしない。大納言の君は

いさや、下衆《げす》はたしかならぬことをも言ひはべるものをと思ひはべれど、かしこにはべりける下童の、ただこのごろ、宰相が里に出でまうできて、たしかなるやうにこそ言ひはべりけれ。かくあやしうて失せたまへること、人に聞かせじ、おどろおどろしくおぞきやうなりとて、いみじく隠しけることどもとや。さて（薫が中宮に）くはしくは聞かせたてまつらぬにやありけん（同上）

と言う。これだけの説明でことが通じる。情報源は下童《しもわらわ》。その下童は中宮の信頼厚い小宰相の配下にあるらしい。宇治の邸での極秘情報として小宰相に伝え、中宮への報告を小宰相から大納言の君が依頼された。

さらに、かかること、また、まねぶなと言はせよ。かかる筋に、御身をもてそこなひ、人に軽く心づきなきものに思はれたまふべきなり」といみじう思いたり。(同上)

と、中宮は、下童への口封じを命じ、宮に傷がつかないように心を痛める。帝・中宮が将来を期す匂の動静を把握すべく、こういう情報網が張られていた。ゴシップ化が、しっかりおさえられている。中宮が情報管理に万全を期している。

ちなみに、故式部卿宮没後、「二の宮なむ式部卿になりたまひにける」(〔一〇〕)は、匂宮を〈筋ことに〉する準備の一つであろう。

[五3]（薫の観念的浮舟回顧・匂の現実対応）薫に戻る。後日、女一宮より女二宮に文。薫は

御手などのいみじううつくしげなるを見るにもいとうれしく、かくてこそ、とく見るべかりけれと思す。あまたをかしき絵ども多く、中宮も(女二宮に)奉らせたまへり。(〔一五〕)

女二宮に暖かい中宮である。薫は、女一宮の文を見て喜びはしても、気懸かりなのは八宮の姫君達である。大君・中君とたどり、

あさましくて亡せにし人の、いと心幼く、とどこほるところなかりける軽々しさをば思ひながら、さすがにいみじと、ものを思ひ入りけむほど、わが気色例ならずと、心の鬼に嘆き沈みてゐ

たりけんありさまを聞きたまひしも、思ひ出でられつつ、重りかなる方ならで、ただ心やすくらうたき語らひ人にてあらせむと思ひしには、いとらうたかりし人を。（同上）

と浮舟を回顧する。これが薫の浮舟理解（前述［三3］と同類）と対浮舟の基本姿勢である。大君のためにも自分のためにも〈人形〉として扱われることを拒否した浮舟の自意識は、全然感じ取られていない。八宮に対する敬意もない。女房が薫向きに話したであろうことを、差し引きもしない、薫好みの回想である。

思ひもていけば、宮をも思ひきこえじ、女をもうしと思はじ、ただわがありさまの世づかぬ怠りぞなど、ながめ入りたまふ時多かり。（同上）

「世づかぬ怠り」が薫の内省の帰結である。世間の人並みに女性との関係を保っていけない。女性をまともに愛せないことを、仏の道に入るための必要条件と摩り替えている。光にも紫の上にも愛されて育った匂によくわかる愛が、薫にはわからない。

匂は、浮舟への思いを中君相手にぶちまけることもできず、女房侍従を呼ぶ。侍従の希望「后の宮に参らむ」を実現させる。侍従は浮舟の高貴な美しさを再認識する。

【いとやむごとなきものの姫君のみ多く参り集ひたる宮と人も言ふを、やうやう目とどめて見れど、なほ見たてまつりし人（浮舟）に似たるはなかりけりと思ひありく。】（［一六］）

［五4］（明石中宮による宮の君保護―源氏物語の底流）故式部卿宮の「御むすめ」と継母北の方の兄馬頭との縁談成立の情報を明石中宮がにぎる。「いとほしう。父宮のいみじくかしづきたまひける

女君を、いたづらなるやうにもてなさんこと」（［一七］）と、その筋に伝え、「御兄の侍従」も賛成し、中宮の保護下に入る。女一宮の「御具《ぐ》にて、いとこよなからぬ御ほどの人なれば、やむごとなく心ことにてさぶらひたまふ。」西の対に局をし、宮の君と呼ばれる。

兵部卿宮、この君ばかりや、恋しき人（浮舟）に思ひよそへつべきさましたらむ、父親王は兄弟ぞかしなど、例の御心は、…いつしかと御心かけたまひてけり。（同上）

匂宮の「例の御心」とは、冷泉院女一宮（匂宮）・宮の御方（紅梅）・中君（椎本・総角）・浮舟・宮の君（蜻蛉）と、皇統の血筋の姫君を掌握しなければならないという意識を基底とする、色好みである。これは、光が天皇による政治支配実現の為に必要不可欠な方法として実践した先例（第一部第四章［二3］）の踏襲である。但《ただ》し、匂が光から直接教育されたのではあるまい（光出家当時、匂6才）。又、妻選びに帝桐壺の《極秘の条件》（第一部第一章［三4②］）を継承し、故八宮の中君と結婚した（第一部第六章［二］）のも、同様である。共に母明石中宮による匂教育ではあるまいか。中君腹の匂の第一男子の産養を明石中宮が盛大に催す（宿木［四］）ところに、光の指針にのっとっての、皇統の将来の安定に対する母中宮の喜びと安堵がうかがえる。匂にとって、母明石中宮の存在は大きい。帝桐壺にはじまり、光が重視した皇統の血を守るという精神（第一部）は、明石中宮に継承されている。当該の宮の君の保護は、その具体事例の一つである。光は、内裏の外で暮す皇統の姫君方や父桐壺から保護を依頼された女性を守り、二条東院・六条院に迎えるべき人々を迎えた。明石中宮は内裏住みである。内裏外で暮す皇統の人々を守るために、女房達による情報網が張られており、その情報を明石中宮が万全に管理している（前述〔五2〕）。特にゴシップ化がおさえられていることを重視したい。浮舟の情報はすでに中宮にキャッチされている。女房達の教育・しつけが行き届いて隙がなく、守られるべき人々が守られている。明石中宮は多くの情報から真相を見極め、女性ながら自分で皇統の血を守る。その意味で画期的な中宮である。帝王四代を経て今や、天皇による政治支配は成熟に至っているというべきか。当該軽服期間の六条院での明石中宮の生活ぶりにその成熟と緊張・厳しさの一端を読むべきであろう。

中宮の匂宮と女一宮への深い愛は、中宮・女一宮の周囲の女房達に十分理解されている。匂宮も女一宮も、中宮の心を汲む女房たちによって守られている。

薫には右の匂宮の意識（皇統の血の堅持）は通じない。立場が基本的に相違する。にもかかわらず、匂のなすことの殆どすべてに、薫は対抗意識を持つ。宮の君に対して、

「もどかしきまでもあるわざかな。…かくはかなき世の衰へを見るには、水の底に身を沈めても、もどかしからぬわざにこそ」など思ひつつ、人よりは心寄せきこえたまへり。（蜻蛉〔一七〕）

と、中宮の保護に批判的であり、突如、浮舟の死に方を評価する。

〔五5〕（六条院の繁栄）　六条院は明石中宮が春宮女御時代からの里下がりの邸である。故式部卿宮の軽服期間、中宮滞在となると中宮を尊敬する女房達で広大な敷地内に数多く在る対の屋も廊も渡殿も満員となる。この院の経営管理に当る左大臣夕霧が「昔（光時代）の御けはひにも劣らず、すべて限りもなく」勢力的に中宮に奉仕する。宿旺《すくよう》の予言した光の「御子三人」のうちの「后」明石中宮と

「中の劣り」夕霧に守れらて〈中宮の里下がりの邸としての六条院〉が昔日に劣らずその面目を発揮する。

【この院におはしますをば、内裏よりも広くおもしろく住みよきものにして、常にしもさぶらはぬ人どもも、みなうちとけ住みつつ、はるばると多かる対ども、廊、渡殿に満ちたり。左大臣殿、昔の御けはひにも劣らず、すべて限りもなく営み仕うまつりたまふ。いかめしうなりにたる御族なれば、なかなかにいにしへよりもいまめかしきことはまさりてなむありける】。(〔一七〕)

六　薫の孤立・憂愁—欺瞞に生きて

［六1］(六条院における薫の女一宮思慕と女一宮つきの女房達)秋に入り、中宮の内裏帰参が迫る。「若き人々…みな参り集ひ…水に馴れ月をめでて御遊び絶えず」(〔一八〕)と、残り少ない六条院の日々を楽しむ。

中宮の御前に匂と薫がいるのを物陰から見て、侍従(旧浮舟女房)は「いづ方にもいづ方にもよりて、めでたき御宿世見えたるさまにて、世におはせましかし。あさましくはかなく心憂かりける御心かな」と、この世に決別を告げた浮舟に批判的である。これが、ことの流れに身を任せればいいとする人々大方の思いであろう。

薫は、東の渡殿の、女房の集まっている戸口で、「なにがしをぞ、女房は睦ましく思すべきや。…」と、嫌味な問い掛けをし、古参の女房との会話のやりとり、才女との和歌の詠み合い、書き比べなど戯れ、匂がいると感じて立退く。東の高欄《こうらん》にもたれて、夕影になるまで御前の草むらをながめながら物思いに耽る。漢詩を誦じていると衣擦《きぬず》れの音をさせながら先の才女が薫に気も留めず向こうに入る音がする。匂がその女房の名を尋ねるや「かの御方の中将の君」と速答するのが聞こえる。薫も才女の名を知る。女房達皆が匂宮に知られたがっているとは…ハイレベルの女房は「わが方にぞ寄るべきや。されど難いものかな、人の心は」と女房たちに今一つ相手にされない我が身を嘆く。

　夜になると、過日女一宮を垣間見た西の渡殿に足が向く。物語は「例の、西の渡殿を、ありしにならひて、わざとおはしたるもあやし。」（〔二〇〕）という。このアヤシに柏木の血の危険を読むべきか。「姫宮、夜はあなた（中宮のもと）に渡らせたまひければ、人々月見るとて、この渡殿にうちとけて物語するほどなりけり。」琴を弾いているさなか、薫が遊仙窟《ゆうせんくつ》をふまえて声をかけると、簾《すだれ》をおろしなどもせず、「似るべき兄《このかみ》やははべるべき」と匂を立てた返事。薫をハベルと従者扱いする。昼の才女の声である。薫が女一宮のことを聞いても、隙のない言葉がかえる。出された和琴を少し弾く。薫に臆せず、避けも媚びもしない女一宮付き女房の応対ぶりを、薫は自分が特別に許されていると錯覚する。物語は

（薫心）わが母君も劣りたまふべき人かは。…なほ、この御あたりはいとことなりけるこそあやしけれ（タダデハナイ）。明石の浦（中宮の出生を軽視した物言いである）は心にくかりける所かな」など思ひつづくることどもに、わが宿世はいとやむごとなしかし、まして、（女一宮を女二宮に）並べてもちたてまつらばと思ふぞいと難きや（同上）

と薫の思い上りを甘えごと暴露し、「いと難きや」の一言で薫の野望の実現不可能を断言する。薫の意中は女房中将の君に見抜かれているであろう。

薫は、「親王の、昔心寄せたまひしものをと言ひなして（西の渡殿を辞し）、そなた（宮の君）へおはしぬ。」（［二一］）宮の君が薫に言葉を交わすのを、こうまで零落するとはと見落としながら、匂と宮の君との仲が気になる。

［六2］（薫の〈水の契り〉への畏怖《いふ》─薫の人物形象）薫は、宮の君に接して浮舟の入水を見直し、聖宮の姫君二人は宇治で育ちながら完璧な女性であり、浮舟もよかった。何故なのか、「あやしかりける（不可思議ナ力ニ導カレテイルトシカ思エナイ）」─「何ごとにつけても、ただかの一つゆかりをぞ思ひ出でたまひける。」（［二二］）となる。

宇治十帖を振返る。薫は、宇治通いの早い時期に、八宮家の老女房弁の尼から母女三宮の柏木への返事と柏木の女三宮への遺書を受け取り、出生の秘密を知った。弁は秘密を守ったが、薫は姫君方には知られていると邪推した。（椎本［一一］）八宮の姫君三人への薫の執着の底には出生の秘密露呈への潜在的恐怖がないとは言い切れまい。大君は薫を許さず食断ちして死に、死後永遠の女性として薫に君臨し続ける（第一部第六章）。中君は、大君の意向を無視して自分から匂に譲ってしまった。浮舟を大君の〈形代〉としたつもりが「行く方もしらず消え」た。三人とも臣下の薫に従わない。「あやしうつらかりける契りども」と薫は言う。アヤシが繰り返し現われる。浮舟との縁を、自分から〈水の契り〉と規定する薫の意識の底には、自分の出生の忌まわしさこそを、撫で物と共に水に流してしまいたいという願望が潜んでいよう。薫がここで言うアヤシとは、三人を支える八宮の血の継承者としてのプライドの高さに対する一種の畏怖感に重ねて、柏木の血を継承するが故の運命的な力を感じてのことか。宇治への恐怖におののく夕暮、蜻蛉に託して「…行く方もしらず消えしかげろふあるかなきかの」と、浮舟の行方が気になる。〔二二〕

大体、薫は誕生の時点で、光の子であって光の子でないという生を付与されている。光の子として異常な出世をし、栄耀栄華に身を任せる。容貌・教養はいうまでもなく何事につけても他人より抜きんでなければならない。本人がそういう意識を持ち、周囲もそれを認めてきた。人一倍、人目・人聞きを気にする。

幼少の頃から出生への疑惑はあった。母三宮は若くて出家し、誰よりも薫を頼っている。(匂宮〔五〕)栄耀栄華に今一つ酔えない。表向と内実との乖離《かいり》である。時まさに末世である。薫が仏教に救いを求めるのは特異なことではない。

宇治八宮は、光源氏繁栄の犠牲者であるが、京の貴族社会と決別し、宇治に隠って、仏教に救いをもとめながら、在俗のまま、富・名誉を超越し、貧困生活を生き抜いた。八宮を支えたのは、皇統の直系としての気位の高さであった。〈日嗣〉になれなかった皇子八宮の登場は、末世の人の生き方としても、厳しく、新鮮である。

薫は、「俗ながら聖になりたまふ心の掟やいかに」(橋姫〔六〕)と八宮に敬意を抱き、宇治通いをはじめた。出生の秘密を知らされて「(柏木が)罪軽くなりたまふばかり行ひもせまほしくなむ」(椎本

〔四〕）と願う。八宮の死に接し、子供が往生のほだしとなるのを知り、出生への嫌悪感も絡まってか、「世の中に跡とめむともおぼえずなりにたりや」と〈子孫を断つ〉決意を固める。（椎本〔一二〕）これは柏木の血の断絶の決意である。薫にこの決意をさせているのは作者である。女三宮に対する柏木の行為を、皇統の血に対する冒瀆として、柏木を死に至らしめただけでなく、柏木の血の後世代への存続を許さない。薫が生まれながらに身につけている芳香は、忍ぶ恋を不可能にする衣裳である。作者の〈皇統の血の堅持〉の主張の徹底ぶりを、ここに確認すべきであろう。

〈子孫を断つ〉決意はしても薫は生きている。出生の事実を事実として容認するか、欺瞞を通すかが薫の生の分岐点となったはずである。出生の事実を事実として容認し、八宮を範として富・名誉を超越し、実父の為に山に隠って仏の道を極めてこそ、柏木も浮かべると思うのは、綺麗事になりすぎるか。

薫は、出生を秘めて仮面で押し通す。栄耀栄華を捨てない。従って、出生の秘密露見への恐れから自己を解放できない。女性関係にしても、故大君の形代を求めること自体が欺瞞である。浮舟にはそう見えていたのではないか。また、〈子孫を断つ〉という決意について言えば、そう判っているのが薫だけであることが恐ろしい。女性関係を持てば一種の詐欺的行為にならざるをえない。薫には異性が理解できない。その意味で、薫は男性に成れない。それに道心を結びつけ、対女性の悲しみ・苦しみを「人の心を起こさせむとて、仏のしたまふ方便」と責任を仏に課す。その分、人間の真実に迫ることがない。人を愛することも愛されることもない。そもそも薫の道心とはが問題である。

薫は、周囲への気配りが利き、面倒見がいいと評価される向きがあるが、それは臣下としての務めの範囲内のことである。正妻女二宮に〈光の子〉の仮面で対する薫は、臣下そのものであって光的女性理解は微塵もない。匂に対する対抗意識は、仮面のもとに皇統を恐れず、光に対する頭中将・柏木を上回るものがある。

〈皇統の血を守る〉という意識とその実践方法は、帝桐壺・光・明石中宮・匂に継承された。薫は所詮その枠外の存在である。薫がどうであろうと、明石中宮と中宮に躾《しつ》けられた女房たちにより、匂宮も女一宮も守られていること、先に見てきた通りである。

末世到来が間近に迫ってくる時代に、それに対する世人の恐怖をにらみつつ、「末の世」の物語に新しいタイプの人物として、八宮・浮舟・薫が登場する。八宮・浮舟は、それぞれ事実を事実として容認し、厳しい現実を〈皇統の血〉を支えとして清らかに生きる。薫は逆に仮面の貴公子として欺瞞に生き、孤独・憂愁を友とする。多かれ少なかれ薫的欺瞞に生きる人間は常に存在する。責任のすべてを仏に課して済ますことに対する作者の批判がこめられているのかもしれない。

注
(1) 『源氏物語図典』秋山虔・小町谷照彦編　小学館　一九九七年七月
(2) ムカシが直接体験した過去・今でも記憶にありありと生きている忘れられない、懐かしいあの人・あの時を言うのに対し、イニシへは、直接体験しない過去・話しに聞く過去・曖昧な過去・忘れかけた過去である。

第四章　浮舟の失踪から出家まで―手習巻前半を読む―

内容

一　はじめに

浮舟は朱雀院《すざくいん》の宇治院で横川《よかわ》の僧都《そうず》によって発見され、僧都とその妹尼等の介抱によって一命をとりとめる。僧都の母大尼《おおあま》の小野の僧庵に落ち着く。小野の僧庵を「世の中にあらぬところはこれにやあらん」と是認し、妹尼の留守中に訪れた僧都に懇願の末、僧都の手で出家する。その間の浮舟の意識の回復、記憶の甦りの過程を本文に即して読み、失踪以前と以後との意識の変化をその有無を含めて明確にしたい。

二　浮舟は生きていた

【二1】（浮舟の横川僧都との出会い）手習巻は、

そのころ横川《よかは》に、なにがし僧都《そうづ》とかいひて、いと尊き人住みけり。八十《やそぢ》あまりの母、五十《いそぢ》ばかりの妹ありけり。…（［二1］）

と、横川の僧都・母・妹の登場から始まる。母も妹も尼である。以下の物語が、僧都をリーダーとし、親子の老尼がそれなりの役割をになって展開されることが示唆される。

浮舟は、僧都によって朱雀院の宇治院の大木の本で発見され、妹尼に介抱され、僧都の修法によって救われるが、その直接の契機は、初瀬詣の帰途、母の尼君が「心地あし」となったこと、連絡をうけた僧都が、「限りのさまなる親の道の空にて亡くやならむ」と、今年一年の山籠りの決意を翻して宇治へかけつけたことである。

本章での新登場人物

母大尼
├横川僧都
└妹尼
　＝故衛門督
　└故姫君＝中将

少将尼・こもき＝小野の僧庵での浮舟付の人々

僧都の口ききで宇治院で病人を休ませることになった。病人に危害がないように、まず、僧都が宇治院の検分をする。三月下旬。弟子の阿闍梨が、灯りをともしながら、荒れた院の背後の森を検分していると、人が座っている。「狐の変化」と見、僧都に知らせる。僧都は自分で狐か否か事実確認をする。じっくりと観察し、「こ

れは人なり」と判定を下す。重体の母尼を迎えようとする場所を穢してはと弟子達が危惧するが、僧都は、

まことの人のかたちなり。その命絶えぬを見る見る棄てむことといみじきことなり。…人の命久しかるまじきものなれど、残りの命一二日をも惜しまずはあるべからず。鬼にも神にも領ぜられ、人に追はれ、人にはかりごたれても、これ横さまの死をすべきものにこそはあめれ、仏のかならず救ひたまふべき際《きは》なり。なほこころみに、しばし湯を飲ませなどして助けこころみむ。つひに死なば、言ふ限りにあらず（二）

と言って、弟子の大徳《だいとこ》に抱き入れさせ、人の近付かない東の遣戸《やりど》にねかせた。僧都の人命尊重と実践力があざやかである。僧都は、浮舟を「仏のかならず救ひたまふべき際なり」という。キハは人については、上下両極端の身分をいう。浮舟を、仏が守護する高貴な身分の女性と見ている。

重体の母尼が宇治院へ着き、落ち着いた後、僧都からことを聞いた妹尼は、長谷寺で夢の告げを得たといって浮舟を見にいき、御達《ごたち》に部屋の中に抱き入れさす。妹尼が声をかけても反応はない。妹尼の依頼で阿闍梨が経を読む。僧都ものぞく。浮舟の印象は「あてなる（高貴な）けはひ限りなし」「いとやむごとなき人にこそはべるめれ」で、「しらぬ人なれど、みめのこよなうをかしければ」救わなければならないと、一目でも見た人は皆、看病に励んだ。妹尼が付き添い、「亡くなった娘の代わりに、仏のお導きで出会えた方です。一言おっしゃって下さい」と言い続けると、やっと、「一命をとりとめても、この世には不用な人間です。誰にも見せず、夜、宇治川に落とし入れて下さい」とか

すかな声で言う。浮舟の意識にはこの世との決別しかないらしい。意識が全くないのでもなさそうであるが、以後、一言も口をきかない。

二日ほど滞在。土地の者が僧都に挨拶にきて、薫が通っていた故八宮の御子が急に亡くなり、葬送があって…昨夜来れなかったという。僧都の浮舟との出会いは、葬送の夜となる。僧都は浮舟の正体に「さやうの人の魂《たましひ》を、鬼のとりもて来たるにやと思ふにも、かつ見る見る、あるものともおぼえず危く恐ろしと思す。」〔四〕と見当を付ける。

以上、朱雀院の宇治院での状況である。

〔二2〕（伴われて小野へ） 大尼君は回復したが、浮舟は衰弱がひどい。車二つに分乗して、比叡坂本の小野の僧庵に帰る。大尼君の旅の疲れもとれて、僧都は横川へ登った。

浮舟は依然として、一言も口をきかず、起き上がる時もない。霊夢は、それが実現するまで他者に明かさないものであったが、妹尼は、長谷寺で見た大事な夢を話して、阿闍梨に芥子《けし》を焼かせた。効果なく、四月五月が過ぎる。妹尼は僧都に物の怪調《ちょうぶく》服を懇願する。

三　浮舟の意識回復

〔三1〕（僧都の物の怪調服） 妹尼の文を見て僧都は、二ヵ月持ち堪えている病人の生命力の強さを重視し、自分が見付けたのは、自分でなければ助けることができないのだと自認し、やってみよう、だめならそれまでだ、と心を決めて、下山する。

【いとあやしきことかな。かくまでもありける人の命を、やがてうち棄ててましかば。さるべき契りありてこそは、我しも見つけめ、こころみに助けはてむかし。それにとまらずは、業尽きにけりと思はん】（〔七〕）

病状の説明を聞き、病人を見て、病人の顔の作りと表情の美しさ—恐らく、邪悪さの全くない清らかさか—を前世の功徳と讃え、回復できない理由が不明なので、修法を始める。

【げにいと警策なりける人の御容面かな。功徳の報いにこそかかる容貌にも生ひ出でたまひけめ。…】（同上）

得体の知れない若い美女のために、僧都が力を尽くすのを、僧都のために、始めから案じている弟子達の危惧・批判に対し、「いであなかま大徳《だいとこ》たち。…齢六十にあまりて、今さらに人のもどき負はむは、さるべきにこそはあらめ」と宿命観がらみの覚悟を示すと、弟子たちは、「…仏法の瑕《きず》となりはべることなり」と反駁する。弟子達は、魔性のものの僧都の法力への挑戦と見ているらしい。当時そう見るのが仏教界でも一般的であったのであろう。横川僧都の病者への責任感と魔性拒否のリアルな現実対応の姿勢を読むべきである。魔性拒否の底には、本物の清浄な美と魔性の美麗さとを識別する眼力に対する僧都の自信があろう。

僧都が、この修法に自分の法力を賭けて夜一夜加持した暁に、物の怪が調ぜられて、その正体を「昔は、行ひせし法師の…この僧都に負けたてまつりぬ。今はまかりなん」（詳細後述〔三2〕）という。

浮舟の意識が完全にではないが回復する。

【正身の心地はさはやかに、いささかものおぼえて見まはしたれば…】（〔八〕）

〔三2〕（宇治院で発見されるまでの事態の解釈） 八宮の山荘を出てから宇治院で僧都に見出される

までの浮舟であるが、物の怪の言・浮舟の記憶と意識・その他の人々の思惑は一様でない。

a（物の怪の言）昔は法師だったが、宇治八宮の山荘に住み付き、大君を死なせ、浮舟は死にたいと夜昼言うので狙っていて、真っ暗な夜、独りでいたのを捕ったのだが、観音の加護が強く、この僧都に負けたと言う。

【おのれは、ここまで参で来て、かく調ぜられたてまつるべき身にもあらず。昔は、行ひせし法師の、いささかなる世に恨みをとどめて漂ひ歩きしほどに、よき女のあまた住みたまひし所に住みつきて、かたへは失ひてしに、この人は、心と世を恨みたまひて、我いかで死なんといふことを、夜昼のたまひしに頼りを得て、いと暗き夜、独りものしたまひしをとりてしなり。されど観音とざまかうざまにはぐくみたまひければ、この僧都に負けたてまつりぬ。今はまかりなん」とののしる。】（［七］）

b（浮舟の意識回復直後の記憶と意識）周囲の人は、全部が未知の人。かつての住所も、自分が誰かもはっきりしない。自分は死を決意して実行したのだった。どこへ来ているのか「せめて（気力ヲ振リ絞ッテ）思ひ出」そうと努めた。

いといみじとものを思ひ嘆きて、皆人の寝たりしに、妻戸を放ちて出でたりしに、風ははげしう、川波も荒う聞こえしを、独りもの恐ろしかりしかば、来し方行く末もおぼえで、簀子《すのこ》の端に足をさし下ろしながら、行くべき方もまどはれて、帰り入らむも中空にて、心強く、この世に亡せなんと思ひたちしを、をこがましうて人に見つけられむよりは鬼も何も食ひて失ひてよと言ひつつつくづくとゐたりしを、いときよげなる男の寄り来て、いざたまへ、おのがもとへ、と言ひて、抱く心地のせしを、宮と聞こえし人のしたまふとおぼえしほどより心地まどひにけるなめり。知らぬ所に据ゑおきて、この男は消え失せぬと見しを、つひに、かく、本意のこともせずなりぬると思ひつつ、いみじう泣くと思ひしほどに、その後のことは、絶えていかにもいかにもおぼえず。……（〔八〕）

戸外に出て足に任せて歩くあたりの記憶は鮮明である。留意すべきは「鬼も何も食ひて失ひてよと言ひつつつくづくとゐたりしを」、特に「言ひつつ」である。夜は、昼と違って、霊的世界と人間とが通じ合える時間帯である。「鬼も何も…」と口に出して言うことは、浮舟が自分で鬼とそれに類するもの（神・狐・木霊など）を呼び寄せる行為をすることにほかならない。そうしながら「つくづくと居たりし」とは、一つの場所にじっと座って動かなかった――「居たりし」のシは（それを）はっきり記憶しているの意――ということである。これが、浮舟が選択した死の方法である。入水ではない。しかし、浮舟を「食ひて失」う「鬼も何も」は伊勢物語の「鬼一口」と違って出現しなかった。そこに浮舟の誤算があった。

僧都の浮舟発見は葬送の夜であるから、戸外に出て約一昼夜経過している。昼は「雨のいみじかりつる」（蜻蛉〔三〕）日であった。前夜、乳母は「物きこしめさぬ、いとあやし。御湯漬。」（浮舟〔三三〕）と案じた。

「いときよげなる男の寄り来て」以下は、「男」を物の怪・僧都に命じられて抱きかかえた大徳・浮舟の妄想（宮）など解釈は多様になる。浮舟の意識に匂が存在していたことは取り上げるまでもないが、要は、「知らぬ所に据ゑおきて（宇治院の東の遣戸に独りねかされてか）」、死に損なったと判ったこと、徒労に泣いたことである。以後の記憶はない。体力を使い尽くし、生きる気力も失せた。物の怪のしわざとするのが当時の通念である。浮舟自身、後に「鬼のとりもて来けんほどは、ものおぼえざりければ…」(〔一九〕) と回想する。

c **(朱雀院の宇治院の森の大木の本に居たことについて)** 宿守の男は、浮舟を森の大木の本まで連れてきたのは狐だという【狐の仕るなり。】(〔二〕) 二歳の子を連れてきた現場目撃の体験を例に、狐のいたずらで、意に介する必要はないとする。気丈な浮舟がさまよって森に入り大木の下で雨を避けたとも、夜、森の中で狐が見付け、袴の端でもくわえてそこまで歩かせたとも、可能性としてはあり得る。荼枳尼《だきに》の思想を導入すれば、狐を遣わしての浮舟守護とも解せようか。

d **(発見者側の意識―妹尼と僧都)** 妹尼は、浮舟との出会いを観音の導きとする。

【「(対僧都) おのが寺にて見し夢ありき。」
「(対浮舟) いみじくかなしと思ふ人 (亡き娘) の代はりに、仏の導きたまへると (浮舟を) 思ひきこゆるを。(〔三〕)」
「(対僧都) 初瀬の観音の賜へる人なり。」】(〔七〕)

僧都は、観音の導きの「種」は別だと妹尼を否定し、観音の導きで僧都が浮舟を見付けたのだとする。

【「何か、それ、縁に従ひてこそ導きたまはめ。種なきことはいかでか」
「さやうの人 (薫が通っていた故八宮の御子が急死) の魂を、鬼のとりもて来るにや (〔四〕)」
「さるべき契りありてこそは、我しも見つけめ」】(〔七〕)

［三3］（僧都の物の怪調服の方法）僧都は、上述（［三1］）の修法をし、物の怪をして…観音の加護が強く、この僧都に負けたとののしらせた。（［三1］［三2a］）「（僧都が）「かく言ふは何ぞ」と問へば、憑きたる人ものはかなきけにや、はかばかしうも言はず。」であった。そこで調服を終わる。僧都のこの調服が、物の怪の正体を「昔は、行ひせし法師」と言わせるに止め、「法師」を特定化しない、即ち鬼を特定化しないことに留意したい。人間疎外を最小限にくいとめている。思うに、具体的には、〈よりまし〉の意識を、鬼が特定されるように事前に工作せず、白紙にしておくということではないか。例えば死霊六条の調服には、〈よりまし〉の言う内容に事前の作為が感じられてならない。政治が物の怪即ち鬼を多産していた時代に、死者を鬼にしないのが横川の僧都である。政治に屈しない、新しいタイプの僧侶として描かれている。

四　浮舟の記憶のよみがえり

［四1］（意識回復直後の浮舟）意識回復直後、ここへ来る迄の記憶を「せめて」辿った（前述［三2］b）のに続いて、生きていると分かると、持ち前の内省が働き出し、薬湯を一切受け付けなくなった。

【人の言ふを聞けば、多くの日ごろも経にけり。いかにうきさまを、知らぬ人にあつかはれ見えつらんと恥づかしう、つひにかく生きかへりぬるかと思ふも口惜しければ、いみじうおぼえて、なかなか、沈みたまへりつる日ごろは、うつし心もなきさまにて、ものいささかまゐるをりもありつるを、つゆばかりの湯をだにまゐらず。】（［八］）

死のうとしても生命力が強い。

【心には、なほいかで死なんとぞ思ひわたりたまへど、さばかりにて生きとまりたる人の命なれば、いと執念くて、やうやう頭もたげたまへば、物などまゐりなどしたまふにぞ、なかなか面痩せもていく。】（［九］）

死ねないと判ると、「尼になしたまひてよ。さてのみなん生くべきやうもあるべき」と出家を望むが、「ただ頂ばかりを削ぎ、五戒ばかりを受けさせ」る。浮舟は、延命の為ではない正式の出家をと思うが、「もとよりおれおれしき人の心にて、えさかしく強ひてものたまはず。」（オレオレシのオレを、オロカ［疎］ではなくオロス［下］のオロと同根と見、予想以上ニ控エ目ナの意で、ここでは口ニ出シテ自己主張ヲシナイととれば、浮舟の無欲無口と矛盾しない。）僧都は、「今は、かばかりにて」と、全快までの世話を妹尼に任せて横川に帰る。僧都の「今は」は、浮舟の心を読んで、全快後にその先をの含みがあるか。

【四2】（「御心を立てて」） 妹尼は親身に世話をし、浮舟の髪を梳《けず》る。梳られた長い豊かな髪に浮舟の美しさが甦る。（［一〇］）妹尼は

などか、いと心憂く、かばかりいみじく思ひきこゆるに、御心を立てては見えたまふ。いづくに誰と聞こえし人の、さる所にはいかでおはせしぞと、せめて問う。

素性を証さない浮舟を「御心を立てて」という。意志強固な沈黙である。浮舟の答えは

世の中になほありけりといかで人に知られじ。聞きつくる人もあらば、いといみじくこそとて泣いたまふ。

である。「からをだにうき世の中にとどめず」（浮舟［三三］）が自分を救える唯一の手段と突き詰め、

「鬼も何も」を求めて失踪を実行した以上、死に損ねても、死んだ人で通さなければならない。妹尼に説明のしようもない。死ねないが故に新たな苦悩を抱える。どう言えば妹尼に通じるか。偽りのないぎりぎりの賢明な説明である。妹尼は「え問はず」と理解する。妹尼を物語は、「…いかなるもののひまに（浮舟が）消え失せんとすらむと、静心なくぞ思しける。」と、敬語表現「思し」で結んでいる。

【四3】（小野の僧庵）僧庵の主、大尼君は「あてなる人」。娘の妹尼は上達部の未亡人、ひとり娘に「よき君達を婿に」したが娘に先立たれ、出家して小野に住む。「ねびにたれど、いときよげによしありて（上流貴族社会ニ通ジル教養ヲ身ニツケテオリ）、ありさまもあてはかなり。」という。

時が経つにつれて、浮舟の記憶が回復されてくるのであろう、それに重ねるように物語は小野の僧庵を語る。

昔の山里よりは水の音もなごやかなり。つくりざまゆゑある所の、木立おもしろく、前栽などもをかしく、ゆゑを尽くしたり。秋になりゆけば、空のけしきもあはれなるを、門田の稲刈るとて、所につけたるものまねびしつつ、若き女どもは歌うたひ興じあへり。引板《ひた》ひき鳴らす音もをかし。見し東国路《あづまぢ》のことなども思ひ出でられて。（二一二）

川の流れの音に宇治の記憶が帰ったか、「昔の山里」が現われる。小野の僧庵全体の設計は「ゆゑある」であり、僧庵全体の樹木の選択と配置、庭の草花の植え方も万事「ゆゑを尽くしたり」である。八宮に認知されなかったとはいえ、宮の血の継承者である浮舟が住むことになる僧都の母尼の僧庵にユヱが重出する。母尼に勧められると妹尼は「きむ（琴）」を弾く。（後述）小野の僧庵の創始者は皇統の直系の血筋であったのではないか（直接、惟喬《これたか》に結びつけるのではない）。当該のユヱに、僧都の血筋を読むべきか。門田の稲刈りは、浮舟に常陸の記憶もよみがえらせた。

［四4］（手習）静かな僧庵の秋。月夜に、尼達は、琴・琵琶に興じる。浮舟は、琴を弾けないのを「なほあさましくものはかなかりけると、我ながら口惜し」と、琴に興味がでてきているかと見れそうでもある。手習─詠歌による自分の意識の確認─をする。書いた歌は、

身を投げし涙の川のはやき瀬をしがらみかけて誰かとどめし

であった。「誰かとどめし」と他者へ責任を転嫁する自分に茫然となる。こんな自分ではないはずだと「行く末もうしろめたく、疎ましきまで思ひやらる。」

「月の明き夜な夜な」、尼達は、「艶に歌よみ」京での生活の思い出話にふけったりするが、浮舟は話に入らない。京の思い出話を聞きながら

われかくてうき世の中にめぐるとも誰かは知らむ月のみやこに

と詠み、親・乳母・「同じ心なる人もなかりしままに、よろづ隔つることなく語らひ見馴れたりし右近など」が思い出される。「同じ心なる人もなかりし」に留意したい。

小野の僧庵の常住者は「いたく年経にける尼七八人」である。その娘や孫らしい人々が時々出入りする。浮舟は、自分の生存を誰にも知られまいと、出入りの人々に身を隠す。妹尼は女房侍従と童女こもきの二人を浮舟付きとした。この二人を「みめも心ざまも、昔見し都鳥に似たることなし。」と見るところに、失踪前の身近な女房たちの記憶が戻っているのが判る。物語は、浮舟の心境を「何ご

とにつけても、世の中にあらぬところはこれにやあらんとぞ、かつは思ひなされける。」と語る。「思ひなされ」であるが、ナスは、ナルが自然推移を言うのに対し、人為を言う。ここのレは自然推移。浮舟が意識的・積極的に「そう思おう」という気持ちに自然になるということである。思う内容「世の中にあらぬところはこれにやあらん」は、「ひたぶるにうれしからまし世の中にあらぬところと思はましかば」（東屋〔三五〕）と呼応する。三条の小家で、自分の生きていける場所を明確に認識し自己規定した歌が記憶によみがえった。「これにやあらんとぞ」この小野の僧庵こそが、浮舟が生きていける唯一の場所ではないか、そうだ（ゾ）。甦った「ひたぶるに」の歌が、僧庵の現実と結びつき、浮舟に、生への静かな意欲を与えた。（〔一一〕）

一方、妹尼は、浮舟には、生存を人に知られては困る特殊事情があると見て、発見から回復期の詳細一切を人に知らせないことにした。

〔四5〕（男女の仲の記憶のよみがえり—婿の中将の訪問を契機として）

さきうち追ひて、あてやかなる男の入り来るを見出だして、忍びやかにておはせし人の御さまけはひぞさやかに思ひ出でらるる（〔一二〕）

尼君の婿の中将が、横川僧都のもとにいる弟禅師訪問の途中、小野に亡き妻の母を見舞に来た。それを見て浮舟の記憶によみがえった「しのびやかにておはせし人」を筆者は匂宮と見る（諸注は薫とするが、浮舟の目に入ったのは「狩衣姿の男どもの若きあまたして、君も同じ装束にて」と狩衣姿である。宇治に狩衣姿であらわれたのは、馬で通った匂である（薫は「烏帽子、直衣の姿」）。（浮舟〔一五〕）。

尼君は「…山里の光…」と中将を立てる。中将を迎えるのに格好と見える浮舟であるが、「姫君は、我は我と思ひ出づる方多くて、ながめ出だしたまへるさまいとうつくし。」「思ひ出づる方多く」は、匂の描いた絵、贈られた歌贈った歌、白一色の雪の世界…匂との交渉が次々と思い出されているのであろうか。「ながめ出だしたまへるさまいとうつくし」からすれば、思い出が浮舟を苦しめているのではあるまい。

中将は、入りしなに、風が簾を吹き上げた隙に浮舟の「うち垂れ髪」を見ていた。聞かれた少将の尼は「おぼえぬ人を得」と答える。中将が帰った後、妹尼は「同じくは、むかしのやうにて見たてまつらばや」と、浮舟に働き掛けたいのであるが、浮舟は

隔てきこゆる心もはべらねど、あやしくて生き返りけるほどに、よろづのこと夢のやうにたどられて、あらぬ世に生まれたらん人はかかる心地やすらんとおぼえはべれば、今は、知るべき人世にあらんとも思ひ出でず、ひたみちにこそ（妹尼一人を）睦ましく思ひきこゆれ」とのたまふさまも、げに何心なくうつくしく、…（［一一二］）

という。偽り・気取り・衒《てら》いが微塵もない、濁りのない物言いである。

（以下、中将の人柄、尼君の浮舟への期待等は割愛し、主に、浮舟の対応と記憶の甦りにしぼる。）

中将の歌への返事を拒否する。

【「いとあやしき手をばいかでか」とて、さらに聞きたまはねば】（［一一四］）

【「人にもの聞こゆらん方も知らず、何ごとも言ふかひなくのみこそ」と…】（［一一五］）

返事を責められると、返答なしで通す。

【さやうに世づいたらむこと言ひ出でんもいと心憂く、また言ひそめては、かやうのをりをりに責められむも、むつかしうおぼゆれば、答へをだにしたまはねば、あまり言ふかひなく思ひあへり。】（同上）

人々が調子に乗り気味なのを警戒し、死んだ人として棄てられて終わりたいと願う。

【限りなくうき身なりけりと見はててし命さへ、あさましう長くて、いかなるさまにさすらふべきならむ、ひたぶるに亡きものと人に見聞き棄てられてもやみなばや】（同上）

中将の笛に大尼君が出て来て妹尼に琴（きむ）をすすめ、自分はあづま琴を弾く。終わって大尼君は、浮舟は琴笛といった「あだわざ（仏道修行に不必要なこと）」はしない、中将の笛に琴を合わせることはできないとすっぱ抜く。浮舟に結婚の意志なしと見抜いての、浮舟への援護射撃である。

【ここに月ごろものしたまふめる姫君、容貌はいときよらにものしたまふめれど、もはら、かかるあだわざなどしたまはず、埋もれてなんものしたまふめる」と、われ賢にうちあざ笑ひて語る】（〔一六〕）

中将の度々の訪問に、匂の宇治来訪の記憶が甦るか。

荻の葉に劣らぬほどほどに訪れわたる、いとむつかしうもあるかな、人の心はあながちなる（止ムニ止マレズ、相手ノ気持ニオカマイナクセマル）ものなりけりと見知りにしをりをりも、やうやう思ひ出づるままに「なほかかる筋のこと、人にも思ひ放たすべきさまにとくなしたまひてよ」とて、経習ひて読みたまふ。心の中にも念じたまへり。（〔一七〕）

〈をりをり〉は匂宮の宇治への三度の〈あながち〉な来訪をいうか。薫の宇治訪問は新年から失踪までに一度のみであった。アナガチなのは匂であって、薫ではない。匂とのことの殆ど全ての記憶が甦ったと見てよいであろう。
無口内省に撤す。
すこしうち笑ひたまふをりは、めづらしくめでたきものに思へり。(同上)
九月。妹尼に初瀬詣を誘われる。
昔、母君、乳母などの、かやうに言ひ知らせつつ、たびたび詣でさせしを、かひなきにこそあめれ、命さへ心にかなはず、たぐひなきいみじき目を見るはいと心憂き中にも、知らぬ人に具して、さる道の歩きをしたらんよとそら恐ろしくおぼゆ…
はかなくて世にふる川のうき瀬にはたづねもゆかじ二本の杉
と手習にまじりたるを、尼君見つけて…(一一八)
浮舟に初瀬詣の記憶が戻る。誰かに出会いそうで〈そら恐ろし〉か。現世利益の初瀬観音にすがろうとする意識がない。現世を捨てている浮舟である。
留守役は少将の尼・左衛門・童。少将の尼にさそわれて碁を打つ。「打たむと思しければ」と浮舟は積極的である。浮舟の強さに少将の尼は驚嘆する。僧都も妹尼も碁が得意という。少将の尼の反応に
むつかしきこともしそめてけるかなと思ひて、心地あしとて臥したまひぬ…夕暮の風の音もあはれなるに、思ひ出づること多くて、
心には秋の夕をわかねどもながむる袖に露ぞみだるる(同上)

〈秋の夕〉は、去年数日を過ごした二条院の記憶か。

その夜、中将が来る。少将の尼に中将の歌の返事を責められて

うきものと思ひも知らですぐす身をもの思ふ人と人は知りけり

と詠んで、普段はのぞきもしない母大尼の部屋に入ってしまう。老人のいびきなどで浮舟はまんじりともできない。〔一一九〕

［四6］（記憶の整理）眠れないまま回想にふける。

昔よりのことを、まどろまれぬままに、常よりも思ひつづくるに、いと心憂く、[1]親と聞こえけん人（八宮）の御容貌も見たてまつらず、遙かなる東国をかへるがへる年月をゆきて、[2]たまさかにたづね寄りて、うれし頼もしと思ひきこえしはらから（中君）の御あたりも思はずにて絶えすぎ、さる方に思ひさだめたまへりし人（薫）につけて、やうやう身のうさをも慰めつべききはめに、あさましうもてそこなひたる身を思ひもてゆけば、宮をすこしもあはれと思ひきこえけん心ぞ[3]いとけしからぬ。ただ、この人の[4]御ゆかりにさすらへぬるぞと思へば、小島の色を例に契りたまひしを、などてをかしと思ひきこえけんと、こよなく飽きにたる心地す。[5]はじめより薄きながらものどやかにものしたまひし人は、このをりかのをりなど、思ひ出づるぞこよなかりける。かくてこそありけれと聞きつけられたてまつらむ[6]恥づかしさは、人よりまさりぬべし。さすがに、この世には、ありし御さまを、よそながらだに、[7]いつかは見んずるとうち思ふ、なほわろの心や、かくだに思はじ、など心ひとつをかへさふ。（同上）

右の本文中の、浮舟の意識として注意すべき部分（1〜7）を順にとりあげたい。

1第一に、父八宮に生前に会えなかった不運を嘆く。

2二条院で中君に会え、中君に妹と認められ、生まれて初めて浮舟に八宮の姫君としての実存が確認できた。姉妹とも二条院での匂の一件は無かったかのごとく相対し、中君は、浮舟を二条院に住まわせ、自分が世話をして薫にと決意した。その時の中君に対する気持ちを「うれし頼もし」と記憶している。中君に対する敬愛は変わらない。中将君が匂に立腹し、浮舟は三条の小家に移ったが、それを「思はずにて（心外なこと）」とする。

3匂宮に対して「あはれ」と感じた心を「いとけしからぬ」と自己嫌悪気味である。中君のために、宮にはあくまで距離をおくべきだ。宮に対して少しにせよ「あはれ」と感じたのが苦しみの端緒となった。

4宮が中君の夫であり、浮舟が中君の異母妹で、匂の愛を受け付けてはならない立場であるのが、今の〈さすらひ〉の起点であった。

5浮舟は薫を「はじめより薄きながら」という。浮舟の薫批評として留意したい。愛情であれば〈浅き〉が普通である。薫の何が〈薄き〉なのか。浮舟は薫という人間に重厚さ・奥深さ・誠実さを感じていない。人間としての軽薄さが見え透いているのではないか。例えば、「十三日」に浮舟を宇治へ導いての故大君思慕は、浮舟に上滑りで〈薄っぺらな男〉と見られて尤もである。

6匂に対応するのに浮舟が何をどう苦しんだか、薫は、全く判らない。単純に裏切ったとしか見ないだろう。生存と知った時の薫の軽蔑を先取りしての「恥づかしさ」である。通じない人に軽んじられるのは、八宮の姫君としてのプライドが許さない。

7薫との再会の予感がし、その予感を「なほわろの心や、かくだに思はじ」と否定する。先の見えすぎる浮舟が甦っている。

五　浮舟の出家

大尼君の部屋での一夜が明けた。僧都が明石中宮の召しにより、今日下山と報される。

恥づかしうとも、あひて、尼になしたまひてよと言はん、さかしら人すくなくてよきをりにこそと思へば、起きて、「心地のいとあしうのみはべるを、僧都の下りさせたまへらんに、忌むこと受けはべらんとなむ思ひはべるを、さやうに聞こえたまへ」と語らひたまへば、（大尼君は）ほけほけしううなづく。〔二一〇〕

暮れ方、僧都が小野に来る。母に挨拶。浮舟のその後を聞く。大尼君は「しか。ここにとまりてなん。心地あしとこそものしたまひて、忌むこと受けたてまつらんとのたまひつる」と語る。大尼は浮舟の出家の媒役を迷わずにやっている。手習巻での大尼君の役割は大きい。

僧都は浮舟の部屋に入り、几《き》帳《ちょう》のもとで声をかける。物の怪調服後、久々の対面である。浮舟は「ゐざり寄りて」直接僧都に対応する。僧都

不意にて見たてまつりそめてしも、さるべき昔の契りありけるにこそと思ひたまへて、御祈禱な

ども、ねむごろに仕うまつりしを、…（尼達だけの中に）いかでおはしますらん

と、浮舟との出会いを「さるべき昔の契り」と、近親感・責任感を示しながら問うのに対し、浮舟は、

世の中にはべらじと思ひたちはべりし身の、いとあやしくて今まではべるを、心憂しと思ひはべるものから、よろづにものせさせたまひける御心ばへをなむ、言ふかひなき心地にも、思ひたまへ知らるるを、尼になさせたまひてよ。世の中にはべるとも、例の人にて、ながらふべくもはべらぬ身になむ

と簡潔明瞭に答える。まだ若い身でと言われれば、

…親なども、尼になしてや見ましなどなむ思ひのたまひし。…

と、要点を補足する。こうして僧都は浮舟の回復ぶりを確かめたのであろう。

…御忌むことは、いとやすく授けたてまつるべきを、急なることにてまかでたれば、…七日はてまかでむに仕うまつらむ

という。浮舟は、妹尼の留守中でなければ出家の望みは果たせないと見て

乱り心地のあしかりしほどに、乱るやうにていと苦しければ、重くならば、忌むことかひなくやはべらん。なほ今日はうれしきをりとこそ思うたまへつれ。

といって泣く。僧都は、山下りの疲れを休めてから内裏へと思ったけれども、「しか思し急ぐことなれば、今日仕うまつりてん」と承知する。浮舟は自分で「鋏とりて、櫛の箱の蓋さし出」す。強い自

立ぶりである。

僧都は、宇治院で浮舟を発見した阿闍梨・大徳に垂れ髪に鋏を入れさす。尼衣の代わりに自分の「御表の衣、袈裟」など着せ、出家の儀式を進める。剃髪の儀式で唱える偈《げ》「流転三界中」など僧都が言うのを聞いての浮舟の心中を物語は、

断ちはててしものをと思ひ出づるも、さすがなりけり。

という。僧都の物の怪調服の直後、浮舟は出家を希望したが「頂ばかりを削ぎ、五戒ばかりを受け」て終わった。当該の「思ひ出づる」を、五戒を受けた時の記憶と見る。五戒を受けた時に、「断ちはててし（コノ世ヘノ執着ハトコトン断ッテシマッタ）ものを（ソウニ決マッテイル）と思ひ出づるも、さすがなり（アレデヨカッタノダ）けり（今ニシテ思エバ…）」と、剃髪の儀の最中の浮舟の心中は、出家経験者がしばしば語る〈淋しさ・悲しさ〉とは遠く隔たった境地である。

御髪も（豊かで、短時間では）削ぎわづらひて、「のどやかに、尼君たちしてなほさせたまへ」と言ふ。額は僧都ぞ削ぎたまふ。「かかる御容貌やつしたまひて、悔いたまふな」など、尊きことども説き聞かせたまふ。[1]とみにせさすべくもなく、みな言ひ知らせたまへることを、うれしくもしつるかなと、これのみぞ生けるしるしありておぼえたまひける。

右の1部分について。僧都は下山を急いでいる。短時間で出家の儀式のすべてを供の僧達にさせるのは無理である。残ったことを僧都が浮舟に「みな言ひ知らせたまへる」と直接指示を与え、本人にわからせた。浮舟は、僧都に理解され、信頼されている。出家し僧都の弟子になれたのを「うれしくも

しつるかなと、これのみぞ生けるしるしありて…」と生きていてよかったと実感できた。

僧都一向が出て、僧庵はしんとなった。風が音を立てて吹く。留守役の少将の尼・女房左衛門は、

…残り多かる御世の末をいかにせさせたまはんとするぞ。老い衰へたる人だに、今は限りと思ひはてられて、いとかなしきわざにはべる」と言ひ知らすれど、なほ、ただ今は、心やすくうれし。世に経べきものとは思ひかけずなりぬるこそはいとめでたきことなれと、胸のあきたる心地したまひける。

婿の中将が現われても、もう安心。俗世間の生き方は、問題でなくなった。永年の望みがかなって「胸のあきたる心地」の浮舟である。但し、その気持ちは尼君達には通じない。（以上［二〇］）

第五章　女人往生への道—明石中宮の役割と浮舟の受難—

内容

一　はじめに

前章までに見てきたが、浮舟の半生は受難の生である。やっと出家がかなったが、その後、浮舟が直面したのは、浮舟の一周忌の準備である。死を決して棄てた世が、死んだはずの浮舟の前に立ちはだかる。棄てた世を再度棄てる。（手習）それが済むと、浮舟生存を知った薫が、僧都と小君を介して浮舟に迫る。（夢浮橋）浮舟に何故こんなに幾重もの試練を与えなければならないのか、作者の意図が問題である。苛酷な試練は、それに耐えてはじめて常人とは別次元の世界に至る資格が認定される。僧都を導師とし、《女人往生》を浮舟によって実現したい作者ではなかったか。作者が源氏物語五十四帖の最後にかけた夢が《女人往生》であったと見る。
本章では、浮舟出家の翌日以降に絞って取り上げる。論述の都合上、横川僧都の中宮の夜居伺候の場面を先に読み、僧都が女人往生を是認していることを確かめ、それを踏まえて、浮舟の受難の語りに及びたい。

二　横川僧都の女人救済と明石中宮の役割

【二―1】（「竜の中より仏生まれたまはずはこそはべらめ」）中宮に召されて女一宮の御なやみを平癒《へいゆ》させた僧都は、暫く修法を続けて、宮中に滞在し、中宮の夜居《よい》を勤める。（手習〔二三二〕）僧都は夜伽ぎに、今回の修法の結果で中宮の耳に入れておくべき事として、「御物怪の執念《しふね》きこと、さまざまに名のるが恐ろしきことなど」を報告する（中宮からすれば、物怪の名のりは政治上参考にすべき情報であったであろう）。ついで「いとあやしう、稀有《けう》のことをなん見たまへし。」と前置きして、この三月の、宇治院での浮舟発見の一件を語る。中宮は「げにいとめづらかなることかな」と「恐ろしく」、寝入っていた近侍の女房達を起こす。宇治院での一件を聞いたのは、中宮と、薫の思い人の小宰相《こざいしょう》君だけである（明石中宮の情報蒐集ぶりと秘密の守り方に留意したい）。起きた女房達も聞き手に入れて僧都は、その女性を今回下山の途中、小野で出家させたと語る。

【その女人、このたびまかり出ではべりつるたよりに、小野にはべりつる尼どもあひ訪ひはべらんとてまかり寄りたりしに、泣く泣く、出家の本意深きよし、ねむごろに語らひはべりしかば、頭おろしはべりにき。なにがしが妹、故衛門督の妻にはべりし尼なん、亡せにし女子のかはりにと、思ひよろこびはべりて、随分にいたはりかしづきはべりけるを、かくなりにたれば、恨みはべるなり。げにぞ、容貌はいとうるはしくけうらにて、行ひやつれんもいとほしげになむはべりし。何人にかはべりけん。】（同上）

出家させた女性の現状と容貌をありのまま率直に語り、「何人にかはべりけん」と言う。浮舟の素性を知りたい僧都である。小宰相が、発見された場所（宇治院）に疑問を持ち、「いかでかさる所に、よき人をしもとりもて行きけん。さりとも、今は知られぬらむ。」と、三月から今まで素性が不明とは と不審がる。僧都は、自分が発見し、この度出家させた女性の不可思議さを更に説いて、

知らず。…まことにやむごとなき人ならば、何か、隠れもはべらじや。田舎人のむすめも、さるさましたるこそははべらめ。竜の中より仏生まれたまはずはこそはべらめ、ただ人にては、いと罪軽きさまの人になんはべりける（同上）

という。「竜の中より仏生まれたまはずはこそはべらめ」は、〈竜女変成〉即ち《女人往生》を踏まえた発言である。僧都は、浮舟に《女人往生》の夢を託して出家させたか（「さるべき契りありてこそは、我しも見つけめ」〔七〕もそれを示唆する）。明石中宮をはじめ、その場に居る女房たちにとっても、僧都のこの発言は重要である。女人往生は、浮舟一人に限る問題ではない。

【一2】（女人往生）歴史上、一〇五二年が末法第一年である。大体の執筆時期からして、作者も読者も末世への不安は大きかったであろう。作中人物に時代意識が反映されて当然である。末世を控えて、女性も男性と同様に往生できて当然であり、女人往生を説く僧の出現が、宮中女性社会に待望さ

れた。明石中宮の横川僧都への帰依は、中宮や女一宮だけでなく、女房達も含める女性の救いを求めてであったであろう。(1)

明石中宮は、宿曜《すくよう》が予言した「后」であり、生母明石上は父入道への夢の告げのもとに誕生した。その夢の告げは、宿曜の予言を知る帝桐壺が住吉の神・海竜王と結んで授けたと見る。(第一部第三章〔四〕)明石上は「海竜王の后になるべきいつきむすめななり」(若紫〔三〕)と京でも噂された。光は須磨で海竜王の試練を受けた。明石中宮は、〈海竜王の后〉と光との娘であり、まさしく〈竜女〉としての生を受けた。であっても、〈変成男子〉に成功しなければ往生はできない。帝桐壺が基礎を築き、藤壺の協力を得て光が継承し固めた《皇統の血の堅持》は、明石中宮が継承しさらに匂宮に継承されている(第一部第六章)。明石中宮は〈竜女〉にふさわしく〈変成男子〉確実と予想できるだけの実績をあげている。(第二部第三章〔五4〕)。作者は、明石中宮に、女房達までを含めて、宮中女性社会を女人往生に導く役を担わせたかったのであろう。源氏物語における、《女人往生》への道の最初の布石は、帝桐壺が敷き、光が紫と出会う寸前(若紫〔三〕)に片鱗が語られ、明石姫君誕生に至る。しかし、第一部・第二部では死後女性は救われていない。〈海竜王の后〉など、読者が殆ど忘れてしまっている手習巻に至り、横川僧都の登場を待って、〈竜女変成〉が上述のごとく僧都によって、ほんの一言語られる。物語作者は、そこまで矯めて、帝王四代・五十四帖に渉る物語の最後を、〈竜女変成〉《女人往生》による女性の救いの夢で結んだのではないか。源氏物語は五十四帖が首尾一貫した、宏大かつ緻密な構想のもとに描かれた作品と見なければならない。

浮舟は、女性であるが故の苦しみを体験し、死と再生の繰り返しを重ねる。中宮という特別の立場にない女性の《女人往生》への道を、作者は更に浮舟によって真っ向から探ろうとしたのではないか。

本文に戻る。中宮と小宰相とは僧都の話題の女性を浮舟と見当は付けるが、僧都が、「かの人、世にあるものとも知られじと、よくもあらぬ敵だちたる人もあるやうにおもむけて、隠し忍びはべるを、事のさまのあやしければ啓しはべるなり」と慎重を期すので、中宮もそのままにする。

三　出家後の浮舟の心―手習を通して

浮舟の出家は、老いての現世との決別とはまったく違う。今の自分を救うための出家である。周囲の理解に支えられて自然に行なわれたのでもない。当時の女性の出家の常識を突き抜け、自己の意志を貫いた、強引とも言える出家であった。

以下、出家後の浮舟の意識の変化を、周辺の情況を絡《から》めて、物語の順を追って読む。横川僧都の浮舟のリードの仕方、明石中宮の僧都を介しての浮舟保護にも留意したい。

[三1]（出家の翌日）浮舟は一人に籠もる。

ただ硯に向かひて、思ひあまるをりは、手習をのみたけきことにて書きつけたまふ。

　亡きものに身をも人をも思ひつつ棄ててし世をぞさらに棄てつる

今はかくて限りつるぞかし」と書きても、なほ、みづからいとあはれと見たまふ。

限りぞと思ひなりにし世の中をかへすがへすもそむきぬるかな…（手習［二一］）

歌の主旨。昨日の出家で自分が変わったのではない。それ以前に自分は死を決意し、実行した。意識が戻り、五戒を受けた時に「棄ててし」（確実ニ棄テテシマッタ）世であった。その棄てた世を、もう一度改めて棄てたのだ。これで自他共に公然と出家の身となれた。その気持ちを歌に書いて確認して、「なほ、みづからいとあはれと見たまふ」と地の文はいう。アハレは当事者ではなく、第三者の感動をいう語である。自分を客体化し、ここまでに至った道程を第三者的立場から突放して見て、〈よくぞ〉と思うことを言う。

そうしているところへ中将の文が届けられる。少将の尼は、浮舟出家を中将にうちあける。中将は歌を送る。

岸とほく漕ぎはなるらむあま舟にのりおくれじといそがるるかな

浮舟は、今までと異なり中将の歌を見、手習いの紙の端に歌を書く。

心こそうき世のきしをはなるれど行く方も知らぬあまのうき木を

少将の尼はそれを包んで中将に渡す。中将に対する浮舟の最初の対応である。中将の「あま舟にのりおくれじ」に対し「行く方も知らぬあまのうき木を」と返す。「うき木」と自己規定し、「行く方も知らぬ」と、出家生活のすべてがこれからである現実を素直に述べている。出家して、男性の強引な接近を回避できるゆとりが持て、今回だけであろう返しを少将の尼に任せている。中将・少将の尼の立場への思いやりであり、浮舟なりの礼儀のつもりか。（以上［二一］）

【三2】 初瀬詣を済ませて小野に帰った妹尼が悲嘆の末、浮舟に言うのは、

残り多かる御身を、いかで経たまはむとすらむ。おのれは、世にはべらんこと、今日明日とも知りがたきに…（二二二）

である。当時の女性の出家は、夫に先立たれ、出家後の生活の安定を見通した上でなされるのが普通であった。浮舟のように年若く、先の生活計画もなく、言葉通り「行く方も知らぬあまのうき木」という出家は先輩の尼から非難されて当然であったらしい。「ある人々（小野の尼達）も…僧都を恨み譏《そし》りけり」（二二二）である。

浮舟の出家の願いを〈現在を生きるための出家〉として、迷わずに受け入れることができたのは、横川僧都と母大尼であった。母大尼は表立っては動かないが、その「心地あし」が失踪後の浮舟発見の契機となったこと、妹尼の婿の中将に浮舟は琴を弾かないとすっぱぬくなど（第四章）浮舟保護の役割を担っている。

【三3】（僧都宮中より帰山・明石中宮の浮舟保護） 女一宮が全快し、僧都は山へ帰る。途中小野に寄る。妹尼の反駁に対して僧都は浮舟に、

今は、ただ、御行ひをしたまへ。老いたる、若き、さだめなき世なり。はかなきものに思しとりたるも、<u>ことわりなる御身をや</u>（二二四）

と理解を示す。「ことわりなる御身」を、浮舟は素性を感付かれたと取ってか「いと恥づかしうなむおぼえける」という。

御法服あたらしくしたまへとて、綾《あや》、羅《うすもの》、絹《きぬ》などいふもの、奉りおきたまふ。

「綾、羅、絹」は、中宮から僧都への布施《ふせ》の品々(2)であるが、これは、明石中宮による僧都を介しての故八宮の遺児の保護ではなかったか（明石中宮が、それなりの方法で、皇統の血筋を守る具体例には、故式部卿宮の「御むすめ」を「宮の君」として引き取った事実がある。第三章〔五4〕）中宮の布施を受け取って、僧都は、夜伽の話題の女人の為の明石中宮の配慮と理解し、浮舟の法服《ほうぶく》をと、浮舟に奉ったのであろう。「ことわりなる御身」という言葉も、中宮の布施によって僧都が浮舟の身分を感知した表れと見る。中宮の僧都への対応があざやかである。光による明石姫君に対する后教育の成果の一つである。

なにがしがはべらん限りは仕うまつりなん。何か思しわづらふべき。

生きている限り「仕うまつりなん」と僧都が浮舟に約束する。浮舟の格があがっている。浮舟の出家は、出家後の生活の見通しもなく、妹尼達からも非難されていたが、僧都のこの一言で浮舟は救われた。僧都が腹を決めた裏には中宮の存在が大きい。

「常の世に生ひ出でて、世間の栄華に願ひまつはるる限りなん、ところせく棄てがたく、我も人も思すべかめる。かかる林の中に行ひ勤めたまはん身は、何ごとかは恨めしくも恥づかしくも思すべき。このあらん命は、葉の薄きが如し」と言ひ知らせて、「松門に暁到りて月徘徊す」と、法師なれど、いとよしよししく恥づかしげなるさまにてのたまふことどもを、思ふやうにも言ひ聞かせたまふかなと聞きゐたり。（同上）

僧都は「このあらん命は葉の薄きが如し」「松門に暁到りて月徘徊す」と、白氏文集《はくしもんじゆう》「陵園妾」(3)を引きながら語るのを、「思ふやうにも言ひ聞かせたまふかなと聞きゐたり。」と受けとめる浮舟である。経典だけでなく、白氏文集でも「陵園妾」にまで通じている浮舟の教養の高さである。浮舟は理想的な導師に巡り合えた。

[三4]「今日はひねもすに吹く風の音もいと心細きに、おはしたる人（僧都）も、「あはれ山伏は、かかる日にぞ音は泣かるなるかし」と言ふを聞きて、「我も、今は、山伏ぞかし。ことわりにとまらぬ涙なりけり」と思ひつつ、…（［二五］）

出家後はじめての僧都の来訪であった。八の宮の遺児と僧都は確認していないが、それに類した扱いを受けて、浮舟は泣けて仕方がなかった。その心中を察して「あはれ山伏は…」と僧都が言う。修業僧の中でも修業の厳しい山伏を浮舟に重ねる。僧都を信頼する浮舟は、僧都の言葉に自分を一体化させ「我も、今は、山伏ぞかし。…」と思う。

妹尼のかつての婿の中将が来て妹尼と歌のやりとりをし、出家姿を見たいという。

薄鈍色の綾、中には萱草など澄みたる色を着て、いとささやかに様体をかしく、いまめきたる容貌に、髪は五重の扇を広げたるやうにこちたき末つきなり。こまかにうつくしき面様の、化粧をいみじくしたらむやうに、赤くにほひたり。行ひなどをしたまふも、なほ数珠は近き几帳にうち懸けて、経に心を入れて読みたまへるさま、絵にも描かまほし。（同上）

浮舟は経を一心に読んでいる。一朝一夕に経が読めるものではない。東国在住中から身につけた教養と見なければなるまい。

垣間見た中将は、感動して浮舟に文を贈る。浮舟は「心深からむ御物語など、聞きわくべくもあらぬこそ口惜しけれ」と言って、返歌はしない。返歌は、出家の翌日の「…行く方も知らぬ尼のうき木を」の一回で終った。

その後の浮舟。

この本意《ほい》のことしたまひて後より、すこしはればれしうなりて、尼君とはかなく戯れもしかはし、碁打ちなどしてぞ明かし暮らしたまふ。行ひもいとよくして、法華経はさらなり、こと法文《ほふもん》なども、いと多く読みたまふ。雪深く降り積み、人目絶えたるころぞ、げに思ひやる方なかりける。（同上）

［三5］（匂宮との仲の記憶。〈人〉と〈こと〉の区別）出家後、浮舟は手習に託して心を磨いてきた。新年。浮舟の心に皇統の血筋にふさわしい〈艶〉が根付いたと思われる歌が語られる。本文を少しづつ引用する。

年も返りぬ。春のしるしも見えず、凍りわたれる水の音せぬさへ心細くて、「君にぞまどふ」とのたまひし人は、心憂しと思ひはてにたれど、なほそのをりなどのことは忘れず、

かきくらす野山の雪をながめてもふりにしことぞ今日も悲しき

など、例の、慰めの手習を、行ひの隙にはしたまふ。（［二六］）

雪に埋もれた中で、匂宮の「君にぞまどふ」の歌（浮舟［一八］）が記憶によみがえる。「のたまひし人」匂宮には一切執着はないが、「そのをりのことは忘れず」と、浮舟は〈人〉と〈こと〉とを区別

する。出家した今、匂は決して直接の関わりは持たない存在となった。その分、あの雪の中の白一色の世界の「こと」のすべてが、抽象化され、清潔な美に浄化され、純度の高い愛の充足感として、浮舟の内に息づいているのではないか。それが「そのをりのことは忘れず」ではないか。「かきくらす」の歌。「ふりにしことぞ今日も悲しき」に、匂宮との雪の中の二日間の記憶が鮮明によみがえり、あらためての悲しさにひたると読むべきか。

我世になくて年隔たりぬるを、思ひ出づる時も多かり。

一年前に生きていた世界から姿を消して(即ち死んで)、年が改まってしまった。一年前まで生きていた世界のことを、一年経った今になって、多く思い出す。去年の一月から三月までが動きの多かった時期である。その季節になって、棄てた世界のその時その時の記憶が呼び戻されている。

若菜をおろそかなる籠に入れて、人の持て来たりけるを、尼君見て、

山里の雪間の若菜つみはやしなほ生ひさきの頼まるるかな

とてこなたに奉れたまへりければ、

雪ふかき野辺の若菜も今日よりは君がためにぞ年もつむべき

とあるを、さぞ思すらんとあはれなるにも、「見るかひあるべき御さまと思はましかば」と、まめやかにうち泣いたまふ。(同上)

妹尼との若菜の歌の唱和。妹尼は美質に恵まれた若い浮舟が出家生活に勤しむのが不憫でたまらない。浮舟の命を祝う。浮舟は、妹尼のために生きますと年頭の挨拶を述べる。妹尼への感謝と信頼を

素直に歌い、暖かさがある。匂に愛された〈こと〉の記憶が浮舟の心を暖めているか。

閨《ねや》のつま近き紅梅の色も香《か》も変らぬを、春や昔のと、こと花よりもこれに心寄せのあるは飽かざりし匂ひのしみけるにや。後夜《ごや》に閼伽《あか》奉らせたまふ。下臈《げらふ》の尼のすこし若きがある召し出でて花折らすれば、かごとがましく散るに、いとど匂ひ来れば、

袖ふれし人こそ見えね花の香のそれかとにほふ春のあけぼの（同上）

匂宮の愛が〈人〉を乖離《かいり》して浮舟の心に根付いた。〈人〉は見えなくていい、花の香に愛の充足を見出だしている。花をめづる心に愛を重ねる。浮舟は、出家後、心を磨いた。記憶のよみがえりと共にリアルに意識されたであろう一年前の苦しい体験を、精神的により浄化し、より人間らしく、より美しくなる方向で磨き、〈人〉と〈こと〉とを区別して匂の愛を心に根付かせた。理解者を求めにくい孤立無縁な中で、〈手習〉を重ねて到達した心境が「袖ふれし」の歌だと見る。匂宮を彷彿《ほうふつ》とさせる〈艶〉がただよう。

四　棄てた世界の立ちはだかりと再度の棄て

［四1a］（浮舟の一周忌の準備）大尼君の孫の紀伊守が小野を訪問。（二七）妹尼との会話中に「常陸の北の方」が出て、浮舟の注意をひく（母と別人）。紀伊守は、昨日薫の宇治の旧八の宮邸訪問の供をしたという。「…その御妹、また忍びて据ゑたてまつりたまひにけるを、去年の春また亡せたまひにければ」薫が、その一周忌の法要について宇治の律師《りつし》と打ち合せをし、紀伊守も「かの女の装束一

領」担当した。それを仕立てて欲しいと言う。妹尼の問いに答えて、その方は「劣り腹（母の身分が低い）」らしく、そう大切にもなさらなかったが、大変なお悲しみで、…昨日も宇治川の水をのぞきながらひどく泣きなさり、建物の柱に和歌を書かれた。（…紀伊守は薫を最も尊敬信頼している。）」と語る。これを聞く浮舟の意識に留意したい。「ことに深き心もなげなる（事ノ真相ヲ見抜ケソウモナイ）かやうの人だに、御ありさまは見知りにけり（見テ分カッテイルノダ）」と信じている。薫は決して浮舟を理解してはいなかった（第二部第三章三）。部下達の目の前で、薫は、浮舟入水と決めて浮舟を偲んで見せている。周囲は薫の悲しみに同情を寄せている。薫によって、棄てた世（京の貴族社会）での浮舟は、実在の浮舟とは別に、ゴシップの中で独り歩きする。＜棄てた世での自分＞が浮舟本人に読めた。残酷である。

［四1b］（＜光君＞＜この御族＞崇拝の小野の僧庵）二人の会話は続く。

尼君、「光君と聞こえけん故院の御ありさまには、（薫は）えならびたまはじとおぼゆるを、ただ今の世に、この御族《ぞう》ぞめでられたまふなる。右の大殿と」とのたまへば、「それは、容貌《かたち》もいとうるはしうきよらに、宿徳《すうとく》にて、際《きは》ことなるさまぞしたまへる。兵部卿宮ぞいといみじくおはするや。女にて馴れ仕うまつらばやとなんおぼえはべる」など、教えたらんやうに言ひつづく。

聞いている浮舟の感想は

あはれにもをかしくも聞くに、身の上も、この世のこととともおぼえず。（［二七］）

である。アハレは失踪後一年の経過に対する感慨（薫に対するアハレは、紀伊守が帰った後「忘れたまはぬにこそはとあはれと思ふにも」である)、ヲカシは尼君の光君の絶対視と薫の位置付け、紀伊守の光君の御族の中での兵部卿の位置付けについての関心か。

〈光君〉と〈この御族〉が一見さりげなく現われている。源氏物語の言葉は、一語一語が緻密に計算されて使われている。〈光君〉〈この御族〉がここで現われることの意味が問われなければならない。

当該二語の使用者は横川僧都の妹尼である。妹尼は、〈この御族〉を「ただ今の世」の最高の人々と認識している。幾重にも世を棄てた浮舟が身を寄せ、〈八宮の血の継承者としての生〉を全うしようとする、これからの修業の場、小野の僧庵の実際上の主が妹尼である。更に〈光君〉と〈この御族〉の光は、明石中宮の横川僧都帰依《きえ》を媒体として、浮舟に及んでいる。(前述〔三3〕)《皇統の血の堅持》の意識は、天皇による政治支配実現に必要不可欠な方法として、帝桐壺・光・明石中宮・匂宮と受け継がれ、帝桐壺以後帝王四代も末に至り物語の終末に近い当該時点でも、薄幸な浮舟の救済に向けられている。更に言えば、僧都が浮舟をそうしたいと願っている《女人往生》は、すでに述べたが、明石中宮・女一宮をはじめ、末世の女性の宿望である。紫上に許されなかった〈出家による救い〉即ち《女人往生》が、僧都を導師に実現できるという夢を頼れる情況に到っている。妹尼の言う〈光君〉の一語が担う役割は大きい。

残してきた浮舟の感想「身の上も、この世のことともおぼえず」は、浮舟入水と決めている薫の事実誤認に対する虚実感である(ちなみに、浮舟は薫を「はじめより、薄きながらものどやかにものしたまひし人」

とウスキと見てきた）（第四章［四6］）。

［四1c］浮舟は、自分の一周忌の法要の準備を我と我が目で見なければならないというはめに立たされる。

…染めいそぐを見るにつけても、あやしうめずらかなる心地すれど、かけても言ひ出でられず。裁ち縫ひなどするを、（妹尼）「これご覧じ入れよ。…」とて、小袿《こうちき》の単衣《ひとへ》奉るを、うたておぼゆれば、心地あしとて手も触れず臥したまへり。…紅《くれなゐ》に桜の織物の袿《うちき》重ねて、「御前には、かかるをこそたてまつらすべけれ。あさましき墨染《すみぞめ》なりや。」と言ふ人あり。

尼衣かはれる身にやありし世のかたみに袖をかけてしのばん（［二八］）

自分の一周忌だとは決して口にできない。傍観者で通す他はない。桜色は、皇統の血筋のシンボルという。紅に桜の織物の袿を重ねて、浮舟に着せたいという周囲の気持ちが通じない浮舟ではない。それをかわそうとする浮舟の歌は、難解である。第二句までは、尼衣を着て変わった私でしょうか（出家以前も同じです）の意であろうが、以下、「ありし世」に生きていた頃のかたみの桜の衣に墨染めの袖を重ねかけて何を偲ぶのでしょう（偲ぶべき何物もない）の意か。この歌を書いて、手伝えない理由を歌では説明できないと判断し、真相が妹尼の耳に入るのを恐れて、

過ぎにし方のことは、絶えて忘れはべりにしを、かやうなることを思しいそぐにつけてこそ、ほのかにあはれなれ」とおほどかにのたまふ。……「なかなか思ひ出づるにつけて、うたてはべればこそ、え聞こえ出でね。隔ては何事にかのこしはべらむ」と言少なにのたまひなしつ。（同上）

と、その場をおさめる。こういう収め方が達者な浮舟である。

大体、自分の一周忌の法要の準備に本人が立ち合うという情況を設定する物語作者の意図が問題である。尋常な一度の死ではなく、何度も何度も死と再生を重ねなければ《女人往生》に至れないのだろうか。《女人往生》への夢を浮舟に託すが故の情況設定か。稀有《けう》の語りである。

［四2a］（薫、浮舟の生存を知る）薫は浮舟の一周忌を済ませて、これで終わってしまったのかと感慨に耽る。明石中宮を尋ね、「先日宇治へ行き、女性との縁のはかなさを、大君その妹と重ねて体験し、八宮邸は道心を起こさせる為に造られた聖の住まいだと思った」と語る。中宮は僧都の話を思い出し、「…いかやうにてか、かの人は亡くなりにし」と問題の核心をズバリと聞く。薫は「…亡せはべりにしさまもなんいとあやしくはべる」と言う。中宮は、当時匂宮が寝込んだことも思い合せ、「かたがたに口入れにくき人（浮舟）の上」と慎重に考慮して薫に何も報せない。

中宮は小宰相に、過日の僧都の話を薫に報せるようにと言う。僧都の夜伽《よとぎ》に、中宮が小宰相一人を付き合わせたのは、こうなることを見通してであったか。（［二九］）

小宰相は薫に、僧都が山を下りた日、本人のたっての願いで出家させたと知らせた。（［三〇］）

浮舟生存と知って、矢も盾もたまらず会いたいというのとは程遠い薫である。まずは、匂に知られてはならない、と、中宮に打診し、「宮は知るはずはない」と中宮の確約を取り付け、僧都に会う気になる。薬師仏《やくしぼとけ》の縁日である八日に薫は毎月法事をしてきた。時には比叡の中堂にまで参詣してきた。比叡から横川へ回れば、人の不審も避けられる。浮舟の弟の小君を同道することにした。（［三一］）

（以上、手習巻）

［四2b］（薫の僧都との対応）比叡参詣の翌日、薫は横川の僧都をたずねる。小野に僧都の宿があることを確かめた上で、薫は膝を進めて、

…かの山里（小野）に、知るべき人の隠ろへてはべるやうに聞きはべりしを。たしかにてこそは、いかなるさまにてなども漏らしきこえめ、など思ひたまふるほどに、御弟子になりて、忌むことなど授けたまひてけりと聞きはべるは、まことか。まだとしも若く、親などもありし人なれば、ここに失ひたるやうに、かごとかくる人なんはべるを」などのたまふ。（夢浮橋［二］）

薫の言葉にはデフォルメが多い。薫が浮舟生存を知ったのは、一周忌後、小宰相君から得た情報が最初である。また、浮舟出家を母中将君が薫に責任追求するというが、入水と知った時に、常陸守の子息を家臣に取り立て、母中将君の非難を回避した薫である。（第三章［四2］）僧都に、ありのままに対せない。最近まで知らなかったと言えないらしい。僧都が出家させたことに当惑の色を隠そうとしない。ちなみに、浮舟は、僧都に出家を願って「…親なども、尼になしてや見ましなどなむ思ひのたまひし」と言った。（第四章［五］）

僧都は、そうだったのだ、「ただ人（臣下）」とは思えない方だと浮舟の素性についての僧都の直感の確かさを自認し、薫が確実な情報を得て、僧都を尋ねてきたからには隠すべきではないと判断し、宇治院での発見から、京へともない、妹尼が亡き娘の代わりと大切にしたこと、小野に僧都が出向いて護身《ごしん》の修法をし、意識を回復させたこと、本人の望みにより正式に出家させたことを語り、薫との

関係は全く思っても見なかったと言う。
僧都は、身分の高い方のお子が「いかなるあやまりにて、かくまではふれたまひけんにか」と問う。薫の返事は、「皇統の遠縁の人か、薫とは表立っての関係ではない。ここまでの零落は思ってもみなかった。入水したか、疑問が多く、確実な情報は入らなかった。出家は薫自身はいいことと思うが、本人の母に生存を知らせたいが、どうしたものか」である。

【なまわかむどほりなどいふべき筋にやありけん。ここにも、もとよりわざと思ひしことにもはべらず。ものはかなくて見つけそめてはべりしかど、また、いとかくまで落ちあふるべき際とは思ひたまへざりしを。めづらかに跡もなく消え失せにしかば、身を投げたるにやなど、さまざまに疑ひ多くて、たしかなることはえ聞きはべらざりつるになん。罪軽めてものすれば、いとよしと心やすくなんみづからは思ひたまへなりぬるを、母なる人なんいみじく恋ひ悲しぶなるを、かくなん聞き出でたると告げ知らせまほしくはべれど、月ごろ隠させたまひける本意違ふやうに、もの騒がしくやはべらむ。親子の中の思ひ絶えず、悲しびにたへで、とぶらひものしなどしはべりなんかし】（〔二〕）

浮舟の導師である僧都にさえ、薫は浮舟の素性を明確に知らさない。浮舟の素性は、四十九日の法要で、中君により、兵部卿宮の北の方の御妹と公開され、小野に来た紀伊守も「故八宮の御むすめの御おとうと（年下、弟妹をいう）」と語った。薫が僧都になぜ明確に説明しないのか。僧都に対しても、浮舟に対しても、礼を失している。浮舟と薫との関係にしても、浮舟を強引に牛車に乗せて宇治へ連れ出したのは薫である。「さまざまに疑ひ多くて」に至っては、薫の夫としての恥をさらすに等しい。浮舟に対する敬愛・理解が皆無である。僧都が認めているであろう浮舟の精神の清浄さが、かつての夫であったはずの薫には気付かれてさえもいないらしい。薫を裏切った軽率な女で割り切られている。浮舟生存出家が母中将君に知れた時の中将君の反応への対応が薫の一番の関心事か。

薫は僧都に、小野の僧庵へ行って、薫が浮舟と話す根回しをして欲しいという。僧都は浮舟を「いとほし（気ノ毒デマトモニ対セナイ気ガスル）」と思う。今日明日は行けない、来月になってから薫の意向を伝えると答える。（同上）

薫は、供に連れてきた小君を呼び出し、浮舟の近縁者と紹介し、小君を小野への使者としたい、ついては、「御文一行賜へ。その人とはなくて、ただ、尋ね聞こゆる人なんあるとばかりの心を知らせたまへ」（［三］）と僧都にいう。「その人とはなくて」つまり、薫の名は伏せて、浮舟を慕っている人がいる、その人の心を一筆書けである。対するに僧都は、「なにがし、このしるべにて、かならず罪得はべりなん（出家させた若い尼にラブレターを書けとはとんでもない）。」全部ありのままに話した、薫自身が直接対応すべきだと説く。薫は自分を説明して、自称脱世俗・仏道帰依の姿勢をかざす。

【罪得ぬべきしるべと思ひなしたまふらんこそ恥づかしけれ。ここには、俗のかたちにて今まで過ぐすなんいとあやしき。いはけなかりしより、思ふ心ざし深くはべるを、…心の中は聖に劣りはべらぬものを、まして、いとはかなきことにつけてしも、重き罪得べきことはなどてか思ひたまへん、さらにあるまじきことにはべり。疑ひ思すまじ。ただ、いとほしき親の思ひなどをあきらめはべらむばかりなん、うれしう心やすかるべき」など、昔より深かりし方の心ばへを語りたまふ。】（同上）

僧都が「なにがし、このしるべにて、かならず罪得はべりなん」となぜ言ったか通じないらしい。欺瞞を欺瞞と認識できない。

僧都の勧めに従って直接浮舟に会おうとは、薫は遂にしない。「これ（小君）につけて、まづほのめかしたまへ」（［四］）と僧都に頼む。僧都は「文書きてとらせたまふ」。薫は小君を伴って、坂本経由で帰京。

［四2c］（死んだ世の出現―棄てた世を再度棄てる） 小野では、横川から坂本経由で下る松明《たいまつ》の光を見る。（［五］）尼達が誰だろうと話していると、妹尼が、僧都にひきぼしを贈ったら、薫来訪中で接待に役立つとの返事だったという。薫と聞いて浮舟は、随身《ずいじん》の声を、あっ聞いた声だと記憶が呼び戻される。月日が経つにつれて、このようにふと記憶が甦るが、覚えていて何になるのかと気が重く、阿弥陀仏の事だけを考えようと、（尼達の話に入らず）一層沈黙に徹する。

［四2d］（翌日。薫、小君を小野へ） 薫は帰京し、翌日、宇治への使者にしていた随身を付き添わせて、小君を小野へ行かせる。小君には浮舟生存を知らせ、会ってこいと命じ、母には言うなと口止めする。（［六］）

小野では、早朝、僧都から文がある。妹尼が開けて見る。

昨夜、大将殿（薫）の御使いにて、小君や参でたまへりし。事の心うけたまはりしに、あぢきなく（今サラ、トリカエシハツカズ）、かへりて臆し（恐ロシイト思イ）はべりてなむと姫君に聞こえたまへ。みづから聞こえさすべきことも多かれど、今日明日過ぐしてさぶらふべし。（［七］）

名を伏せてという薫の依頼を僧都は無視して、事の責任者「大将殿」を明記する。薫からの小野行き依頼に対しては「月たちてのほどに」と言ったのに対し、「今日明日過ぐして」と言う。浮舟に対する僧都の責任感がうかがえる。僧都の文を読んだ妹尼は、浮舟の部屋へ行き、僧都の文を見せるが、浮舟は返事のしようもなく、昨夜来の沈黙に撤している。とこうするうちに小君の来訪が告げられる。浮舟の部屋に案内し、妹尼が対応。小君持参の僧都の文は、「入道の姫君の御方に。山より」とあり、僧都の署名がある。浮舟は、否定のしようもなく、一層奥へ引っ込み、他人の顔を見ないようにしている。妹尼が僧都の文を見る。

今朝、ここに、大将殿ものしたまひて、御ありさま尋ね問ひたまふに、はじめよりありしやうくはしく聞こえはべりぬ。御心ざし深かりける御仲を背きたまひて、あやしき山がつの中に出家したまへること、かへりては、仏の責そふべきことなるをなん、うけたまはり驚きはべる。いかがはせん。もとの御契り過ちたまはで、愛執《あいしふ》の罪をはるかしきこえたまひて、一日の出家の功徳《くどく》ははかりなきものなれば、なほ頼ませたまへとなん。ことごとに(詳細)は、みづからさぶらひて申しはべらむ。かつがつこの小君聞こえたまひてん。」と書きたり。(〔八〕)

「なほ頼ませたまへ」の「せ」[4]を使役と見る。既に出家している浮舟が薫を頼らせてあげ、真の道心に薫を導いてあげてくださいの意ととる。僧都のすすめる「愛執の罪」のはるかし方は、愛執を超越しての二人での仏道帰依ではないか。この僧都の文を、地の文は、「他人《ことひと》は心も得ず(浮舟以外には通じない)」という。

妹尼にせめられて浮舟は使者の小君に視線を向ける。その子とわかり、母の現状を知りたくて涙をこぼす。妹尼は、姉弟と見て、面会をすすめるが、浮舟は、小君にも生存を知られたくない。会ってもと思うのは母一人のみで、今、僧都がいわれる人（薫）には一切知られたくない。人違いで通して、浮舟をかくまって欲しいと突放す。（［九］）妹尼達は、「世に知らず心強くおはしますこと」と異口同音に言い、母屋の際に几帳《きちょう》を立てて（小君を）入れる。小君は姉に直接手渡せと薫に言い付けられた文を、浮舟に近付いて、几帳越しに奉る。浮舟は手をつけない。尼君が文を広げて浮舟に見せる。

さらに聞こえん方なく、さまざまに罪重き御心をば、僧都に思ひゆるしきこえて、今は、いかで、あさましかりし世の夢語をだにと急がるる心の、我ながらもどかしきになん。まして、人目はいかに。と、書きもやりたまはず。

法《のり》の師とたづぬる道をしるべにて思はぬ山にふみまどふかな

この人は、見や忘れたまひぬらむ。ここには、行く方なき御形見に見るものにてなん。（［一〇］）

浮舟は「さすがにうち泣きてひれ臥」す。薫の文の「さまざまに罪重き御心」「あさましかりし世の夢語り」は、浮舟からすれば、薫の無神経な無理解さを丸出しであり、妹尼の目にどう見えるか、思うだけで恥辱と嫌悪感をどうすることもできないであろう。涙があふれ、顔を尼君に見られまいと「ひれ臥す」のが精一杯であろう。返事をせめられて、

心地のかき乱るやうにしはべるほどためらひて、いま聞こえむ。昔のこと思ひ出づれど、さらにおぼゆることもなく、あやしう、いかなりける夢にかとのみ心も得ずなん。すこし静まりてや、この御文なども見知らるることもあらむ。今日は、なほ、持て参りたまひね。所違《ところたが》へにもあら

むに、いとかたはらいたかるべし」とて、ひろげながら、尼君にさしやりたまへれば…（［一〇］）浮舟は記憶喪失を装っているのではない。薫の文の「さまざまに罪重き御心」に対し、浮舟は「さらにおぼゆることもなく」と言い、「あさましき世の夢語」に対し、「いかなりける夢かとのみ心も得ず」と否定している。棄てたあの世に生きていた時、浮舟は薫の文を〈所違へ〉と突き返し、以後、薫から文はなかった。（第二章［三3］）再度の〈所違へ〉としての拒否である。小君にも一言もない。一年以上前に死を決意し、失踪した。棄てた世が、浮舟が望みもしないのに、死んだはずの浮舟の目前に表れて、容赦なく立ちはだかる。それを乗り越えて、自己を守りぬく浮舟である。

［四3］いつしかと待ちおはするに、かくたどたどしくて帰り来たれば、すさまじく、なかなかなりと思すことさまざまにて、人の隠しすゑたるにやあらんと、わが御心の、思ひ寄らぬ隈なく落としおきたまへりし名残にとぞ、（本にはべめる。）（［一一］）

薫に対して、これ以上、辛辣かつ突放した語りもあるまい。

注

（1）源氏物語が《女人往生》を求めるであろうこと自体は既に言われている（丸谷才一『恋と女の日本文学』講談社文庫）等。しかし、源氏物語の本文中の言葉をよりどころとされてはいない。

（2）小学館『完訳日本の古典23』脚注五

（3）注2の文献の脚注一一、一二

（4）『源氏物語大成』に、諸本、本文異動なし。

既発表論文と各章との関係

はじめに「文献学（philologie）の立場から見た源氏物語の底流」新規執筆

第一部　末世の聖帝桐壺の政治路線とその苦悩

第一章「桐壺帝の抵抗・挫折・再起―桐壺巻を帝サイドから読む―」（二松学舎大学人文論叢第67輯二〇〇一年十月）

第二章「帝桐壺にとっての宿曜の予言と冷泉の誕生」（二松学舎大学人文論叢第68輯二〇〇二年一月）

第三章「桐壺帝の意志と須磨・明石巻の天変」（大学院紀要二松16二〇〇二年三月）

第四章「前坊廃太子」（二松学舎大学人文論叢第63輯一九九九年十月）

第五章「六条御息所の悲劇の構造」（二松学舎大学人文論叢第64輯二〇〇〇年三月）

第六章「大君の死と中君の結婚」（二松学舎大学人文論叢第61輯一九九八年十月）

第二部　女人往生への道

第一章「東屋―歌のない世界―」（二松学舎大学人文論叢第65輯二〇〇〇年十月）

第二章「二重の浮き―浮舟巻を読む―」（二松学舎大学人文論叢第66輯二〇〇一年三月）

第三章「蜻蛉巻を読む」『松本寧至教授古稀記念論集　日本文学の創造と展開　古典編』勉誠出版二〇〇一年十二月「『源氏物語』蜻蛉巻を読む」

第四章「浮舟の失踪から出家まで—手習巻を読む—」未発表

第五章「女人往生への道—明石中宮の役割と浮舟の受難—」（大学院紀要二一松15二〇〇一年三月）

多少とも一般向けの、一冊の小著とするために、各章とも適宜削除改筆をした。

あとがき

源氏物語といえば、王朝文化の雅びな華やかさと自由な恋を期待するのが一般であろう。この小著は、そういう期待とはかけ離れたものである。紫上をはじめ主要な女君方がろくに取り上げられていない。恋が語られていない源氏物語論は存在理由がない、源氏物語はこんな厳しく苦しい世界ではない、雅びで華やかなものだと、抵抗を持たれる読者もあるであろう。

この小著で筆者が自分に課した問いは、源氏物語を一つの文献としてどう読むべきかである。一切の先入観を排除し、文献自体に語らせるという方法によって、五十四帖を一貫する底流を見付け、試論として提示したにとどまる。第一部は帝桐壺サイドからの明石巻前半までの、第二部は浮舟サイドからの浮舟物語の、読みの試みである。

帝桐壺の意志を継いだ光による光一族の安定が築かれるには、藤原の氏の長者（桐壺の左大臣）の家の衰滅化があるが、それは女君達の苦悩ともども一切残されている。

源氏物語の恋は自由な恋どころではない。登場人物の誰一人として傷つかない人はいない。光自身が政治のために愛を犠牲にしなければならなかった。例えば、朱雀院に女三宮の「後見」を求められて、光はそれを拒否しなかった。種々の解釈がありうるが、その時期に至っても、光としては、政治上利用価値の高い皇統の姫君は光自身が掌握し、藤原の氏の長者のために利用されるのを回避しなければならなかったからであると見る。それだけではない。〈光を朱雀の「後見」に〉という父桐壺院の遺言を、天皇在位中実現できなかった朱雀は、政治の「後見」ではなく、朱雀の姫君の「後見」として光を頼った、という皮肉な一面もある。その結果として生じた柏木による女三宮の密通は、光の藤壺密通の〈報い〉とされてきたが、光と藤壺とのことは宿曜のしからしむところと見る立場からすれば、次元の異なる問題である。単なる〈報い〉ではない。藤原の氏の長者の嫡男の自滅である。政治上優位を占めても、光個人の犠牲は大きい。紫が苦悩の末病に倒れ、晩年の光の手元には柏木の子薫が残る。

光は、歴史・文学（漢学・漢詩・和歌）、雅楽（笛琴等・舞・歌）、書、絵画、香…全てに渉って抜群の才能に恵まれていた。源氏物語に語られる雅びな華やかな平安王朝文化は光を軸に展開される。その雅びさ華やかさが宙に浮かず読者を酔わせることができるのは、光の一生があくまで政治優先の一生であり、その栄華が受難に裏打ちされているからこそである。

自然が人事に融合し、和歌を溶け込ませた源氏物語の文章の、読者の精神を浄化させる味わいの深さ、美しさは、現代語に直そうとすると途端に失われてしまう。詩の言葉は翻訳できないというが、源氏物語の言葉も現代語訳すること自体が冒瀆の気がしてならない。

終わりに筆者の自己紹介を一言付す。研究としては類聚名義抄を中心に古辞書を対象としてきたが、実は、院修了後、大野晋先生のもとで岩波古語辞典の第一次原稿の執筆に参加した。割当てられた基礎語の上代・平安時代資料の調査と原稿作りであった。語毎に『源氏物語大成』の全事例にあたる作業を通して、源氏物語五十四帖になじんだ。源氏物語を読む語彙力も養われた。勤務先の大学では、名義抄よりも万葉集や源氏物語のほうが一般学生にはより役に立つと考えて、長年、源氏物語を読んできた。近年、老齢の主婦達対象の私的な会で読んで気が付いたのは、人生経験豊かな方々と読むと突っ込んだ読みになる、若い学生相手だと彼らに通じるところまでしか読まない、ということであった。この体験がこの小著の原点となった。

源氏物語の本文がはたして読めているのか。一語一語を正当に理解できているのか。文学以前の基礎レベルの問題の固めの必要を改めて痛感している。

二〇〇二年三月

望月郁子 記

■著者略歴
望月郁子（もちづき　いくこ）
略　歴　昭和８年11月21日，静岡県藤枝市に生れる。
昭和31年，津田塾大学英文科卒業。昭和35年，法政大学大学院日本文学科修士課程修了。学習院大学国文科聴講生。常葉女子短期大学助教授，静岡大学教養部教授，同人文学部教授を経て，現在二松学舎大学大学院文学研究科教授。
編　著　『類聚名義抄四種声点付和訓集成』（笠間書院）
『類聚名義抄の文献学的研究』（笠間書院）
『仏教界に辞書は在ったか』（笠間書院）

現住所　〒150-0001　東京都渋谷区神宮前４-13-13-303

源氏物語《げんじものがたり》は読《よ》めているのか
末世における皇統の血の堅持と女人往生

2002年６月25日　第１刷発行

著　者　望　月　郁　子©
装　幀　右　澤　康　之
発行者　池　田　つ　や　子
発行所　有限会社　笠間書院
東京都千代田区猿楽町 2-2-5
興新ビル　〒101-0064
電話　東京 03（3295）1331

NDC 分類：913.36

MOCHIZUKI　2002
ISBN 4-305-70240-1 C1093

シナノ印刷・渡辺製本